张 麒◎著

紅樓夢
經濟學

流沙河題

海天出版社（中国·深圳）

图书在版编目（CIP）数据

红楼梦经济学 / 张麒著. — 深圳：海天出版社，
2015.7
ISBN 978-7-5507-1403-8

Ⅰ. ①红… Ⅱ. ①张… Ⅲ. ①《红楼梦》研究 Ⅳ.
①I207.411

中国版本图书馆CIP数据核字(2015)第148279号

红楼梦经济学
HONGLOUMENG JINGJI XUE

出 品 人　聂雄前
责任编辑　杨五三
责任技编　梁立新
装帧设计　线艺设计　电话 83460339

出版发行　海天出版社
地　　址　深圳市彩田南路海天综合大厦7-8层（518033）
网　　址　www.htph.com.cn
订购电话　0755-83460202（批发）　83460239（邮购）
设计制作　深圳市线艺形象设计有限公司　0755-83460339
印　　刷　深圳市希望印务有限公司
开　　本　787mm×1092mm　1/16
印　　张　15.5
字　　数　208千
版　　次　2015年7月第1版
印　　次　2016年1月第2次
定　　价　42.00元

且看经济学者给《红楼梦》算账

叶 开

《红楼梦》的传播历史，是近三百年来文化与文学传播的一个惊人的特异现象。从民间的传抄本、"地摊货"，而一跃成为"古典名著"，相关的研究著作成千上万，不知道养活了多少文科教授，带出了多少徒子徒孙。除了学院的冬烘先生之外，还有不计其数的民间高手，有些人终其一生都在迷迷瞪瞪地研究这部书，试图从中窥破天机，来个一人得道，鸡犬升天。

虽然鄙人也收集了《红楼梦》的所有版本，以及不少相关的重要研究著作，但我个人不是"红迷"，于是也体会不到其中的深刻乐趣。但我总觉得，《红楼梦》的疯狂、不切当下实际的研究，多少有些浪费人生的意味。从王国维的《红楼梦评论》、胡适的《红楼梦考证》、林语堂的《平心论高鹗》、张爱玲的《红楼梦魇》、俞平伯的《红楼梦研究》、周汝昌的《红楼梦新证》到余英时的《红楼梦的两个世界》，以及刘心武新解"红楼"等，相关的著作和文章，可谓汗牛充栋。还有很多青年学者的专著，如闫红的《"误读"红楼》等，以及网络写手的各种奇特心解，读来都各有所得，各有所悟。至于各种怪异的研究、考证、索隐，钻牛角尖的研究方法和文章，更是不计其数，读不胜读。

毛泽东从《红楼梦》中看出阶级斗争，胡适从中看出白话文的可能性。女子从《红楼梦》中看出爱恨无常，男子则会无比艳羡大观园内的软玉温香。少年会对那面置贾瑞于死地的铜镜又向往又恐惧，青年会对林黛玉又怜又爱，恨不能冲进书里去英雄救美，中年则知道，若能与薛宝钗这种女人静守安好，便日日都是晴天了。在一部《红楼梦》中，少年、青年、中年，可以各有所好。实际上，《红楼梦》里的"金陵十二钗"已经成为中国文学史乃至中国文化史的一种典型的美学标签。这种标签的重要性，可以跟唐代的审美加以比较来理解。记得有学者比较唐代前期、中期和晚期的女性审美，发现唐代的"丰满"之美学观并不是一开始就如此的，而是有一个"丰衣足食"的渐进过程，到了唐玄宗"开元盛世"达到了丰美的高潮。游客如果去西安华清池，至今仍能从今人所创作的杨贵妃雕塑中，看出那个时代的审美趣味。而"金陵十二钗"，在清代以后画家的笔下，无一不是清瘦的、"可怜"的。像林黛玉那样一个刁蛮少女，只该早早"香消玉殒"，不然到了大观园破败，到了贾府崩溃，她该往何处去？男人已经是浊物，连贾二爷都是俗不可耐了，何等的洁净世界才能容纳这冰清玉洁的潇湘妃子？所以，"质本洁来还洁去"是最好的归宿。

记得我上大学时，有一位数学系毕业的古典文学教授精于用数学的思维来给贾府算账，我们当时不懂其中奥妙，都觉得有些荒唐。但这位教授独辟蹊径的研究方法，正是与《红楼梦》相关的研究学者在前辈辉煌研究成果的压迫下所做的典型突围努力。在大学做研究，能够换个角度思考，独出异心，并写出相关的著作，一般都能得到不少的高声喝彩。

《红楼梦》的特殊传播途径、特殊的不同传抄版本、特殊的残缺暗示，让研究者如服兴奋剂，欲罢不能，甚至到了走火入魔程度。这其中究竟经过多少大师级、领袖级人物的助力，推波助澜？有学者在电视上强调，《红楼梦》的第一个传播者是高鹗，此后经过清代一系列人物的传抄点评，到清末王国维的新思维研究，到胡适的严谨考证，而让这本"地摊书"有了高贵的品相，另有大领袖的点评和推荐，让这部书即便在一地垃圾的破四旧、"文革"时期，仍然能惊人地幸存，这不能不说是"吉书自有天相"了。如果有学者能从传播学的角度或从广告学的角度来写一本书，我想肯定非常有价值。或许已经有学者在研究了，但我还没有读到。

这次拿到张麒先生的《红楼梦经济学》，认真读过，觉得耳目一新。从数学角度给《红楼梦》算账，我母校那位教授已经弄得很清楚了。从经济学的更为宏观和微观的角度，来全面盘点"贾府"，我觉得这本书还是非常特别且有价值的。

从《红楼梦》看经济，或者从经济学角度看《红楼梦》，却是一种崭新的视角，张麒先生的努力，值得点赞。古汉语中，经济一词的本意，是"经世济民"。因此，在此意义上讲，贾宝玉首先就不是一个合格的"经济人"。他沉溺于个人儿女情长，既不想走官路求功名，又不想寻商途积财富，顶多算是个无害的官二代和富二代。可是，他却不知道，经济是一张无形的罗网，宝黛恋的悲剧，究其根本，还在于经济条件的差异，这正是张麒先生从事"红楼梦经济学"研究的价值和分量所在。

这同样也可以看作经济人看《红楼梦》的"无趣"吧。如果单纯从经济来看，《金瓶梅》里的西门庆是经济高手，他对金钱有直接的感受，感慨地说："兀东西，是好动不好静的。"而那位"陈经济"更是直接研究金钱的宝贝。但这些，可能不一定是《红楼梦》作者的初衷，但书中流露出对贾府"经济不举""居家不易"的焦虑心结却深深感染我们这些后世读者。"愚顽怕读文章"、有意"自废武功"的贾宝玉，只能在大观园中养成，是万不能在今天笼罩全民的"拜物教"气氛中出现的。这难道不可看作作者曹雪芹先生的一种自责和批判吗？

但一个如婴儿般干净的官二代、多情公子，哪里懂得什么经济概念？哪里知道贾府这么大的一个单位，每天要消耗多少金钱？又怎么懂得，他一个人有特殊待遇的"大观园"，实际上是本书作者张麒先生分析的，是"贾府的不良资产"。

"大观园"这个"不良资产"，只是用来消耗的，没有任何产出，也没有任何创造。甚至，作者还分析说，因为没有合理的经济运转模式来支持，"红楼文艺"注定会虎头蛇尾，无疾而终。那个"海棠诗社"开头时看着热热闹闹，但是没有王熙凤和王夫人等的支持，根本搞不成。

从经济角度看"贾府"之兴衰，并进一步窥见清代的经济运行的具体情况，是本书作者的一个独特发现和雄心。"贾府"之衰，以我这样的业余读者的看法，直接地认为是政治问题，但张麒先生却认为是经济问题。可是，如果读者注意到贾政被宣上朝很久都没有消息传回来之后，贾府上下全都惶惶不安的描写，就知道，在那个时代，真是兴亡皆出于天子之口，下臣和俗夫哪里能够抗衡？后来才知道，是元春被封为妃子了，全家上下才大出了一口气。乾隆年间的和珅家世之雄，家庭经济之佳，远非贾府所能媲美，可是嘉庆帝上台，立即将他满门查抄，一个不剩。

但无论如何，从经济角度、从一个典型文本的角度来研究《红楼梦》和它所反映的那个时代的经济、社会状况，确实是新颖的观点。

我很赞同张麒先生的观点：任何一个王朝的兴衰与更替，实质都是经济出了问题。但我们的官定历史叙述，却仅止热衷于描述"农民起义"一类的社会事件。著名历史学家黄仁宇先生一直耿耿于怀的一件事，就是我们的历史研究较少关注"数目字"对社会演进具有的决定性意义。而从小说看历史，自有其见微知著的亲和感；从经济看小说，亦有一份难能可贵的实证精神在里头。张麒先生条分缕析小说中的家族兴亡史，开掘其中的经济学信息，寻找足以为今日借鉴的经验与教训，乐趣之外，更有教益。

张麒先生认为《红楼梦》一书披露了众多经济事件，演绎了许多经济情节，描写了清代初叶国家经济生态和朝廷、府邸、下层民间的生存状态，一幕一幕，堪称清初的一部经济百科全书。细细研读，可窥探朝廷的政治演变，贾府的兴衰轨迹，也可为"红楼国"中众多人物的情感档案增加些经济注脚，看清他们"爱"之花朵下的土壤结构变化。

因此，在张麒先生笔下，连薛蟠人命官司案和贾琏偷娶案，都可以从经济角度加以解读，这样读红楼，也算是透彻。我尤其欣赏本书对"贾府治家理财四女杰"的具体分析和论述——秦可卿、探春、王熙凤、贾母这四位贾府"女杰"，为贾府这个庞大家庭的开支运营，可谓做了各种不同程度的努力。秦可卿的"宏观经济学"在通行的程甲本之类版本中，有些隐藏，不太容易读得到，但王熙凤擅长资本运作，贾母善于化解经济危机，这在《红楼梦》中是着力写的，其中的细节之生动，自不用说了。而探春的改革，简直可以说就是今日社会的缩影。为扭转府内经济颓势，探春运用现代观念管理大观园，实行承包制，开辟财源。她将大观园内的竹子、稻田、莲藕、鱼虾、花草等，分别承包给府里几个懂行的老妈子，同时让她们分别担起园内姑娘们的头油胭脂钱，大小禽鸟、鹿兔的口食费用及各处笤帚、簸箕等日用杂品的花销。这一举措不仅为贾府节省了银两，园子也能得到妥善管理，老妈子们又能自享其收成的盈余，增加了工作积极性，兼顾了各方利益。这种经济实践，不是太容易让我们想起改革开放发轫之初的安徽小岗村了吗？可惜，探春推行的园地承包"新政"，由于贾府经济大厦的岌岌可危，府中接二连三的变故，以及自己不得不远嫁他乡而搁浅了。

书中对于贾府内洋货的源流考，也非常有趣。记得本人少年时期正处"文革"末期，对整个中国和整个世界毫无细节类知识，直以为我老家那个坡脊镇才是世界中心。读《红楼梦》时看到写贾府里、北静王家里竟然有西洋来的物件，感到非常震惊。原以为自古以来，封建社会都是闭关自守的，没想到在先秦时期，中国就跟西方、南方有密切的联系了。唐代时期的贸易，更是远达欧洲、非洲和南亚各地。可是，这些在我们的中小学历史教材里，几乎都是空白。在这本书里，张麒先生考证，清代虽然闭关锁国，但洋货仍从磐石和恶浪中撕开一个个缺口悄然流入。贾宝玉爱洋货，林黛玉爱洋货，连凤烛残年的贾老太太也爱洋货。就是说，尽管上自皇帝，下至王公大臣，他们是遏制和封锁洋货的政策制定者，但又抵挡不住这些差异化的物品的诱惑，成了洋货的追捧者和享用者。洋货在国家层面被禁止，可在权贵与富豪之间却公然流通，这种背反，正是当时社会的变态缩影之一。

张麒先生就像一位现代审计师，给贾门东、西二府查了个底朝天。从贾老太太起，每个人的经济现状，每个人的贡献度和消耗度，都被记到了账上，连依附于贾府的清客和僧尼也没有放过。

以古讽今，或者以历史为鉴，这是一种中国传统的态度。

《红楼梦经济学》远不止于分析"经济"这么简单，作者试图从政治、经济、文化、风俗流弊等多角度拓展开来，显示出一种厚重和恢弘的局面。

平心而论，一本书虽然专业，虽然独特，但可读性也很重要。本书不是刻板的经济学教材，也不是无趣的文学理论专著，作者能够深入浅出，饶有兴味，娓娓道来。普通游客进入"大观园"，原本只想东瞅瞅西看看，拍几张照片晒在微博上的。但跟着张麒先生这位资深导游，我们却可以看到隐藏在"大观园"背后的那些底层经济流，以及支撑这个"梦幻世界"的基石到底是什么。

这样的参观，就不仅有趣，而且有得了。

我与张麒先生素未谋面，承蒙他的雅意，不仅让我得以提前拜读了这部有趣的另类经济学著作，而且还要写一篇读后感作前序，深感荣幸，也深感惶恐。如有任何不专业的乌龙问题，都是我学艺不精所致。

最后，祝贺本书出版，并预祝知音遍全国。

（作者系《收获》杂志编辑部主任、副编审，中国作家协会会员。其专著《对抗语文》《这才是中国最好的语文书》《语文是什么》是当下风靡一时的畅销书）

有情世界的无情算盘

——读张麒的《红楼梦经济学》

江风杨

现代解释学阐释人类的理解机制，有一个概念，叫"视界融合"——读者有一个视界，文本有一个视界，理解就是读者通过阅读文本，让自己的视界与文本的视界不断地交互融合的过程。

这很好地解释了鲁迅先生那段关于《红楼梦》的名论：经学家看见易，道学家看见淫，才子看见缠绵，革命家看见排满，流言家看见宫闱秘事。盖因经学家、道学家、才子们各自视界不同。而一代领袖毛泽东，视界更为独特，他看到的是阶级斗争和几十条人命。

当然，这么多人从《红楼梦》里看到不同的视界，首先也得《红楼梦》本身的视界足够广阔，才可让人各取所需。这一点，《红楼梦》堪当大任。到目前为止，我还看不出中国有任何一个小说文本，在丰富性、广阔性和精当性上，能够与《红楼梦》相比：那几乎是个魔幻入口，可以让我们多维进入康乾社会，立体了解那个时代无数的侧面和层次。

但现在，摆在我面前的，是《红楼梦》的又一个视界，一个我们以前未曾注意过、现在看来又如此合理的视界，这个视界是张麒先生为我们开启的——《红楼梦经济学》。

近些年来颇有一股风潮，以现代经济学的眼光，重读旧文本，结果常有令人意想不到的惊喜：比如吴思的《血酬定律》，再比如，有人从货币学的角度，重读明末农民起义，发现导火索并非什么天灾，而是晚明长期的贸易顺差——大量美洲白银流入中国，引发通货膨胀，经济崩塌。张麒的《红楼梦经济学》亦复如是，让我们在耳熟能详的宝黛钗凤风流账之外，看见了另一个"红楼"世界。

由此我们知道，一个康乾时期的权贵家族，它的资产、地租、经常和非经常收入、维持日常运行所必需的开支，它的资产负债表、现金流水、工资和利润，它的日常经营管理以及由盛转衰的管理漏洞，它的承包经营以及不良资产的处置。除此之外，我们还知道了那个时代的金融（王熙凤放的高利贷和薛家的当铺）、众筹（大观园海棠诗社的运作费用）、古玩收藏（冷子兴从刘姥姥的外孙板儿手上骗走的那个成窑五彩泥金小盖钟茶杯。这个茶杯本属妙玉，因刘姥姥喝了一口，妙玉嫌脏，就送给了刘姥姥，这个茶杯被冷子兴骗去卖了一万两银子）、艺术品买卖（程日兴仿唐寅的春宫画）、进口商品（贾府上颇多洋货如晴雯病中补的那个雀金裘等）、奢侈品（如贾母生日酒宴上摆的"价则无限"的"十六扇璎珞屏风"）、智囊经济（贾政的门客，但这个智囊团其实很不经济，最终害了贾家）、风水经济（宝玉的干妈马道婆搞的邪魔外道，跟今日富豪门下乱窜的风水师有一比）。当然，免不了还有咱中国长盛不衰的特色经济：寻租（买官卖官、干涉司法）和经济诈骗（僧尼佛道、清流野老的敛财术）等。

一般文青看《红楼梦》，他（她）的注意力顺序大抵是：性、情、爱，再到诗词歌赋为止。及至有点阅历，视野开阔一些，才能看到家族内部政治、社会风俗人情，但凡此种种，都还只能算是文化部分，属上层建筑，寄生在经济运行的框架之中，服从经济运行的变化。你只道宝黛钗心转肠回，缠绵悱恻，心肝间好大一个世界，不知道那只是一干青春期少年男女，刚好在一个不问生计的年龄，有一座

8

大观园给他们围起一个小天地，供他们构建情爱世界，一旦失去这个小天地，一旦他们过了这个年龄，谈婚论嫁，走向社会，就不得不服从社会的运行规则，而在这社会运行的背后，起支配作用的，便是权力和经济的力量。

这也就是为什么大观园里的儿女们，最终命运以悲惨居多，那是因为他们在社会运行中，本来就当如此浮沉。换句话来说，他们命该如此，我们之所以觉得痛心，是因为我们拿他们后来的命运与他们当初在大观园里的情况相比较，但大观园里的日子是假的，是依赖一定的经济基础建立起来的，抽掉这个经济基础，就不会有大观园，他们也可能就是刘姥姥、板儿、王狗儿、多浑虫、马道婆、王一贴、冷子兴，诸如此类各色人等（写到这，我也是鼻酸眼热）。在这个意义上，要真正理解《红楼梦》里的情爱、人情和人物的命运，张麒这部书有多重要！你不跟着张麒的算盘，好好替他们算笔账，如何理解《红楼梦》？你充其量只赚到"一把辛酸泪"，根本不可能解得"其中味"。

康乾时代的中国经济，还只是农耕经济，彼时西方资本主义大兴，正在进入工业革命，而我们这里的财富生产，主要还是来自土地，手工业和商业，以及必要的一些金融，都还只是农业这个经济支柱的附庸和延伸。整体社会财富有限，一些人的大富必定以更多人的赤贫为前提。这里面的关键是财富分配，即通过皇帝占有国中全部资产（普天之下，莫非王土），皇帝和他的官僚集团大比例侵占全部人民的生产剩余为主要分配形式，贾府的财富，并不来自现代形式的工业生产，而主要来自皇帝的赐予和地租，其他资产性收入皆以此为依托，所以，《红楼梦》里的经济，主要还是权力经济。可怕的是，直到今天，我们依然能在现实中看到其中的影子。

张麒酷爱《红楼梦》，浸淫其中数十年，他有良好的人文背景，近十多年来闯深圳，长期在经济实践中摸爬滚打，他的这种跨界视野刚好可以为我们打开《红楼梦》的经济世界。不能说这部书已经很完备，只能说还较为初步，但它在红学研究史上，依然是富于开创性的一步，是一个良好的开端。很显然，张麒不会就此止步，必定会有更为深入的《红楼梦经济学》二、三陆续出来。

值得期待，张麒！

（作者系现代西方哲学博士，《深圳商报》财经新闻部主任，资深投融资专家）

目录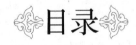

或广开财路，承包园林……这其中一件件，一桩桩，都有值得挖掘的经济学价值。

32 / 可卿托梦：贾府经济 "新常态"

秦可卿的预言和忠告，关乎贾府经济的宏观方向，她看清了贾府经济矛盾的 "叠加"，期望贾府经济的新常态，这对王熙凤是有启发和触动的。

37 / 探春 "新政"：承包经营大观园

探春，作为有见地、敢作为的贾府当家理财后起之秀，她智慧的光芒在于其具有朴素的物用价值 "经济观"，及其大胆地实施 "大观园承包责任制" 的经营行为。

50 / 熙凤敛财：资本运作惹大祸

有 "一万个心眼" 的王熙凤正是看清了朝廷半遮半掩的放债制度，也瞄准了民间市场对流动资本需求无比旺盛的大好时机，适时地进行资本运作，牟取高利，维持贾府的正常运转。

64 / 贾母绝招：余资散尽解危机

贾府巨大的家族经济危机最终得以成功化解，谁是功臣呢？笔者认为，这都归功于贾母。是她以四两拨千斤的巨大内功，将贾府一干晚辈导入慈航，引入新路，躲过了几乎难以逾越的灾难。

73 / 大观园：贾府的不良资产

从经济学的角度论，大观园的建造无疑是贾府经济的一大败笔。大观园，最后成了贾府偌大的一处不良资产：无法变卖，无法套现，也无法转让，只一任其荒芜，尾大不掉。

富贵和奢华如果没有参照系，则难以凸显。《红楼梦》找到了一个与荣国府有些渊源和攀扯的城郊乡下"芥豆之微"的上了年纪的老妪刘姥姥来，对我们认识清初底层民众生活状况以及贫富差别很有帮助。从经济学的角度来看，这一情节写出了贾府的富贵及其富贵的土壤和根源。

人情世故在经济学上叫行为经济。亚当·斯密在其《国富论》和《道德情操论》中早就予以阐释：活生生的人拥有复杂的心理特征，而这些心理因素会通过行为来作用于经济系统，从而影响到经济系统的演变。最具代表性的如损失厌恶、过度自信、公平、自我控制和利他主义等。《红楼梦》里贾府主仆的行为，或深或浅地打上行为经济学的烙印。

想想当朝当代，有多少人为送礼费尽心思，又有多少在看似平常的人情往来上存着薛姨妈这样复杂心怀的人呵。他们为了取悦讨好上司或能为自己带来各种利益的人，真可谓煞费苦心。

"穷居闹市无人问，富在深山有远亲。"这真是一句万古不变的世情。真不知道曹雪芹先生在举家食粥或每每揭不开锅的时候，写到贾芸上门去舅舅卜世仁家"赊欠"东西这件事，是不是在自况他自己破败的家事，或者在追忆自己某年某月某一天同样一段酸楚的经历？

著名经济学家张五常有一个以玉石交易为例引发的"玉石定律"。其玉石定律说："需要专家鉴证的物品，自私自利的行为会增加讯息传达的费用，但没有这种费用的增加，那些物品不会有贵重的用场。"

那么，《红楼梦》中的那些清流们是玉石，是翡翠吗？贾府里的贾政、贾赦、熙凤、贾母等人是专家吗？贾府门外的街衢上有适合这样交易的古董市场吗？

140 / 撒钱的声音既温馨又凄凉

贾府撒钱的一幕，是喜乐、富足的象征，是府上经年累月、"长篇大套"的纯消费生活中的一个不大不小的高潮。可是后来呢？锦衣军上门抄家时，翻箱倒柜，也有金银撒落满地的响声，同时还夹杂着女眷们的哭声和尖利的叫声，一种响声铺排出两种氛围，两种声音的鲜明对比真令人寒心。

142 / 贾母送礼有讲究

阅历丰富、通达人情世故的"人瑞"贾母惯于审时度势，深知此一时彼一时的道理。见过不少风浪的她，明白社会及家族经济的热和冷是相对而言的，何时出手大方，何时花费节俭，并非要强求一律。货币从紧还是宽松，都要审时而度势，岂有不变的定规？后代的人们尤其当下的庙堂当政者、经济学家或许都该从贾母周到的礼数上得到一些有益的启发。

146 / 马道婆与王一贴

经济，真是个奇怪的东西，"水至清则无鱼"。没有马道婆、王一贴这些个浑浑噩噩的九流三教人物，世风也许会清明干净一些不假，但于民生则可能就如清汤寡水，经济难以生根。

150 / 红楼女儿风

贾府中的姑娘、小姐、丫鬟、侍女一个个远离经济实务，她们过惯了平均主义的生活，习惯于清风明月，不懂得交易买卖，没见过大钱，也未曾去当铺里当过东西，自然对金钱、理财和经营都有些懵懂麻木，不敏感……

通常情况下，一个社会里寡妇、剩女、小女生太多，对经济的成长和发展都是不利的。

诈我，我再讹诈你，整个社会的人都活在被讹诈、欺瞒、坑蒙拐骗和被凌辱的"雾霾"之中。这就是《红楼梦》的经济学批判意义，也是贾瑞被讹案值得放大的经济学价值。

167 / 贾琏偷娶尤二姐案

贾琏偷娶尤二姐一案，点明了贾府公子少爷及族中子侄贪恋钱财的缘由，也集中暴露了贾府中男丁"不成器""不治家"的劣根本质。内中有许多经济考量。

171 / 抄检大观园案

抄检大观园案，实际上就是贾府内部穷争恶斗，借机自行抄家，亮疮疤，揭老底。这其实是曹雪芹为写日后锦衣军查抄贾府而早早布下的伏线。可是，一府的经济大树，叶枯了，根烂了，可到头来只能是头痛医头，脚痛医脚，治得了标，却治不了本。

179 / 荣国府失窃案

"树大招风"，从经济学上说，就是不要过度曝光，也可以说不要过度"上镜""包装"；

"低调、低调、再低调"，说的是在经济和财富的数字上宁可模糊一些，遮掩一些，闷头发家，对外装穷；

还有现在有识之士常说的"危机应急管理至关重要，不可小觑"，贾府一门似乎无人懂得其中三昧。

185 / 贾府落败的经济学批判

贾府落得个政息人亡、经济落败的悲剧，极具经济批判意义。

贾府的"经济当局"不懂得利用优质资产，不知道流动资金沉淀所造成"不良资产"的极其危害性。沉湎于"人口红利"——殊不知食口众多，冗员沉淀，正是压垮贾府经济巨轮的最后一根稻草。

　　“你不是红楼迷吗？知道贾母她老人家坚决不冲饮六安瓜片的原因吗，就是因为她也是糖尿病患者。”

　　薛宝钗服用的“冷香丸”，炮制程序之繁杂，用料之精贵奇巧，令世人咋舌。但从《红楼梦》几个章回的情节来看，薛姑娘服食此药，只是治标而未能治本……原因何在？红学界历来众说纷纭，以至“冷香丸”的真实性和药用价值成为红学的一桩公案。

　　《红楼梦》描写的饮食，都与人物的身份、性格以及文化素养有很大关系。

　　《红楼梦》描写的饮食，以群宴、众乐为主，独食的往往简笔记之，大都语焉不详。反映出贾府主仆关系的融洽，贾府主人重视群膳，分享，重视餐叙和沟通，以贾母最为代表。这种府第饮食文化，在中国封建社会的大家族里非常具有典型性。它是中国儒家文化在饮食起居里的渗透和反映，具有重要的借鉴意义。

《红楼梦》里的故事情节，许多都是康熙、雍正两朝的经济事件的原样或翻版，甚至连诸如锦衣军抄贾府、元春选入宫等一些情节简直就与信史并无二致。

　　《红楼梦》所演绎的还有与贾府"一损俱损，一荣俱荣"的史、王、薛家族，他们与贾府一起并称为"四大家族"，其经济的相互依托，相互交融，及至上通天子朝廷，下联庄农佃户，其一桩桩、一件件经济事件和纠纷，历历在目，催人警觉。

　　可以这样说，一部《红楼梦》的情感史，其实就是一部活生生的清初经济史。贾、史、王、薛王公贵胄的风流账，承欢享乐账，正是清初封建士大夫阶层生活状况的写真。

《红楼梦》是一部经济大书

　　曹雪芹所著的《红楼梦》如今无疑已成为一门显学，这一文本不朽的意义就在于其成书近三百年来，不断被人们欣赏、剖析、挖掘和阐释。人们欣赏它，是因为中国文学史上尚无任何一部著作在塑造人物形象上堪与之媲美；人们剖析它，是因为其文本中的文化内涵精深而博大，无边又无际。人们阐释不清，又欲罢不能。刚厘清了一桩，又迅即被无数纷繁的头绪而搅乱，真可谓是说清了东府又被西府所障碍，顺从了西风而又为东风所折服。

　　说《红楼梦》是情学，是因为"红楼"里的众儿女一直为情所困、为情所惑，最终更为情而殁。就连著书人曹雪芹也自况：大旨谈情。

　　贾政、贾赦等《红楼梦》中的衮衮诸公，情依皇权，情系皇家，其喜怒哀乐无不与朝政有关，与皇族有关，其一举一动便不得不畏首畏尾，左顾右盼，动辄陷入进亦不能退亦不是的境地。这种政治情怀，让人哀怜也令人感慨。满人入关后建立的大清政权，一直满汉纠缠，时而说"满"，时而道"汉"。朝政风云变幻，在庙堂也在朝野，叫为官又为奴的贾府载沉亦载浮，同时令贾府的主仆诚惶诚恐，惴惴不安。这种情势和情形，书中随处都有记载，贾府老少爷们既卑微又骄狂的家国情怀笼罩不散，沁肌彻骨。

然而，不管朝云暮雨，也无论风摧大树，只要树未倒，卵未覆，贾府红楼都有既定的繁华和热闹，大观园里的儿女们都会按节气时令呈现一番儿女情长，一如四季里的草木，枯荣兼有，长篇大套，美不胜收……

曹雪芹在《红楼梦》中"大旨谈情"，谈了许多故事，写了众多人物，其绽放的艺术之花，犹如喷发的岩浆，流金溅银，曾经让斯时斯地的星空都为之格外璀璨，也让后世200余年来的人们置身于红楼遗址，生发无尽的缅怀和遐想。后人（包括诸多红学家）们在"红楼梦"这座火山口里，每每捡拾到一块骆驼金或猫眼玉什么的，便欣喜若狂，他们只端详到花红柳绿，或只闻得笙歌繁弦，再可能进一步看得到如花的丽人、似水的骨肉而每每掉进温柔富贵之乡，还原出"偷情"和"艳遇"；或失足于"千红之窟"，体验式地拾得了小姐的胭脂和丫头的香囊；再要么就是拾得黛玉泪珠的琥珀，看得她所葬的花蕊一片片复活，或是更幸运地寻得了宝二爷的通灵宝玉和他一寸寸断了的儿女情长……然而，这些毕竟还是审美的第一个层次，属于审视美物的一个立面。那么，《红楼梦》审美的第二个层次是什么呢？它所呈现美的另一个立面又在哪里？这一点，却历来为人们所忽视或不屑，包括那些曾经和现在都很"显"的红学家们。而我所认为的这一层正是《红楼梦》的经济意义和经济学价值，所谓"撇谈经济"是也。

说"撇谈经济"，是因为《红楼梦》一书披露了清代初叶众多经济事件，演绎了当时许多的经济情节，描写了清代初叶国家经济生态和朝廷、府邸、下层平民的生存状态，一幕一幕，堪称清初的一部经济百科全书。细细研读，可窥探清初朝廷的政治演变，贾府及其他三大家族的兴衰轨迹，也可为"红楼"中众多人物的情感档案增加一些经济注脚，看清他们"爱"的花朵之下的土壤结构变化。他们因虚妄的美丽而绽放，因苦涩的挣扎而无奈。

首先，红楼贾府的兴衰与清朝廷的政治经济嬗变息息相关，贾府被抄家从而一蹶不振就是雍正即位初期追讨国库欠银那一桩桩案例的缩影。

贾府二门的始祖贾演、贾源自大清龙兴即追随始祖爱新觉罗·布库里雍顺（明朝时期的建州满族或称为女真族领袖，在清朝统一中国后，被追封为"清始祖"），是孝庄皇后的包衣奴才。贾演、贾源某一房的妇人甚至还做了顺治爷的奶妈子，康熙皇帝幼小时也喝过她们的奶水。因贾府有战功，又是帝王家的奴仆，故贾演、贾源分别被封为宁国公、荣国公，世袭罔替，到《红楼梦》书中的贾宝玉辈乃为第四代，至贾兰为第五代。然而，"其兴也勃焉，其亡也忽焉"。想当初的钟鸣鼎食之家，一如烈火烹油，繁花着锦，百年间就变得家徒四壁，呼啦啦大厦倾塌，真应了"君子之泽，五世而斩""穷不过三世，富不过五代"的铁律。

《红楼梦》里的故事情节，许多都是康熙、雍正两朝的经济事件的原样或翻版，甚至连诸如锦衣军抄家、贾元春入宫等一些情节简直就与信史并无二致。

　　同时，《红楼梦》所演绎的还有与贾府"一损俱损，一荣俱荣"的史、王、薛家族，他们与贾府一起并称为"四大家族"，其经济的相互依托，相互交融，及至上通天子朝廷，下联庄奴佃户，其一桩桩、一件件经济事件和纠纷，历历在目，催人警觉。

　　可以这样说，一部《红楼梦》的情感史，其实就是一部活生生的清初经济史。贾、史、王、薛王公贵胄的风流账，承欢享乐账，正是清初封建士大夫阶层生活状况的写真。

　　《红楼梦》中正面描写的贾府，是跻身于清初王公大臣之流的贵族，书中所披露的贾家第一代、第二代的生活状况语焉不详，多为后人和家仆的转述；而且正面描写皇宫和当朝王府相宅生活场面的笔墨也极少。然后，正是贾府这一康熙、雍正两朝时期金粉家族生活的波折，为我们研究清代初期上流社会阶层的生活状况提供了样本，尤为难得。

　　红楼贾府主仆生活的礼制、家规和日常经济生活中交换、交易、交往过程中产生的经济文化、民俗文化、风尚和潮流、习惯和流弊，都令我们沉湎和陶醉。清初的士大夫既有忠君爱民的一面，又有欺瞒朝廷、盘剥民众的一面；既怀揣信仰，向往崇高，又极其市侩而贪心，内心充满着纠结和挣扎。这从贾政为官、王仁仕宦、北静王和忠顺亲王等众多人物身上都能找到例证。

　　贾府的每一天都离不开钱财，就如同平民百姓开门总挣不脱"柴米油盐酱醋茶"七件事。这种凡俗的生活场面，既卑琐又温馨，既辛酸又热辣，它深深植入贾母、熙凤、宝玉和大观园丫头们的情感生活，成为托起主人公情感世界和命运沉浮的底盘。诚如鲁迅先生在《伤逝》中所言："人必生活着，爱才有所附丽。"

　　姑且不论为元妃造那座省亲别院（即后来的大观园。笔者注），元妃代皇帝给贾母众多人等的赏赐；也无论是秦可卿葬礼

4

的排场和贾府元宵节的菜单，单就是一年四时八节贾府的用度，一日三餐姑娘丫鬟们的饮食，再哪怕是主奴间一个小小的交往，小的们之间相互的馈赠，偶尔凑的一个份子钱……哪一样离开"银子"这两个字？《红楼梦》中使用频率最高的热词是"银子"［据笔者细数天津古籍出版社2006年10月第1版《脂砚斋重评石头记》上、下卷，一百二十回目里，"银子"（或"两""钱""钱财"）这一词条共出现972次之多，而由此展开故事情节的文字则占了书的三分之一以上篇幅。如第七十二回，"银子"一词出现34次，第四十三回则更多，竟出现38次之多］，最不需要费尽心思去考证的是账目，许多好事歹事的根源都在于"钱"和"财"两个字上。

有了钱，爷们可以娶小，三妻乃至四妾；有了钱，主仆可以颠倒，当然那只是一时一事，或限于特定的斯时斯地；奴仆屈死冤死，或多或少的钱便可打发；打死人不需偿命，掷下钱即可远走他乡；有了钱，就有官身；有了钱，家奴也可以一朝赎身返梓。

"千里为官只为财"，贾政不通此道，因而留不了下人，容不得同僚，导致自己遭弹劾和申斥，散尽钱财止恸哭。贾母对贾府落败早有防范和谋划，做得从从容容，大雅而且大气……

有了钱银的基础，才能形而上之，才有爱的火焰，情的蒸腾，才有那么多红楼梦中的悲剧和喜剧。

有了钱的佐使，才有雪中煮鹿、四美钓鱼、菊花诗会，才有全府上下除夕祭宗祠的盛况……结社也罢，赏月也罢，生日的聚会，听戏时撒钱，如果少了富足的银子，就没有大观园的大雅，更少了上流社会雍容华丽、奢靡精致的生活！

然而，正是这银子，让王熙凤这位并不缺钱的少奶奶挖空心思，不择手段，成为悭吝人，成为泼辣妇，亲手毁了许多人，也毁了她自己。她是一个掉进"钱眼里"的牺牲品。

正是这银子，叫宝玉和黛玉两个冰雪心地的金童玉女嫌弃之、不屑之，最终使孕育多年的爱情之花不得绽放。不是吗，他俩都厌恶"禄""蠹"，宝玉从来不知经济，黛玉因父母双亡而暂栖贾府屋檐，对宝玉哥哥有情有义却无人托话、无人出面，而这正是因为没有富足的家世和经济基础。在贾府上上下下都十分看中钱财和家业的"富贵眼"里，"宝黛之情"简直就是一个空中楼阁，"宝黛之恋"焉能成得了正果？

"宝黛恋"因为经济条件的差异，经济关系的不匹配而以悲剧了结，这正是红楼梦经济学研究的价值。

有什么样的经济基础，就有什么样的上层建筑与之相适应。同时，上层建筑对经济基础具有很强的反作用。《红楼梦》是女儿们的颂歌，粉脂队的佳人对经济的理解，对理财和开源亲力亲为的诸多事迹，令府中向来惯于摆谱打哈哈的爷们汗颜，也令我们后世阅读者为之钦佩，为之肃然。

王熙凤，就是脂粉队中的一员理财骁将，擅长进行资本运作的大鳄，她的用人观、理财观、金融观无不贯通经济要旨；其管府治园的手段，融资汇兑的本领，日常用度的统筹调度和安排，让我们大开眼界，自愧不如。

秦可卿，虽然她英年早逝，但她对富贵的理解，对大户人家兴衰更替的预见，对财务平衡的强调，对府上经济常态的热望，对家族命运的担忧，即便在当下，也均能对得起"宏观调控"这样的称号。

还有贾母，可谓一位看通钱财，看透经济人生的高人。她悠闲的生活节奏，优雅的生活方式，她对满府的"放任"和"节度"，其实都悄悄地掌控在她一如佛祖法力无边的手心，她是辩证的大家，是"无为而治"和"有为生活"集于一身的老祖母。

她是熟稔经济的"祖母绿"！

更有探春，堪称一位经济革新精英。她有经济见地，更有促进经济成长的手段。探春是知行合一的经济改革推动者和躬身实践者。和其祖母贾老太太、其嫂子琏二奶奶、其侄媳可卿夫人一样，她早就对贾府外表轰轰烈烈、内在捉襟见肘的现状有所体察和认识，更对大观园内众兄妹和众奴仆一派乐悠悠的太平景象充满忧虑和担心。但她少说话，不过多议论，而是默然于心，思忖着改良与改革。她深知，既然节流难，那就不妨从开源上多做一些尝试。她抱定"天下没有不可用的东西，既可用便值钱"的信条，将突破点选在把大观园各个园子承包给嬷嬷和下人们去打理的举措上，而且明确宣布承包后所种树木、蔬果和花卉等的所得，承包经营者和土地所有者双方按一个合理的比例进行收益分账。这种把土地所有权和经营权分离，充分利用劳动力资源的经济改革思想，在清代的官宦人家实属凤毛麟角，难能可贵。可惜探春进行园地承包的"新政"由于贾府经济大厦的岌岌可危、府中接二连三的变故，以及她自己不得不远嫁他乡而搁浅。

《红楼梦》曲折地反映了底层穷苦人家的生活疾苦和国家经济基础的脆弱，尤其是土地制度的积弊，具有鲜明的殷鉴意义。尤其通过一座钟鸣鼎食的贾府去观照社会，通过贾府的人群来对比底层平民，更具有讽喻和批判性。

贾府是一座消费之城，大观园更是一个高消费的会所。宁、荣府第里的爷们、女眷、丫鬟奴仆，都不从事耕作生产，但每天的用度消耗却极大。是什么在支撑着这个庞大家族的运转？府中数百、上千号人的生计又是赖以什么维持呢？这正是研究清代官僚士绅阶层生活样本的价值所在。

贾府的生活来源大致有以下几个方面：

一是祖上的余荫。宁国公（贾代化的父亲）、荣国公（贾代善的父亲）这一辈随清始祖征战，建立了开国之功，然后又放到外任为官为宦多年，便有了许多义财和不义之财。这些财产除置办了宁、荣二府的庄园和田亩，自然遗留了不少积蓄传给了儿孙。

二是几代皇上和朝廷的赏赐。既然贾府男丁拜侯封爵，女眷无疑也贵为诰命。按清代朝廷礼制，逢年过节，皇上或朝廷少不了封赏，而且根据爵位等级不同，封赏数目也不尽相同。一般情况下，这种封赏并不是个小数目。自贾政上溯两代，贾府所得到的公赏，是"公"字等级的封赏。在清代，世爵即异姓功臣爵位，或称功臣世爵、民世爵，授予汉员和西南民族等满蒙外其他民族人士。清朝的功臣爵位实际分为二十七个级别，即公爵：一、二、三等公爵；侯爵：一等侯爵兼一云骑尉，一、二、三等侯爵；伯爵：一等伯爵兼一云骑尉，一、二、三等伯爵；子爵：一等子爵兼一云骑尉，一、二、三等子爵；男爵：一等男爵兼一云骑尉，一、二、三等男爵；轻车都尉：一等轻车都尉兼一云骑尉，一、二、三等轻车都尉；骑都尉：骑都尉兼一云骑尉、骑都尉云骑尉、云骑尉恩骑尉。恩骑尉是一级特殊的爵位，清朝世爵每承袭一次，即降一级，云骑尉再袭一次，就降为恩骑尉，恩骑尉不再降爵，而是世袭罔替。公、侯、伯、子、男等爵位都有明确的赏赐标准，如"公"一级的，一等公，可岁支俸银七百两，二等公六百八十五两，三等公六百六十两。

贾政之长女元春被选入宫中，成为贵人（书中演绎为"妃"。笔者注）之后，朝廷的赏赐不但没有中断，又多了皇帝私人的恩赏。书中关于元妃省亲的诸多情节已交代得非常清楚，并且赏银和赏物的数字也令人瞠目！

三是贾府出仕之人的俸银。《红楼梦》中对贾政放任江西粮道的年俸交待得格外分明，即每年百余两，但这在当时真是不足挂齿的数字。查阅《清史稿》，雍正二年，时任河南巡抚田文镜的月俸只二十五两纹银，一年下来俸银也不过三百两吧，维持自己的衣食用度尚且结结巴巴，贴补家用实在是一件难事。虽然贾敬、贾珍、贾赦几个世袭功名的，贾政、贾琏、贾蓉或被赐了官的，或捐了官的，都少不了享有俸禄，但其实多是微不足道的小数目而已。

四是来自佃户的收入。这才是贾府万万不能切断的经济渠道，它关乎贾府的经济命脉。满人入关建立大清政权后，土地兼并日益严重，特别是康熙在位几十年内这种弊端即已凸显，以致到雍正时期，不得不推行"摊丁入亩"新政，取消人头税，将土地作为征税的主要参照系。尽管摊丁入亩制度的实施，结束了清初赋役制度的混乱局面，把原来归农民负担的部分税款转摊到地多丁少的地主富户身上，并且这种损富益贫的政策保证了赋税负担的相对合理化和平均化，但毕竟积重难返，像贾府、史府、王府之类的富户，其日常用度的来源，主要是靠佃户的供养。这里且不多叙。

单说贾府，也是满人入关初期土地兼并既得利益者之一，其土地占有量不少，且分布较为广泛。除府邸周围的庄田（是为私田）之外，在其他地方还有不少庄田（是为外田），这些外田，有的是祖上沿袭，有的是兼并和收购所得。贾府的庄田由庄头承包后统一租给贫困无田的农户耕种，租种庄田的人，其人身依附关系随田地流转，是为庄奴和佃户。《红楼梦》第五十三回记述了黑山庄头乌进孝年终来贾府交租进账一节，就足以说明问题。

乌进孝的"进账单"从"大鹿三十只"至"西洋鸭两对"，所列动物、植物、菜蔬、山珍海味，总计物品折合白银近三千两。乌进孝所承租的贾府庄田显然在北边，时近年关，下起了鹅毛大雪，乌进孝竟走了一个月零两天才到。书中，贾蓉对乌进孝有这样一句训话："你们山坳海沿子上的人，哪里知道这道理。"可见贾府的庄田不仅在北面的大山坳里有，海沿子边上也有。说良田、牧场、山屯、海围应有尽有，怕不为过分吧。尽管从书中看，乌进孝一年用以交租进账的财物折合纹银三千两并不算多，但乌进孝只是贾府庄田庄头之一，以此推论，贾府从各处庄园缴纳的田租总进项自然就是一个惊人的数字了。只有这惊人的田租收入才足够应付贾府奢华的日常享用。

当然，贾府府邸四周的田庄多为祖坟墓地和佛道用地，所派驻的看山耕地的家丁、佣奴的劳作收入，能应付得了他们自己的用度就很不错了，贾府上下一时还看不中这些私田上的收益。

《红楼梦》还曲折地反映了民间贫苦平民的生活，对劳苦百姓的生存状况寄予了深深的悲悯和同情。贾府的每一个家奴都有一部辛酸的血泪史，他们中的许多人只几两、几十两银子便被买入府中园内为仆为奴，任主子打骂、欺凌甚至侮辱，到最后，是死，是伤，是配人，是遣返，也只几两、几十两银子就打发了去。有的嬷嬷、佣奴，世代依附贾府，即便后来成了奴才之首，佣仆之头，自己做了人之母，再升为爷爷奶奶辈，仍改不了身为奴才的卑下地位，也摆脱不了奴才的窘迫生活和经济困境，他们的社会地位丝毫得不到改变，其人身也永远挣不脱贾府的桎梏。这充分反映出清初户籍关系的实际状况——清军入关之初"凡民之著籍，其别有四，曰民籍，曰军籍，亦称卫籍，曰商籍，曰灶籍。其经理之也，必察祖籍。如人户于寄居之地置有坟庐逾二十年者，准入籍出仕，令声明祖籍，回避……"，尤其军籍，是与封建政府有着严格人身依附关系的户籍。不可随意脱户。这也说明后来朝廷废贱民、乐户，允许"赎身为良"政策对经济社会发展所产生的积极影响。

在这里，尤其需要对书中刘姥姥三进贾府的情节作几句解读。这个情节除了艺术上的需要和巨大的艺术比对作用外，对认识贾府一门主仆的生活态度，经济开销以及对我们认识王府贵胄们所赖以生存的经济土壤，当时的社会经济结构、经济伦理和经济流变等都具有十分难得的标本价值。正是这些草根庶民和劳苦大众，才托起了"兴"，决定了"亡"。他们托起一切，也击毁了一切，然后大波大澜，大起大合，重新整合着经济，推动着王朝更替，他们才是江山社稷的柱石和根基！

读一部《红楼梦》，不能只看到"情"字，更应该看到具有历史印记的经济，看到一部清初人生经济账目和一页页改不掉、褪不了色的经济清单。

曹雪芹不厌其烦、详细明了地记载的贾府经济用度流水账，装订成册就是贾府从发家到中兴，由中兴到消亡的家族兴衰史，也就是清代初期社会动荡和经济剧烈变革的发展史。这种有意记载，别具匠心，由于沉淀太深，掩藏很厚，犹如草蛇灰线，柳藏鹦鹉，不轻易为人看清，因而不为人重视，其实这是有悖于文学大师曹雪芹的本意和初衷的。

那么，为何曹雪芹要将这不凡的寓意深埋于联袂逶迤的字句、段落、章回之间呢？应该是在其穷困潦倒、举家食粥之际，还在批阅、增删手头这部不朽典籍的时候刻意为之的吧！

呜呼，我们在登临"红楼"的时候，不妨俯身低看一层，看实一些！

贾母史老太君曾坦言，贾府充其量是个"中等人家"。这是她老人家的谦辞。其实贾府是封建士大夫阶层的大富大贵门第。

贾府上下，一如清代的官府，实行的是年薪月例制，其薪酬等级分明而森严。

贾府的收入来源有来自祖业的遗留，是为"世荫"。此外，贾府还有朝廷赏赐、公俸收入、田地房产租赋和理财收入等。

贾府的经济来源和日常运转

《红楼梦》所记述的贾府，包括宁国府、荣国府两个富贵门第。一如贾府的最高权威人物史老太君——贾母的偏心眼一样，《红楼梦》整个故事以荣国府的日常生活为主线，记述荣国府主子之间、奴仆之间或主仆之间林林总总的情感纠葛和恩怨是非居多，宁国府次之。原因是史老太君——贾母的日常起居都在荣国府，贾母宠溺的宝玉是荣国府的二爷，包括贾母最心疼的黛玉、最欣赏的宝钗（均是书中的主要人物。笔者注）都住在大观园。而大观园恰恰是荣国府的中心，因此，《红楼梦》所展开的故事情节主要以荣国府为背景。除此而外，更重要的荣国府有一个财经总管——王熙凤，举府的日常用度，大事小事，谁能绕得过她？书中第二回"冷子兴演说荣国府"是这样说王熙凤的："（贾琏）自娶了他令夫人之后，倒上下无一人不称颂他夫人的，琏爷倒退了一射之地。说模样又极标致，言谈又爽利，心机又极深细，竟是个男人万不及一的。"这王熙凤，举府谁人不尊之敬之，谁人不畏惧其三分？

贾母——史老太君曾坦言，贾府充其量是个"中等人家"。这是她老人家的谦辞。其实贾府是封建士大夫阶层的大富大贵门第。的确，和亲王贝勒、王公大臣比起来，贾府无论是官职、身份和财富尚不比肩，但比起尹府道台、地方士绅来，贾府又傲视其三分。贾府的开山鼻祖宁国公、荣国公为清朝初期皇帝的包衣奴才，清代立朝开国即封为"公爵"。宁国府一支传至贾代化为第二代，贾敷、贾敬为第三代，贾珍为第四代，贾蓉为第五代；荣国府一支传至贾代善为第二代，贾赦、贾政为第三代，贾琏、宝玉、贾环为第四代，贾兰为第五代，可见贾府是五世之家，四代为宦。

世荫。在《薄命女偏逢薄命郎　葫芦僧乱判葫芦案》这一回中，曹雪芹写贾雨村当初判薛蟠一案时，门人送给他一张本地大族名宦的俗谚口碑，即"护官符"云："贾不贾，白玉为堂金作马。阿房宫，三百里，住不下金陵一个史。东海缺少白玉床，龙王来请金陵王。丰年好大雪（薛），珍珠如土金如铁。"俗谚中的贾、史、王、薛四大家族，互结连理，盘根错节，其中，贾府排在首位，即白玉为堂、黄金铸马的显赫家世。按照"红学考证派"的结论，曹雪芹所著《红楼梦》乃自况平生家世，其曾祖父曹玺、祖父曹寅分别为顺治皇帝、康熙皇帝的包衣奴才。曹玺自康熙二年（1663年）外放金陵任江陵织造，负责办宫廷里朝廷官用的绸缎布匹，以及皇帝临时交办的差使，充当皇帝的耳目，前后达二十二年。此后，曹寅和他的儿子曹颙，继子曹頫连任这一职务，前后近四十年之久。江宁织造无疑是一个肥缺，极易舞弊生财。曹玺及其子孙三代六七十年间积蓄的家产堪比国库（史料载，康熙驾崩时国库白银只存有八百万两。笔者注），因此说，贾府的收入来源不少的是来自祖业的遗留，是为"世荫"。

那么，除此之外，贾府收入来源还有哪些渠道呢？那就是朝廷赏赐、公俸收入、田地房产租赋和理财收入等进项了。

朝廷赏赐。因为贾府是清初皇帝封公授爵的世家，承袭了皇帝和朝廷封赏的官爵职位，按清朝宫廷制度是必有奖赏的。奖赏以年终为最重，类似于现在的年终奖，此外，年内的各个节令和一些特别的日子均有赏赐。书中第五十三回，写贾府即将于除夕前夕祭宗祠，宁府贾珍问夫人尤氏："咱们的春祭可领了不曾？"尤氏回复他已打发蓉儿（贾蓉）领去了。书中交代贾蓉从光禄寺库上领回了一个由小黄布袋装的银两，袋上有"皇恩永赐"几个字，还有礼部祭祀司的印戳。第二十八回写端午节前夕，元妃娘娘嘱贾府打三天平安醮，并拨赏银一百二十两，同时还将端午节礼也一并赏了。关于朝廷赏赐，书中还有许多章节也有零星记载。

到了贾政这一辈，因其长女元春被送入宫中做皇妃，于是贾府在世贵之上又增新宠，皇帝和朝廷对贾府的赏赐自然是有增无减，单就元妃省亲时皇帝的那份赏赐清单即让我们大开眼界：

贾母的是金、玉如意各一柄，沉香拐拄一根，伽楠念珠一串，"富贵长春"宫缎四匹，"福寿绵长"宫绸四匹，紫金"笔锭如意"锞十锭，"吉庆有鱼"银锞十锭。邢夫人、王夫人二分，只减了如意、拐、珠四样。贾敬、贾赦、贾政等，每分御制新书二部，宝墨二匣，金、银爵各二只，表礼按前。宝钗、黛玉诸姊妹等，每人新书一部，宝砚一方，新样格式金银锞二对。宝玉亦同此。贾兰则是金银项圈二个，金银锞二对。尤氏、李纨、凤姐等，皆金银锞四锭，表礼四端。外表礼二十四端，清钱一百串，是赐与贾母、王夫人及诸姊妹房中奶娘众丫鬟的。贾珍、贾琏、贾环、贾蓉等，皆是表礼一分，金锞一双。其余彩缎百端，金银千两，御酒华筵，是赐东西两府凡园中管理工程、陈设、答应及司戏、掌灯诸人的。外有清钱五百串，是统役、优伶、百

14

戏、杂行人丁的。（见第十八回《皇恩重元妃省父母　天伦乐宝玉呈才藻》）

这份赏赐清单，涵盖了贾府自贾母以下的所有主仆，即使"厨役、优伶、百戏、杂役"之人也一个不漏，少说也有数百上千人，笔者按清代物价和市值粗略计算，折合白银将超过一万两。

公职收入。贾府做官拿公俸的人员不算多，计有贾赦、贾政、贾珍（其父贾敬将所袭的官职转让。笔者注）、贾琏等人，贾赦是虚衔，年例银不会很多；贾政在工部掌印，相当于四品官，年例银大概有百余两左右吧，后改任江西粮道，官阶提升一些，但因其为人耿介，不通官场潜规则，不受贿不贪赃，弄得入不敷出，不得不从家中拿银子补贴任上，以致门吏四散；贾琏是花钱捐了个同知的官职，贾蓉因为妻子秦可卿病殁，葬礼上面子的需要，花一千二百两银子，买了一个五品官衔。这样看来，贾府这几个吃皇粮的爷们，其收入大抵能勉强维持自己的用度就不错了，要补贴家用则是断然不能的。不过，他们的公俸虽然不多，但有了权力，家人还是能从中渔利的，书中提及贾政在工部任职，家人中有贾芸等几个还是发了一些财的。

田租收入。贾府的田租收入无疑是个很重要的来源，如果少了这项收入，贾府的日常生活将立马不能自如运转了。

宁国府除夕祭宗祠之际，黑山村庄头乌进孝前来送礼，其礼单开列了山珍、海味、鸡鸭鹅羊、虾鱼米面以及柴炭杂物，节日用度物品一应俱全，共计折合白银近三千两。从书中记载得知，黑山村庄头共管着八九个庄子，方圆两三百里，此番因为当年年景不好，没有凑齐五千两银子的进项，所以庄头乌进孝再三解释和讨饶，贾珍还十分不高兴。可见按常规，贾府仅此一处庄地的年租收入也有六千两左右。

黑山村乌庄是宁府的佃田，宁府这类的佃田当然不止一处。此外还有屯地的地租收入，书中第九十三回就有记载，贾府在郝家庄有专门管屯地收入的人，而且是按月收租的；再加上海田、私田等进项，年收入怕总在数十万两以上吧。在贾府的府第周边，还有自家的私田，佣人周瑞就是负责私田账目的，据他说每年收入"都有三五十万两"。在第五十三回，借庄头乌进孝的口透露了庄子的数量和产量：宁国府有庄子八九个，荣国府的庄子虽然在数量上也是八九个，但面积却大于宁国府庄子几倍。作家李国文在《曹雪芹写吃》一文中，也审视了乌进孝的那份"礼单"，竟得出贾府"天文数字"的收入结论来："这还只是宁国府'一共只剩下八九个庄子'的其中之一，而荣国府'八处庄地，比爷这边多着几倍'，因此，大致可以得出这两府在农庄部分的食物收入。那就是将上述品类均乘以八，然后，将其积再乘以二，所得出来的（就是）天文数字。"李国文的这种统计法，我不敢全信，但透过乌进孝的账单和负责私田账目的佣人周瑞的口，我们还是能大抵摸清贾府的年收入数字的。

第五十三回，乌进孝给宁国府送来了折合三千两银子的实物。贾珍当时皱眉说："我算定你至少也有五千银子来，这够做什么的？"他出此言不会是信口开河，至少说明他家以前向黑山村所收的地租现银当在五千两以上（按清初物价推算，实物价值当在八千两左右。笔者注）。也就是说，遇正常年景，乌进孝所管的黑山村到年底要给宁国府送上价值八千两左右的租子。类似乌进孝的庄子一共有八九个，就算是八个罢，并假定都是等量交租，那么宁国府一年的地租共可收入六万四千两。荣国府"比爷这边多着几倍"，就算是三倍吧，所以按照乌进孝交租的情景，可以推算出荣国府一年的地租收入在十九万二千两左右。宁、荣二府加起来就有二十五万两以上的地租收入。学者们大都倾向于按清初一两银子合现在的一百元计（一两银子的实际购买力不好说，清初的物价比例和现在不同，按不同的物品算就有不同的值。笔者注），则贾府每年的地租收入大概合现在的二千五百万元。贾政自己也坦言，一府之人穿的靠租，吃的靠税。所谓"衣租食税"，正是贾府的生活来源的实况。

两千五百万元，对贾府来说或许是个小数目，但对小户人家而言则是天文数字了。书中第六回，写刘姥姥头一次进荣国府拿到贾府大管家王熙凤给的二十两银子，这足以维持庄户人家一年的开销。这里所说的"开销"应该是日常用钱，粮食是除外的。因为庄户人家一般是不把粮食算在自己的开销之内的。在粮食自给的情况下，只买点油盐酱醋、衣服鞋帽加上送人情什么的，庄户人家一年的花销合现在的二千元大概就够了，虽然比较紧巴。

理财收入。说到理财收入，不能不说一说贾府的理财机制，偌大的宁、荣二府，人丁上千，家产过亿，上通朝廷官府，交游王公大臣，下辖各地的庄农佃户，头绪甚多，层次冗繁，没有一位绝顶的理财高手，则甚难齐家，而贾府的这位理财高手就是两府的大管家——宁国府的二儿媳妇——贾琏的夫人王熙凤。

其实，按现在的公司说，王熙凤只是个"常务副总经理"，她是协助其丈夫贾琏打理这个相当于集团公司的大家族的全部经济事务的，贾琏名义上应该算是总经理。只不过这哥们儿有些贪玩，又好酒色，凡事不甚用心，更无心操持这个大家族繁琐的经济事务，久而久之，当家理财的担子便落在他自家媳妇身上。好在他媳妇王熙凤还挺爱张罗这一大家族的一应杂事。

但王熙凤这位"常务副总经理"上头应该还有一个类似现今公司董事会性质的决策机构，董事会应该有贾母、王夫人、邢夫人、贾琏，甚至还有贾母的"特别助理"鸳鸯。贾政、贾赦、贾珍（当然，贾珍是"族长"，府中诸如年祭、发年货等宗族事务，还是他说了算的。笔者注）这几个或许是只挂个名却不问事的股东。

就是这个"常务副总经理"王熙凤，其勇于当家理财并卓有成效的事迹在书中可谓连篇累牍，从第三回林妹妹打姑苏来贾府时她赫然闪亮登场，到第一百一十三回她一病不起，不得不撒手再也不管贾府的大事小情，这一百多回中都有这位"常务副总经理"驾驶贾府这艘经济大船劈金风斩银浪的理财高手影像。一部贾府经时济世的航行历史，从某种意义上说正是王熙凤的当家理财史，这个航海日志的总题目就两个字：变通；主题：大有大的难处。王熙凤平生落下"泼妇""辣货""夜叉星""烈货"等诨号和别称，与其刻薄节俭的治家手段和理财方式有关，其特点是泼辣果敢，干练沉着，处事绝少拖泥带水，凡事谋划在先，成竹在胸。她是红妆素颜，又强势难挡，外表嬉笑嫣然，内心缜密坚强。她是穿女人衣服做男人事的铁腕儿人物，是脂粉队里的伟丈夫。有关王熙凤铁腕治家、锱铢必较的经济手段和治家方略极具经济学价值，因后文有专门论述，这里暂且一笔带过。

贾府上下，一如清代的官府，实行的是年薪月例制，其薪酬等级分明而森严，即便是史老太君——贾母、王夫人也只能按月领取例银，王夫人每月的例银是二十两，贾母不详，应该比王夫人要多一些才是。倒是贾府的常务副总经理王熙凤的例银数额很清楚明了，书中至少有两处明确地提及过：一是第四十五回里，李纨和宝玉及园里几个姑娘在筹备诗社时，因筹备经费问题，熙凤和李纨耍起贫嘴，指着李纨说："亏了你是个大嫂子呢？姑娘们原是叫你带着念书，学规矩，学针线哪！这会子起诗社！能用几个钱，你就不管了？老太太、太太罢了，原是老封君。你一个月十两银子的月钱，比我们的多两倍子。"

可见，熙凤的月例银不足五六两，年例银只有几十两，就是她的乱七八糟的收入加起来，也在百两以下吧。当然，上述说的是熙凤自说自道的，难免有些掐头除尾，往少里说了一些，但其陪房平儿的话大抵应该是可信的。在第三十九回中写道：有一次因园中月例银不能按时发放，袭人便问起和她一同散步的平儿，平儿坦言，大伙儿的月例银都被王熙凤拿去放债了，并且絮絮叨叨地说起了以下这番话：

"这个月的月钱，我们奶奶（指王熙凤。笔者注）早已支了，放给人使呢。等别处利钱收了来，凑齐了才放呢。因为是你，我才告诉你，你可不许告诉一个人去。"袭人道："难道他还短钱使，还没个足厌？何苦还操这心？"平儿笑道："何曾不是呢。这几年拿着这一项银子，翻出有几百来了。他的公费月例又使不着，十两八两零碎攒了放出去，只他这梯己利钱，一年不到，上千的银子呢。"

从平儿的话中，我们准确地获悉，凤姐的月例银的确不过十两八两。

王熙凤是官宦世家的女儿，即从"护官符"中金陵"王门"嫁入贾府，其陪嫁的银两也可保其一生一世衣食无虞。如果指望贾府的月例银过活，她大概比村姑刘姥姥的景况好不到哪里去。这一点大抵与当时朝廷官员的情况相契合。当时朝廷的三四品官员，年例银也不过几十两、上百两而已，大多养不起一家老小，所以便使着法子去贪去占，清代官场贪腐成风，清代官人也大多蝇营狗苟。

但熙凤身为总理贾府一应经济事务的"大管家"，贪自己府上的钱是断然使不得的：一是于贾府的制度不容；二来没有任何证据显示王熙凤是将这些月例银的利钱和其他放债的收入归了自己的腰包。真实情况是，王熙凤用贾府的流动资金，去到处放债生息。把死钱变成活钱，钱生钱，利生利，这是资本的固有属性，王熙凤熟谙此道。平儿的话中有一处明显的错讹，即"翻出几百来了"中的"百"字应该是"倍"字之误（古人"佰""倍"二字容易混淆。笔者注）。

试想，贾府上下的月例银按王夫人等几人各二十两，李纨及同辈中有关人员每人七八两，熙凤、宝玉和众小姐等每人十两或八两，丫鬟每人二三两，嬷嬷仆人每人一两或几吊、几百文之计，还真是一笔不小的数目，往少里说每月也总有上千两银子。上千两银子的月利息，按当时的放债利率（3%）少说也能得到几十两的利。如果是高利贷，康、雍、乾时期通常是"以子为母，利上加利"，因此世面上通常有"以七钱之本而索十八两之偿"，"借二三十两未及一年，算至二三百两者"，更是获利甚多。王熙凤拿这些月例银子放债，想必有普通借贷的，也有高利贷。此外，王熙凤掌握的贾府的资本还远不止月例银资金这一项，再加上其他的资本金，经她常年这么腾挪翻转，其利润空间还是相当大的。

王熙凤的以本生息，以钱生钱这些手法，虽有利己成分，但更多的是为贾府偌大一家子老少主仆的生计考虑，如果单从"阶级剥削""盘剥人民"的固有观念解析当时官僚世家的资本经营和生财之道，实际上是很肤浅的。如果我们细细读一遍《红楼梦》，就会深切地感知，贾府每一天的用度，每个月的开销，每一年的花费，数字是非常惊人的。不当家不知柴米贵，如果你是王熙凤，你一定会焦虑不堪，用时下的话说，真乃"亚历（压力）山大"，想必你也会像她这样做。

平心而论，如果不能精打细算地理财，没有狂热地追逐资本的手段和本领，没有未雨绸缪的超前谋划，轻则贾府日子难挨，捉襟见肘，重则寅吃卯粮，富贵门第呼啦啦轰然坍塌。贾府能一直衣食餍足地运转着，这一点应归功于王熙凤，归功于她熟谙资本逐利的原理并能大胆经营实施。

　　那么，王熙凤的这些资本经营手段究竟为贾府带来了哪些实实在在的利益，对贾府的可持续发展产生了什么样积极的影响呢？在《红楼梦》第五十五回中，王熙凤对平儿的一番倾诉为这一问题提供了准确的答案：

　　"你知道，我这几年生了多少省俭的法子，一家子大约也没个不背地里恨我的。我如今也是骑上老虎了。虽然看破些，无奈一时也难宽放；二则家里出去的多，进来的少。凡百大小事仍是照着老祖宗手里的规矩，却一年进的产业又不及先时。多省俭了，外人又笑话，老太太、太太也受委屈，家下人也抱怨刻薄；若不趁早儿料理省俭之计，再几年就都赔尽了。"平儿道："可不是这话！将来还有三四位姑娘，还有两三个小爷，一位老太太，这几件大事未完呢。"

　　王熙凤这里主要说她这几年在钱财上的"省"和省钱的不讨好，虽然"挣"了多少没说明，但即便挣了钱也同样不被理解，甚至遭人怨谤和误解。一省一挣，方可维持贾府的状况，这是当下贾府的现实，那么未来呢，将来贾府"还有几件大事"要办，还要花上几万两银子哩，王熙凤的前瞻性思维，由此可见一斑。贾府维持日常生活钱财始终出多入少的现状逼着她不得不时时刻刻地用心经营和谋划。

其一，编制人员太多，人头费用过重，日常开支过大；其二，专项开支不知省减，只讲究虚荣排场，不知量入为出；当然，还有"开源有限""无处开源"的问题也是贾府的死穴，是贾府经济和生存发展的瓶颈。

民生的泪水从古往一直流淌到现今，汇成了江，汇成了河，汇作了浩渺的海洋。贾府经年累月的经济流水账，大有殷鉴和深究的价值！

贾府的"经济困境"

贾府是豪门望族，倘若我们只看到其祖宗的余荫，皇帝和朝廷的恩赏，或者只看到了其佃户田租的进贡，以致眼睛一盯上乌进孝年岁呈上来的礼单，就以为贾府上上下下人人都衣食无忧，钱财用之不竭，总没有个手头拮据的时候，那就大错特错了。

贾母临终前几年就知道府中进的少，出的多，年景一年差似一年，以致在生命的最后一刻"散尽余资"，以便给各房弥补一些亏空，给各位下人争一份出路。

年寿不济却极具前瞻眼光的秦可卿也在临终之际"托梦"王熙凤：府中之事须未雨绸缪，凡事做退一步想。宝钗说："此外还要劝姨娘，如今该减省的就减省些……难道我家当日也是这么零落不成？"弱不禁风又不谙经济事务的林黛玉，即便寄人篱下，也为贾府的未来担忧，在评价探春的园地新政时欣喜地说："出的多，进的少，如今若不省俭，必致后手不接。"身为贾母孙女辈的探春更是对府中无所事事、坐吃山空的人们哀其不幸，怒其不争，进而奋起变革，推行经济新政。

对贾府的经济困境最有危机感的是贾府的大管家王熙凤，她不惜背上骂名也要进行资本运作，想方设法扩大贾府的收入来源。也是她一语道破贾府的实际情况：大有大的难处。她把贾府的难处看清了，也体味尽了。

贾府的难处，在于进项有限，敷出太多，这就造成了贾府最终必然陷入经济困境的结局。

《红楼梦》进入第十四回，林黛玉的父亲林如海亡故前前后后，"敷出"的事便接踵而至：缮国公诰命亡故，王邢二夫人又去打祭送殡；西安郡王王妃华诞，送寿礼；镇国公诰命生了长男，预备贺礼；又有胞兄王仁（王熙凤胞兄。笔者注）连家眷回南，一面写家信禀叩父母并带往之物；又有迎春染病，每日请服药……事繁且多，涉及生老病死和出行上路，样样人情不可偏废，哪桩哪件不得花银子？这样的人情债，份子钱，贾府每月都有，而且是接二连三从没有间断过。

人吃五谷，能不生病？贾府的人延医一次，至少要用一两银子，贾母、王夫人、宝玉、可卿等有身份的人则更高，因为这样才合贾府的门楣和"身段"。

这还是"正常"的人情来往，对官僚仕宦、王公贵族的打点，或与他们的周旋，更是一个无底洞，不知需要多少白花花的银子往里面填。

尤二姐与张华退婚的官司，衙门里的金钱交易，复杂得离谱。为摆平此事，贾府花去白银少说也有上千两（单给张华父子俩的退亲费用就有"百金"。笔者注）。薛蟠第二次打死人一案，过了县府，但"道里"却不得通过，不得已花钱消灾，总共打通关节竟花了几千两之多，后面又追加五百两。薛家的很多诉讼事，除了利用贾府的上层官衙关系，也少不得讨其府上的金钱。

　　大内外祟（太监及其他巧取豪夺者。笔者注）们也是勒索不断，他们隔三差五上门来借钱。名为"借"实为"取"，借出的有时日，偿还的杳无期。书中第七十二回记述宫中夏太监打发一个小太监向贾琏借银子，开口就要二百两。理由就是夏太监看到一所房子，短了二百两银子。对此，贾琏叫苦不迭："一年间他们也搬够了！"果不其然，小太监来借钱时带来话："上两回借的一千二百两银子，等今年底下一齐都送还的。"是不是真的还，是否真的年底一齐还，这都打个问号。

　　除了夏太监，还有周太监。贾琏告诉自己的媳妇王熙凤："昨儿周太监来，张口一千两，我慢了些，他就不自在。"

　　这些阉人其实是成事不足，败事有余。书至第一百零一回，此时贾府行将败落，已是四处显悲音异兆了，来贾府刺探的，恰恰就是这些太监们。惯用谐音术的曹雪芹，偏独在这时点出了这个探子太监的真名实姓——裘世安，他们真的是求世道平安吗？裘世安们，其实求的只是贾府的钱财，这明明就是敲诈！

　　外面的用度既然省不了，那就在家常用度上紧缩，《红楼梦》中有很多章回都细致地描写贾府用度省而又省的情节，真乃居家不易，操持艰难。读者不要被书中有几回家宴和聚会所障眼，那种热闹的场面也不是天天有、月月见的。

　　《红楼梦》第五十四回，写众人为承欢贾母，想在园子里摆两桌酒席赏赏雪景，这需要五十两银子，在这一回中，曹雪芹详细地描写了王熙凤为套出薛姨妈身上一点钱插科打诨的情景，虽然不免有些戏谑成分，但可见五十两银子即便对经常调度上百上千两银子的贾府大管家王熙凤来说也不是小数目，不肯轻易掏腰包。书中交代，贾府实际的第一号当家人王熙凤一家四口每月也只有二十两的进项，她自己的月例只有不足十两银子。

　　贾府的公子哥、姑娘每月例银也只有三五两，丫鬟大多只有一两或几百钱。有一回宝玉过生日，为取取乐，正丫鬟每人出银五钱，次丫鬟每人出银三钱，都是出份子，不曾动用库房银两。其实动也动不得，贾府有严格的规定。作为宝玉——宝二爷的贴身侍女——王夫人和贾母都看好的上等丫头袭人，每月例银也不过一两。当初她做贾母的贴身丫鬟时，月例是二两，待做了宝玉的贴身丫鬟后，月例就依照府里的丫鬟等级降了下来（至于后来袭人因内定为宝玉的偏房侍妾，加上又"表现"好，王夫人自己贴她每月一两，则另当别论。笔者注），袭人家里穷得很，经常手头紧。

再说说黛玉吧，虽然在贾府她不算最尊贵的，但由于贾母对她的宠爱，贾府下人们也都将她当主子看待。可是在她病入膏肓之际，想先预支两个月的例钱都不行，最后还是王熙凤自己送几两给她作为看病的用度。

麝月和秋纹两个次丫头斗牌，为输赢几吊钱闹得不可开交，尽管其中有她们爱计较和率真的因素，但也说明，几吊钱对她们而言并不是个小数。

还有，秦可卿的弟弟秦钟头一趟到宁国府看望姐姐，凭可卿的身份和人缘口碑，加上王熙凤又和她关系十分亲密。可熙凤给秦钟的见面礼也才是一匹尺头、两个状元及第"小金锞子"，用现在的话来说，真是有些寒碜。

第五十五回述及赵姨娘的兄弟赵国基死了，应拿多少赏银，赵姨娘串通管事的吴新登媳妇事先向贾母、王夫人、王熙凤汇报过了，三个当家人答应赵姨娘赏银四十两。但当时王熙凤因小产卧病，探春受王夫人的安排暂时掌管府里事务，这个精明的年轻女管家拿出旧账，得知给四十两赏银不合旧例，于是，按旧例改为只给赏银二十两。

此外，鸳鸯为贾母殉葬上吊而死，她家人只得葬银百两，这还算是破例。而晴雯之死，其家人只得到王夫人拿出来的十两纹银。还有被遣散的戏班子里的童伶，只给每人支了几两银子，算作她们回原籍的盘缠……

贾府日子难挨，何止上述各桩各件。不止奴仆佣人难，连位尊权重的主子也难。《红楼梦》第一百一十四回《王熙凤历幻返金陵 甄应嘉蒙恩还玉阙》中详述王熙凤死后，其兄王仁对葬礼办得很不体面，"诸事将就"，心里很不舒服。因此和贾琏等人吵嚷不止。在书中的后几回（自抄家起）里，贾府上下所谈的都是金钱银两，叫人觉得世俗得有些过分。为柴米油盐、人情往来算计谋划的窘困的生活状况的描述，令人几乎喘不过气来。那么，造成贾府经济日益窘迫的原因究竟有哪些？

其一，编制人员太多，人头费用过重，日常开支过大。先来看荣国府编制内的工资或津贴即"月例银"开支。贾府主仆的月例等级如下：王夫人二十两，李纨十两（后来因贾母、王夫人以"寡妇失业"的理由又添了十两），赵姨娘二两，贾母处丫头每人一两外加四吊钱，宝玉处大丫头每人一吊钱，小丫头每人五百文钱，其余类推。那么，荣国府"编制"内领月例银的人到底有多少？第五十二回中，麝月说："家里上千的人，你也跑来，我也跑来，我们认人问姓，还认不清呢！"第五回宝玉说："如今单我家里，上上下下，就有几百女孩子呢。"第六回讲到，"按荣府中一宅人合算起来，人口虽不多，从上至下也有三四百丁"。第一百零六回讲到，锦衣军抄查荣、宁两府之后，"除去贾赦入官的人，尚有三十余家，共男女二百十二名"。据笔者统计，当时荣国府中领月例钱的主子（不含有官职领朝廷俸禄者）有姓名者十五人，姨娘有姓名或见于情节者十四人，奴仆（含丫鬟奶妈陪房管家小厮女仆男仆等类）有姓名者一百七十五人，小沙弥、小道士二十四人。无姓名者有多少人？难以统计，只知道：贾府姐妹每人除奶妈外，有教引老妈子四人，洒扫使役小丫头四至五人，自住进大观园后，又各添老嬷嬷二人，使役丫头数人；贾宝玉名下，单有姓名者，就有奶妈四人，丫鬟十六人，小厮十人，女仆一人，跟班一人——以致贾宝玉不认识在怡红院工作多时的三等丫鬟林小红。以近十人乃至二三十人服侍一个主子，其人员编制是不是太松了一点！此外，还有看门、厨房、采办等。第六十五回，兴儿"将荣府之事备细告诉"尤二姐："我是二门上该班的人。我们共有两班，一班四个，共是八个。"可见，仅在荣府二门上值守的就有八个人。从上述记载可知，荣国府中领银子的人有三百人以上。

宁国府又有多少奴仆呢？第十四回写因秦可卿丧殁，王熙凤协理宁国府处理丧事，从王熙凤叫来旺家的、彩明丫鬟把宁府的家奴一个个唤进来这一处情节描写得知，宁国府那边的中低层次家奴共有一百二十八人。

两府家奴有近五百人。就取五百整数吧，平均每人月例银一两五钱计算，则每年两府需发人员工资九千两，倘再加上年终利是、赏钱及其他，则在万两以上。

其二，专项开支不知省减，只讲究虚荣排场，不知量入为出。为迎接元妃省亲，贾府特地建造了一个三里半见方的大观园——其中，单是买十二个唱戏的女孩子和行头乐器，就花了三万两银子；买烛彩灯各色帘栊帐幔，又花了二万两银子。贾芹管理小沙弥、小道士，每月供给一百两银子。省亲当日，"只见苑内各色花灯闪灼，皆系纱绫扎成，精致非常。""只见清流一带，势若游龙，两边石栏上，皆系水晶玻璃各色风灯，点得如银光雪浪；上面柳杏诸树虽无花叶，然皆用通草绸绫纸绢依势作成，粘于枝上的，每一株悬灯数盏；更兼池中荷荇凫鹭之属，亦皆系螺蚌羽毛之类作就的。诸灯上下争辉，真系玻璃世界，珠宝乾坤。船上亦系各种盆景诸灯，珠帘绣幕，桂楫兰桡，自不必说"。"进入行宫，但见庭燎烧空，香屑布地，火树琪花，金窗玉槛。说不尽帘卷虾须，毯铺鱼獭，鼎飘麝脑之香，屏列雉尾之扇。"若问整个大观园的建造究竟花了多少钱？连贾府的老爷们也未必说得清楚！

　　还有，贾赦有一次买妾，花了八百两银子。鲍二家的自尽，贾琏给二百两银子，入在流年账上（这记"流年账"的手法十分荒唐，即是把不好出的、不合规定的、不合手续的、历年的敷入的烂账……统统都记在这一个项目名头之下，一年又一年，一年压一年，也不知什么时候清账。其实想"清"也清不了。足见贾府的财务管理是多么混乱。笔者注）宁国府为秦可卿发丧，请来一百零八个僧人拜四十九日的"大悲忏"，超度亡灵；九十九位道人打十九日解冤洗业醮，五十众高僧和五十名高道对坛按七做好事。其间，贾珍为贾蓉捐五品"龙禁尉"的官，又花去一千两银子。贾敬死时，棚杠、孝布等项共使用银子一千一百一十两。贾府过一个年，单单派押岁锞子，就用去碎金子一百五十三两六钱七分。关于府上几个公子和姑娘的婚庆及贾母的后事预计花费，第五十五回凤姐对平儿有个预算："……宝玉和林妹妹他两个一娶一嫁，可以使不着官中的钱，老太太自有梯己拿出来……剩下三四个，满破着每人花上一万银子。环哥娶亲有限，花上三千两银子……老太太事出来，一应都是全了的，不过零星杂项，便费也满破三五千两……"仔细一推敲这笔预算，也确实费用大得惊人，有点"充大头""放不下身段"的味道。后来，府上被抄家，一败涂地，连办贾母的后事都紧巴巴缺钱，宝钗的过门礼也平常得很……就足以说明，居家过日子一定要有长远眼光，一定要量入为出，一定不能寅吃卯粮。

　　当然，还有"开源有限""无处开源"的问题也是贾府的死穴，是贾府经济和生存发展的瓶颈。这里就不展开论述了。

还是回到贾府的经济困境这个话题本身吧，曹雪芹之所以不厌其烦地描述贾府的日常用度，一个劲地揭开豪门大宅灰蒙蒙、酸溜溜的侧面，除了有助于我们认清贾府经济日益窘迫的内在原因，就是有意为我们展示一个贵族府第所谓"富贵"生活的本来面目。贾府是清初豪门大宅的代表，贾府生活状况是清初封建官绅阶层生活的标本，从中我们深深感受到一个家族、清初封建王朝自上而下其实遍布着伤楚和忧烦……

民生的泪水从古往一直流淌到现今，汇成了江，汇成了河，汇作了浩渺的海洋。贾府经年累月的经济流水账，大有殷鉴和深究的价值！

有关贾府裙钗队伍的诸多当家理财事迹，一如珠玑，几乎镶嵌在《红楼梦》的每一个章回，她们或锱铢必较，精于算计；或挪三借四，盘活银两；或广开财路，承包园林……秦可卿的预言，可谓把握贾府经济的宏观；探春的新政，又何尝不是荒园里的一条生路；固定资产如何投资，如何保值增值，熙凤既有心得，又有实践；大树轰然倒下，猢狲如何安顿，贾母"散尽余资"，化解了一场危机。这其中一件件、一桩桩，都有值得挖掘的经济学价值。

治家理财：贾府四女杰

《红楼梦》既写出了贾府的衰败和没落，兼写出了史、王、薛家的式微和萧条，点明了"一荣俱荣，一损俱损""六亲同运"（贾母语。笔者注）的封建官绅阶层利益共同体格局。

贾府的衰败，从表面上看是政治的失势，经济的崩盘，实质是人的衰败、堕落。人的失败，才是红楼梦的主题。为烘托这一主题，曹雪芹细致地描写了贾府经济的种种弊端。生活在贾府的人们，由于不事稼穑，心态失衡，治理不当，用人偏颇和机制僵化等诸多因素的作用累积，以致大观园的莺嗔燕咤，月辉笙歌，只是三五年间的"烟花效应"，其兴也勃焉，其亡也忽焉。

在《红楼梦》中，真正看透了人生、阅破了尘世的人，当属贾宝玉，他披一件红猩猩斗篷随一秃一跛两位得道仙僧遁世而去，堪称真洒脱和大智慧。从真性情和虚无忘我的角度来说，他是贾府一门众多男儿的翘楚，但这与经济无涉。

除宝玉外，宁、荣二府的众多男丁皆为浊物，庸俗不堪，他们既无宝玉纯情、超逸的境界，也无持家理财的本领和能耐，检索他们的日常行为举止，只是苟且偷安，得过且过，既不顾后，亦无前瞻，让人不由得好生感叹！

倒是一帮粉黛裙钗，对贾府当家理财的贡献颇大，建树颇多，担当不少，而且见解不凡，她们堪称贾府的巾帼英雄，如贾母、王熙凤、探春、秦可卿、宝钗、袭人等都是其中杰出的代表。在《红楼梦》开篇第一回脂砚斋批语中，作者就点明：

"今风尘碌碌，一事无成，忽念及当日所有之女子，一一细考较去，觉其行止见识皆出于我之上。何我堂堂须眉。诚不若彼裙钗哉？实愧则有余，悔又无益之大无可如何之日也！当此，则自欲将已往所赖天恩祖德，锦衣纨绔之时，饫甘餍肥之日，背父兄教育之恩，负师友规训之德，以至今日一技无成，半生潦倒之罪，编述一集，以告天下人：我之罪固不免，然闺阁中本自历历有人，万不可因我之不肖，自护己短，一并使其泯灭也。虽今日之茅椽蓬牖，瓦灶绳床，其晨夕风露，阶柳庭花，亦未有妨我之襟怀笔墨者。虽我未学，下笔无文，又何妨用假语村言，敷演出一段故事来，亦可使闺阁昭传。复可悦世之目，破人愁闷，不亦宜乎？"

这不仅是作者的感叹，也不仅是宝玉的愧叹，更应是贾府爷们自贾赦、贾政、贾敬、贾琏而下所有庸碌男丁的悲叹！

有关贾府裙钗队伍的诸多当家理财事迹，一如珠玑，几乎镶嵌在《红楼梦》的每一个章回，她们或锱铢必较，精于算计；或挪三借四，盘活银两；或广开财路，承包园林……秦可卿的预言，可谓把握贾府经济的宏观；探春的新政，又何尝不是荒园里的一条生路；固定资产如何投资，如何保值增值，熙凤既有心得，又有实践；大树轰然倒下，猢狲如何安顿，贾母"散尽余资"，化解了一场危机。这其中一件件，一桩桩，都有值得挖掘的经济学价值。

单就秦可卿卧房陈设之高雅华贵，以及其死后的哀荣，都足以说明这个女子的尊贵和不凡。也正是因为她有如此不凡的身世和来历，才造就了她一双"洞明世事"的眼光，她才能比别人多看透一层，早看穿几分，同时对贾府"三春去后诸芳尽，各自径寻各自门"的预见才如此准确。

秦可卿的预言和忠告，关乎贾府经济的宏观方向，她看清了贾府经济矛盾的"叠加"，期望贾府经济的新常态，这对王熙凤是有启发和触动的。

可卿托梦：贾府经济"新常态"

贾府无疑是一座消费之城。

其鼎盛时，宁、荣二府主仆数百上千，每天吃的、穿的、用的，要耗费多少物资？折合多少银两？无人、也无法统计出一个准确的数字来，但想必是一个庞大的数目。一年的十二个月份，十二个月里的二十四个节气，多少迎来送往，人情枉费；多少人生辰寿诞，多少回婚丧嫁娶，还有必过的大日子和年关，这又需要多少开销？

可贾府的进项在哪里？书里写明有朝廷的赏赐，有府里几个男人的俸禄，有庄田和土地的租金收入。但贾府毕竟太大了，人口毕竟太多了，况且有的进项归单门独户所有，非"公账"收入。可偌大一个贾府偏偏实行的是"一大二公"的供给制，因而很多时候是寅吃卯粮，挪三借四，生发出好多"难处"。

最为致命的是，很多几代为奴的家仆统统只作为消费者，并不从事生产和劳作。作为"佣者"，他们的服侍（服务）工作是不产生直接的经济效益的，正所谓"坐吃山空"。长此以往，贾府必然"空心化"。

这正是秦可卿的忧虑所在。这位在贾府里忧患意识最为浓厚的女性，临终前"托梦"给贾府中实际的大管家王熙凤（贾琏只是名义上的总管，跑跑龙套而已。笔者注）提醒王熙凤未雨绸缪，广置田地房产，以备贾府在失去皇家恩宠后仍有作为平民的活路。书中第十三回这样写道：

话说凤姐儿自贾琏送黛玉往扬州去后，心中实在无趣，每到晚间，不过和平儿说笑一回，就胡乱睡了。

这日夜间，正和平儿灯下拥炉倦绣，早命浓薰绣被，二人睡下，屈指算行程该到何处，不知不觉已交三鼓。平儿已睡熟了。凤姐方觉星眼微朦，恍惚只见秦氏从外走来，含笑说道："婶婶好睡！我今日回去，你也不送我一程。因娘儿们素日相好，我舍不得婶子，故来别你一别。还有一件心愿未了，非告诉婶子，别人未必中用。"

凤姐听了，恍惚问道："有何心事？你只管托我就是了。"秦氏道："婶婶，你是个脂粉队里的英雄，连那些束带顶冠的男子也不能过你，你如何连两句俗语也不晓得？常言'月满则亏，水满则溢'；又道是'登高必跌重'。如今我们家赫赫扬扬，已将百载，一日倘或乐极悲生，若应了那句'树倒猢狲散'的俗语，岂不虚称了一世诗书旧族了！"凤姐听了此话，心胸大快，十分敬畏，忙问道："这话虑的极是，但有何法可以永保无虞？"秦氏冷笑道："婶子好痴也。否极泰来，荣辱自古周而复始，岂人力能可常保的。但如今能于荣时筹画下将来衰时的世业，亦可谓常保永全了。即如今日诸事都妥，只有两件未妥，若把此事如此一行，则后日可保永全了。"

凤姐便问何事。秦氏道："目今祖茔虽四时祭祀，只是无一

定的钱粮；第二，家塾虽立，无一定的供给。依我看来，如今盛时固不缺祭祀供给，但将来败落之时，此二项有何出处？莫若依我定见，趁今日富贵，将祖茔附近多置田庄房舍地亩，以备祭祀供给之费皆出自此处，将家塾亦设于此。合同族中长幼，大家定了则例，日后按房掌管这一年的地亩、钱粮、祭祀、供给之事。如此周流，又无竞争，亦不有典卖诸弊。便是有了罪，凡物可入官，这祭祀产业连官也不入的。便败落下来，子孙回家读书务农，也有个退步，祭祀又可永继。若目今以为荣华不绝，不思后日，终非长策。眼见不日又有一件非常喜事，真是烈火烹油、鲜花着锦之盛。要知道，也不过是瞬息的繁华，一时的欢乐，万不可忘了那'盛筵必散'的俗语。此时若不早为后虑，临期只恐后悔无益了。"

秦可卿在书中第十三回之前已然命丧天香楼，因此才有这番"托梦"的话。这番话想必平日里她与王熙凤侄婶二人交心时说过，而且还不只一次两次地说叨，是多次重申。从秦可卿的角度来说，她这话算是对贾府最高"经济当局"，最权威的当家人的建议和进言；从熙凤的角度说，这话正触及贾府家计最敏感的神经，也是自己"英雄所见略同"的心得和体会。

秦可卿在宁府算是最受上辈恩宠和下辈尊重的有脸面的人。王熙凤有一回来探望在病中的秦可卿时，秦可卿坦言："公公婆婆当自己的女孩儿似的待。婶娘的侄儿虽说年轻，却也是他敬我，我敬他，从来没有红过脸儿。就是一家子长辈同辈之中，除了婶子倒不用说了，别人也从无不疼我的，也无不和我好的。"这除了证明秦氏贤良，还说明其精明，这精明来自她凡事比别人多考虑几番，许多信息传到她耳朵里，"都在衬量个三日五日"（秦可卿婆婆尤氏这样评价她。笔者注）。

据刘心武先生考证，秦可卿是那个"坏了事"的王爷在其幼小时就寄放于贾府的，"坏了事"的王爷实际上影射的是康熙时代的太子胤礽。书中说秦可卿是一位与贾府有些瓜葛的叫秦业的人从养生堂抱养的，后来与宁府的贾蓉联姻，其实是作者曹雪芹掩人耳目之笔。

姑且不论刘心武先生考证得是否合理、属实，单就秦可卿卧房陈设之高雅华贵，以及其死后的哀荣，都足以说明这个女子的尊贵和不凡。也正是因为她有如此不凡的身世和来历，才造就了她一双"洞明世事"的眼光，她才能比别人多看透一层，早看穿几分，同时对贾府"三春去后诸芳尽，各自径寻各自门"的预见才如此准确。事实果真如此，《红楼梦》集中写了贾府前后不足五年的事，在秦可卿天香楼丧命后三年，贾府这座大厦就呼啦啦地倾塌了。

秦可卿为何能以"天人"般的口吻道出"托梦"这番话？刘心武先生的解释倒也不无道理，可谓精当："历代的读者，都对秦可卿的这一托梦，感到有些莫名其妙，这些话，似不该出于她的口中，她若说些比如悔淫惭浪、劝人改邪归正的话，倒差不多，可偏她有这样宽的心胸，这样大的口气，可见她并非真是那样一个清寒出身，她托梦的口吻，俨然'天人'的声气，与她的姐姐警幻仙姑的口气相仿，这只能让我们的思路转向这样一条胡同——秦可卿的真实出身，是一个甚至比荣宁二府还要富贵的门第，但因没能趁富贵之时在祖茔附近多置田庄房舍，结果'有了罪'，一切财产都入了官，连她的真实身份，也不得不隐匿起来。"（引自刘心武《红楼望月》）

在此，笔者要特别强调的是，秦可卿这番话凸显出其高明的经济见解，宏观经济思维，即将闲置资金变换成不动产，可使贾府这个经济实体保持稳定，避免其坐吃山空，过度"空心化"。

贾府祖宗坟地多，却没有多少田地和房产。秦可卿的意见是在祖宗坟地及其周边广置田地和房舍，让奴才及其家人们耕种经营，既可以使他们自耕自食，减少府中的日常开支，也可开辟新的经济来源。更重要的是，一旦府上遇到经济危机，一门主子和奴才能有个栖身之处，并可以解决基本的温饱问题。可惜秦氏的这番高论，由于贾府一成不变的管理机制和现金流日益枯竭等诸多原因，无法得以实施，以致后来贾府人财俱散，不幸被秦可卿言中。

秦可卿的预言和忠告，关乎贾府经济的宏观方向，她看清了贾府经济矛盾的"叠加"，期望贾府经济的新常态，这对王熙凤是有启发和触动的。想必秦可卿的忧患之言不只在某一个人面前，某一个场合提起过。其实在一定范围内，她的这种宏观之论早已形成了共识。后来，王熙凤不惜驳了贾政的面子，执意不肯买下冯紫英上门推销的价值两万两银子的奢侈品，而坚持将有限的银子用于将来置些田地等不动产；此外，探春在王熙凤生病期间，一度力主推行大观园园林承包等新举措，都足以说明这一点。

探春，作为有见地、敢作为的贾府当家理财后起之秀，她智慧的光芒在于其具有朴素的物用价值"经济观"，及其大胆地实施"大观园承包责任制"的经营行为。在当时的封建社会，而且作为一个官宦豪门的大家闺秀，这些思想和行为尤为难得。

曹雪芹不遗余力地歌颂探春这位为贾府进行经济革新的女性人物，而且总是铺衬以鲜花和掌声，其为何要这样用心、用情并浓墨重彩地用笔，这是非常值得我们悉心体味和深思的。

探春"新政"：承包经营大观园

一

对于贾府的财政弊端和即将陷入的经济困境，看得出的很少，但主持安排贾府日常开销和用度的王熙凤却是对此洞若观火的一位。在秦可卿居丧，王熙凤应贾珍之托协理宁国府期间，其便曾指出宁府的"五大弊端"："头一件是人口混杂，遗失东西；第二件，事无专责，临期推诿；第三件，需用过费，滥支冒领；第四件，任无大小，苦乐不均；第五件，家人豪纵，有脸者不服铃束，无脸者不能上进。"

平心而论，凤姐是看到了宁、荣二府的病根，而且一直试图有所改变，但毕竟她是贾府事务管理的中心、重心，事多且繁，她又不懂"黑箱理论"，凡事亲力亲为，管得过于具体，而且面面俱到，有时管得又过于宽泛，往往是忙了这边又忙那边，有心欲除却贾府之弊，其实是心有余而力不足。

对贾府的前途有所忧虑和担心，府里脂粉队中不乏其人。

秦可卿担心贾府过度"空心化"，托梦于大管家王熙凤"须广置田地房产"，开启贾府经济"新常态"；而身在幽深的皇宫中的元妃娘娘也于贾母梦中寄言：凡事应做退一步想；行事雍容而沉稳的宝钗也看到了贾府"进的少，出的多"的危机；黛玉也担心"若不省俭，必致于后手不接"。

但这些毕竟只是闺阁女子的空空感叹，坐而论道罢了，积重难返的贾府，亟待出现几位敢于革新、奋而起之的人。正当此时，贾探春——贾府三小姐勇敢地站了出来，她采取的一系列兴利除弊的改革举措，短时间内就给贾府的经营管理和上下人事吹来了一股清新的风。

在《红楼梦》第五十六回中，贾府三小姐——探春闪亮登上治家理财的舞台，揭开了贾府兴利除弊大戏的序幕。探春治家的起因是，王熙凤病倒了，暂时不能再管荣府中日常用度的具体事务，王夫人便叫探春代管一阵子，但凤姐仍是执总蠹，探春是副将，用现在的话说就是挂了个"常务副总"的头衔，同时还有一个副手——李纨。但李纨是"尚德不尚才的"（王夫人语。笔者注），陪衬而已。

探春兴利除弊，堪称雷厉风行，见招拆招，可圈可点。

其一，减去不合理的例内的开支。

贾政的偏房太太、探春的生母——赵姨娘的兄弟——也就是探春的亲舅舅赵国基死了，按贾府成例，是可领取丧事赏银的，但赏银是多少？有定规却无细则。可多也可少，全凭总管事务的人定夺。已往的个案是：曾做过贾母的贴身丫鬟、现在又是宝玉的贴身丫鬟——袭人之母死时赏过四十两，还有一位外头人死时也赏过四十两，但也有两个家里的死了赏过二十两；赏过外头的还有多的，一个是一百两，一个是六十两，但这有原因，一个是隔省迁父母之灵柩，一个是现买葬地。这个赵姨娘平时刁钻善妒，为人又特别爱计较，而且心眼很多。此番她兄弟去世，为赏银之事她事先讨凤姐的好，和凤姐说通了，并且还征得贾母和正房王夫人的认可，三位前当家人都答应给其四十两赏丧银。但这显然是不合制度的。不过，具体负责处理丧银事务的吴新登家的和赵姨娘偏偏不与现在主事的探春说明这一切，而是怀着刁难或考验的心思，想看看探春究竟有怎样的治家财本领，她们暗想，赏银数额既然已和你的"顶头上司"们说过了，你还不照原样批？再者，你若少批，不一连得罪了好几个。

可令赵姨娘万万想不到的是，很有大局观念、见识颇不一般的探春姑娘恰恰不肯对自己的亲生母亲徇私，对三位前当家人特批特赏自己亲舅舅的四十两丧葬赏银居然就做了个"减半"处理。赵姨娘本以为自己的亲生姑娘上任新主事，会有一些便宜可占，不成想探春她竟毫不徇情，一当主事，自己兄弟的丧葬赏银就少了二十两，赵姨娘被气得半死，大哭大闹，一向对事不对人的探春姑娘却丝毫不为亲生母亲的胡搅蛮缠所动。这一举动让向来自负的王熙凤也十分佩服："擒贼先擒王"，三姑娘一主事便拿我开刀，先驳下我的面子，看今后谁还敢不服？

其二，对重复领学费等巧立名目的损公肥私行为说"不"。

贾府设有私塾，私塾里的学费有常例：族中男丁学费每年可支八两，由贾府公账报销。一天，探春见有个下人来催学费的出项，便问："环爷（贾环）和兰哥儿（贾兰）家学里这一年（八两）的银子，是做那一项用的？"那个下人回答："一年学里吃点心或者买纸笔，每位有八两银子的使用。"探春便说："凡爷们的使用，都是各屋领了月钱的。环哥的是姨娘领二两，宝玉的是老太太屋里袭人领二两，兰哥儿是大奶奶（李纨）屋里领。怎么学里每人又多这八两？原来上学去的是为这八两银子！"于是探春当即决定："从今儿起，把这一项蠲了。"瞧，这又是贾府的一处积弊。各房上学的孩子本来已领过学费，可不知从何时

39

起，又是谁人开的头，竟节外生枝搞出新花样再每年多领八两银子，显然是损府里公款，肥一己之私。而精明、秉公的探春不理会这些花样，大胆地对这些不合理的开支说"不"，不予报销！

其三，废止涉及众女眷的脂粉头油"福利"。

在一众养尊处优的女人头脸上"开刀"，可是一件十分棘手的事，谁都知道，这各房小姐丫头每月二两银子脂粉、头油之类用品的支出中有"藏掖"，有"猫腻"，但因为是涉及众女眷"福利"的事，谁也不去理它，碰它。但探春理了，也碰了——当探春得知各房小姐及丫头每月须用二两银子做脂粉等日用品开支，而且这些东西还安排由专人买办，至于这买办买来的是否货真价实，是否足额足量，那就无人去管了。这位善于精打细算的贾府三姑娘想，姑娘们每月有二两例银，丫头们也有月例钱，这些月例里应该已经包括了脂粉头油项目，何必又要发实物呢，这实际上就是变相发钱，是乱派"福利"。和前面几位公子重复地多领八两上学钱一样。不用说，"砍"了去，于是，从此便废止了女眷们的这项"福利"。

前文所说的贾府中的"五大弊端"，熙凤看得明白，探春改得痛快。探春革新除弊之事，书中不可能一一尽述，想必其破除陈规陋习的事还有不少。曹雪芹是最擅长于"草蛇灰线"埋伏笔的文学大师，其关于贾府盛极一时终将败落的伏笔，空空道人和元妃、可卿等几位有远见女流之辈的预言，"裙钗一二可齐家"的伏墨，除了寄托他对贾府持家理财女能人的满腔情感之外，更重要的是早早为"敏探春兴利除宿弊"这一章回铺平道路，为探春远嫁南海做王妃这一令人遗憾的结局渲染造势。

探春新政，寄托了曹雪芹对贾府治家理财新一辈的深深敬仰，也流露出对贾府回光返照这一幕的深切悲悯和同情。

二

　　探春，作为有见地、敢作为的贾府当家理财后起之秀，她智慧的光芒在于其具有朴素的物用价值"经济观"，及其大胆地实施"大观园承包责任制"的经营行为。在当时的封建社会，而且作为一个官宦豪门的大家闺秀，这些思想和行为尤为难得。

1. 探春的"物用价值"经济观

　　贾府里，无论主子还是奴仆，个个都是实用主义者，他们懂得享受生活，知道格物所用。虽然从《红楼梦》中的描写没有见到过多暴殄天物的行为，但其中人物吃的、喝的、玩的、鉴赏的，以及许多开心取乐之事，无时无刻不派上了"物"的用场，诠释着银两的神通。

　　大观园的一砖一瓦，一廊一亭要用多少人力和物力？

　　贾府的寿宴和年祭，需用得多少银两和物品？

　　芒种要饯花神，消寒要摆酒席，端午要打平安醮，中秋要大开夜宴。春日流觞，果馔纷呈；诗社既起，先筹银两……

　　还有茯苓霜和冷香丸，六足龟和千年的松根，天地之精华似乎只为贾府的儿女们早早预备着；栊翠庵的红梅，芦雪庵的鹿肉……贾府既铺排尘世，又染指佛国……

　　贾府的嬷嬷们见惯了这一切，她们尽管去市面上采购搜罗，然后烹调制作，再按成例、按尊卑地位，为大小主仆们小心翼翼地分派。她们见到了"物"就想到了钱，于是她们的眼睛就钻进了钱眼，眼珠子由年轻时闪光的珍珠，变成了无光的死珠，再变成了"鱼眼珠"——这是宝玉的话。贾母也说，满府上上下下人人都长了一双"富贵眼"。小丫环们也抱怨那些老嬷嬷"如今越老了，越把钱看得真了"。

　　十个钱一枚鸡蛋，五分钱一斤螃蟹，一两八钱一个玉顶金豆雀儿，六钱银子外加三百钱就可弄来两盆白海棠……贾府的主子将"物用"享受到极致，奴才们也一个个染上了拜物兼拜金的习气。

譬如，丫鬟们"补金裘""纳鞋底"，但也绞荷包，撕扇子。

探春参透了贾府中的"物用之耗"和尾大不掉的消费人群，知道节流难，便在开源上动脑筋。

"天下没有不可用的东西，既可用，便值钱"，这是《红楼梦》第五十二回中探春与宝钗一段对话中的名言。虽然这话出于宝钗之口，但却是探春前面一番论述的延续，可以衍文互见为探春的观点。这个"物用价值观"，正是探春实施大观园园林承包责任制新政的理论基石。

探春是荣府的三小姐，身份尊贵的淑女。按照封建时代的礼教，只需读读《女儿经》之类的贤文，再做做针黹纺织之类，方为正宗正道，大可不必言经济，谈治理，更不可僭越主事的男丁，在府里立规矩，启法度。但探春却是"老鸹窝里的凤凰""带刺的玫瑰"（兴儿语。笔者注），她不以女儿身而自弃，也不因姑娘小姐的身份而淡忘持家理财的立身根本。

《红楼梦》第五十六回中，探春与宝钗一起阐述《不自弃》文章，是她"不暴不弃"意志的表达，也是她在协理熙凤主持府中事务时敢于实施新政的思想源头。《不自弃》语出《朱子·庭训》，是宋代大理学家朱熹的一篇关于立身济世的好文章，全文如下：

夫天下之物，皆物也。而物有一节之可取，且不为世之所弃，可谓人而不如物乎！盖顽如石而有攻玉之用，毒如蝮而有和药之需。粪其污矣，施之发田，则五谷赖之以秀实；灰既冷矣，俾之洗瀚，则衣裳赖之以精洁。食龟之肉，甲可遗也，而人用之以占年；食鹅之肉，毛可弃也，峒民缝之以御蜡。推而举之，类而推之，则天下无弃物矣。今人而见弃焉，特其自弃尔。五行以性其性，五事以形其形，五典以教其教，五经以学其学。有格致体物以律其文章，有课式程试以梯其富贵。达则以是道为卿为相，穷则以是道为师为友。今人弃菜而怨天尤人，岂理也哉！故怨天者不勤，尤人者无志。反求诸己而自尤自罪、自怨自悔，卓然立其志，锐然策其功，视天下之物有一节之可取且不为世之所弃，岂以人而不如物乎！今名卿士大夫之子孙，华其身，甘其食，谀其言，傲其物，遨游燕乐，不知身之所以耀润者，皆乃祖乃父勤劳刻苦也。欲芳泉而不知其源，饭香黍而不知其由，一旦时异事殊，失其故态，士焉而学之不及，农焉而劳之不堪，工焉而巧之不素，商焉而资之不给。当是时也，窘之以寒暑，艰之以衣食，妻垢其面，子（置）其形，虽残杯冷炙，吃之而不惭；穿衣破履，服之而无耻，黯然而莫振者，皆昔日之所为有以致之而然也。吾见房杜平生勤苦，仅能立门户，遭不肖子弟荡覆殆尽，斯可鉴矣。又见河南马氏倚其富贵，骄奢淫佚，子孙为之燕乐而已，人间事业百不识一，当时号为酒囊饭袋。乃世变运衰，饿死于沟壑不可数计，此又其大戒也。为人孙者，当思祖德之勤劳。

为太子者，当念父功之刻苦，孜孜汲汲，以成其事；兢兢业业，以立其志。人皆趋彼，我独守此；人皆迁之，我独不移。士其业者，必至于登名；农其业者，必至于积粟：工其棠者，必至于作巧；商其业者，必至于盈资。若是，则于身不弃，于人无傀，祖父不失其贻谋，子孙不沦于困辱，永保其身，不亦宜乎！

此文劝诫世人不自弃，敢作为，有担当。论点鲜明，语词庄严，文章举寻常之例，讲世间之理，所言"怨天者不勤，尤人者无志"，"视天下之物有一节之可取且不为世人所弃，岂以人而不如物乎？"实乃发人深省，启人心智。

在贾府经济暗显危机，家族时现悲兆的情形之下，探春、宝钗以及平儿、袭人等这批女辈后起之秀，能从《不自弃》中得出"天下没有不可用的东西"的结论，进而认定"东西"的实用价值，抱定"可用便值钱"的理念去开辟府中物用的来源，可谓贾府中有经济觉悟的智者、能者。

在这种思想支配下，一个小小的刺戳，竟激发了探春革除贾府旧弊，实施园林承包新政的灵感。

有一回，探春打宁府那边的下人赖大家的园子里经过。得知园子"除了他们（家人）带的花儿、吃的笋茶鱼虾之外，还有人包了去，年终足有二百两银子剩"，深受启发："原来一个破荷叶，一根枯草根子都是值钱的。"联想到大观园，不知比赖大的园子要大多少，树木、土地、池塘、山场也不知比他家要多出许多，嬷嬷、佣人等吃闲饭的人更是成排成队，可大观园里却只有日复一日不见少的用度，变不来一文一串的钱来，这是为何？

是园子"自弃"了吗？当然不是，自弃的是人，是人的懒惰和无所用心、无所作为！贾府很多主子和奴才看惯了花开花落，一任它瓜熟果烂，他们的"心"早已荒芜不堪了！于是，探春决定将园子"包"出去，让嬷嬷及其家人们经营打理，让园子百物生长，由"物用"而生财源。

2. 大观园承包经营责任制

大观园推行承包责任制经营，充分挖掘园林的物用价值，释放人的劳动价值，这是探春实施新政的重要内容。《红楼梦》自第十三回到第一百回探春远嫁，几十个章回里都对探春实施的新政作了不间断的记述，有些章回还进行浓墨重彩的翔实描写，这一现象在书中是不多见的，由此可见作者曹雪芹对探春及其持家理财思想及智慧的重视和推崇。

探春提出，在老嬷嬷当中挑出几个本分老成、能知园圃之事的人，对大观园进行收拾料理。这有五点好处：一、园子有专定之人打理，花木自然一年好似一年，用不着像现在这样突击剪修，平日里，施肥、除草、治虫等事务都由专人去做，避免"临时忙乱"；二、园内有许多值钱之物，不会一味让人作践，以致暴殄天物；三、嬷嬷们可以通过经营园子从中得到一些额外收入，贴补家用；四、省去现在外请的花匠、山匠及清扫人员的工费；五、经济效益相当可观，初步估算一年能生出四百两银子的收入。这一设想得到了李纨、平儿、宝钗的一致赞同，当然也得到了熙凤的认可。

[选定承包人员]探春、宝钗、李纨三个临时当家执事的姑娘媳妇，在"议事厅"经认真研究，反复权衡，最终选定以下几位嬷嬷分片承包经营大观园：

◎ 由老祝妈负责专门打理所有竹子林（老祝妈为人稳当，而且她的老伴及儿孙几代人一直是看管竹林的）；

◎ 老田妈负责稻香村一带所有田地和菜园地的耕种（老田妈本是种庄稼的能手）；

◎ 由叶妈负责专门打理和照看蘅芜苑和怡红院的所有名贵花木，并负责将玫瑰、蔷薇、月季、金银花等收摘、晾干，卖给市面上香料铺和药店（叶妈为人诚实，又与对花木十分内行的莺儿她妈极好）；

◎ 园内其他项目，也分别交由专人负责经营打理。

[规定收益分配]探春们在"议事厅"决定的收益分配原则如下：

◎ 上述承包人所承包的园地里长出来的东西，除留下府中定例所用的之外，剩余的由承包人自行买卖；

◎ 所有承包人的经营收入均不交府中账房，直接归园里所有，由"议事厅"掌控；

◎ 承包人得收入的大头，余下一部分由"议事厅"统一负责分给园中看门值夜以及其他没分担到经营责任的嬷嬷们，以便她们的收入也有所提高，从而不会生事。

3. 承包经营责任制的收获

探春实施大观园园林管理承包经营责任制，既是她为贾府治家理财的新举措，也是她"开源节流""人尽其才，物尽所用"思想的具体体现，给大观园吹来了一股清新的风，得到了园内众嬷嬷的热烈响应，她们欢呼雀跃："姑娘们说的（决策）很是。从此姑娘奶奶只管放心，姑娘奶奶这样疼顾我们，我们再要不体上情，天地也不容了。"

书中第五十八回，写清明这一天，病中的宝玉靸着鞋，到园中见到的是他从来没见过的欢快热烈的劳动场面：

因近日将园中分与众婆子料理，各司各业，皆在忙时，也有修竹的，也有剔树的，也有栽花的，也有种豆的，池中又有驾娘们行着船夹泥种藕。

从沁芳桥一带堤上走来。只见柳垂金线，桃吐丹霞，山石之后，一株大杏树，花已全落，叶稠阴翠，上面已结了豆子大小的许多小杏。宝玉因想道："能病了几天，竟把杏花辜负了！不觉倒'绿叶成荫子满枝'了！"因此仰望杏子不舍。

在第五十九回中，作者借何婆子女儿春燕之口说了园林管理承包经营责任制的效果：（园中柳叶堤）"一带地上的东西都是我姑娘管看，一得了这地方，比得了永远基业还厉害，每日早起晚睡，自己辛苦了还不算，每日逼着我们来照看，生恐有人糟蹋，又怕误了我的差使。如今进来了，老姑嫂两个照看得谨谨慎慎，一根草也不许人动。你还掐这些花儿，又折他的嫩树，他们即刻就来，仔细他们抱怨。"

同是第五十九回，作者借何婆的小女春燕所谓一嘴道出了何婆姊妹俩承包园子后经济上的收益："别人不知道，只说我妈和姨妈，他老姊妹两个，如今越老了越把钱看的真了。先时老姐儿两个在家抱怨没个差使，没个进益，幸亏有了这园子，把我挑进来，可巧把我分到怡红院，家里省了我一个人的费用不算外，每月还有四五百钱的余剩……"何婆子姊妹俩具体承办大观园的哪一块、哪一项，不详，但她们的收益账却清楚明了，即每月四五百钱的进项，一年下来，起码有四五十两银子收入。这对一个靠租种薄田或给人家帮工佣的家庭来说，简直就是暴富！

在第六十一回中，又写一个叫柳婶的看守杏子林特严，有一个小厮想混过去偷些杏子吃，被她劈头盖脸一顿臭骂："发了昏的，今年不比往年，把这些东西都分给了众奶奶了。一个个的不像抓破了脸的，人打树底下一过，两眼就象那鸂鶒似的，还动他的果子！昨儿我从李子树下一走，偏有一个蜜蜂儿往脸上一过，我一招手儿，偏你那好舅母就看见了。她离的远看不真，只当我摘李子呢！"

从春燕、柳婶的话中，我们不难体会过去大观园中看护管理之"疏漏"，如今大观园中果木花草看护管理之严整，更能体现承包这一个"包"字之灵。"包"字将集体的利益与个人的利益紧紧地联系在一起；"包"字使所有权和经营权实行了分离，使大观园的林木土地有了活力；"包"字使奴仆们有了主人般的责任心，也激发了她们的荣誉感。探春的这一招，在中国农耕文明时代一次次被用过，但都有反复，总不彻底。贾府如不破败，探春如不远嫁，想必这种分而治之，划小核算单位，所有权与经营权分离的"新政"将会得以延续，探春新政的内容也将会更多、更丰富。曹雪芹力图表达的"裙衩一二可齐家"思想也就会更加突出一些。不知曹雪芹是否因为贾府情势转折的原因而止笔，抑或因后四十回原书稿的残损而让后续书者不能忠实地续墨和传承，这些都不得而知了。

曹雪芹对探春和探春新政始终不忘褒奖和称颂，即便后文人物情节头绪繁杂，关回用笔惜墨如金，但仍不忘时时记述。

在第六十二回《憨湘云醉眠芍药裀　呆香菱情解石榴裙》中，曹雪芹通过宝玉和黛玉的一番对话，又对探春的新政给予了积极的评价。

那是宝黛二人站在园里的一棵花树之下，先是黛玉说起探春会经营理事，人又不耍大牌拿架子，好生敬佩。宝玉接过话说："你不知道呢。你病着时，他干了好几件事。这园子也分了人管，如今多掐一草也不能了。"还说："又蠲了几件事，单拿我和凤姐姐作筏子禁别人。最是心里有算计的人……"

宝玉、黛玉是《红楼梦》的重要人物，这话倘出自黛玉之口尚不见得分量，但宝玉由衷的赞赏读来确有千钧之重，万乘之力。他可是贾府年轻一辈中最受年高位尊的贾母宠爱的人物，也是贾府年轻一辈中最有话语权的主子，他身上寄托着贾府全部的希望啊！

再看第六十七回中，袭人要去"琏二奶奶家瞧瞧"，打园里过，见祝妈正在那儿赶蜜蜂儿，就问是什么缘故，祝妈说："……今年三伏里雨水少，这果子树上都有虫子，把果子吃的疤痢流星的掉了好些下来。姑娘还不知道呢，这马蜂最可恶的，一嘟噜上只咬破三两个儿，那破的水滴到好的上头，连这一嘟噜都是要烂的……"

祝妈说这"一嘟噜""一嘟噜"的东西是葡萄，祝妈是承包竹子林的，她想增加些收入，便在竹子林的空地里又套种葡萄，可谓一举两得，其精明令人折服，其勤劳叫人感动。"人勤地不懒"，探春"新政"深入了园中泥土，也深入了园中人的心里。

曹雪芹写到了第八十三回，还不忘再次描述探春实施大观园园林承包经营责任制的"政策威力"，他通过一个看园子的婆子大声责骂进园子调皮捣蛋的自家的毛丫头的情节，重在写"包"字对奴佣们行为方式的改变。而且这个场面是探春本人亲眼所见，亲耳所闻。曹雪芹如此安排并非随意，而是精心设计的，因为探春即将远嫁，大观园的新气象，园中人精神风貌的改变，需要尽快呈现到探春面前来，使她心中有所慰藉。

探春不得不远嫁他乡，自贾母以下众人都舍不得，宝钗说"我们家的姑娘们就算她是个尖儿，如今又要远嫁"。这是宝钗一个人的评价，也代表了全府上下主子、奴婢的共同心声。这自然与探春平时周到且有礼有节、既尊人又自尊的为人处世有关，也与她虽然是庶出却不自卑，虽然是女儿身却"不自弃"有关，更是她敢于除弊、善于兴利的良好结果。她不光是贾府女儿堆里的"尖儿"，还是贾府一门之"人望"！

脂砚斋有一段评探春新政的话："噫！事有难易哉？探春以姑娘之尊、贾母之爱、以王夫人之付托、以凤姐之未谢事，暂代数月。而奸奴蜂起，内外欺辱，珠玑小事，突动风波，不亦难乎？以凤姐之聪明，以凤姐之才力，以凤姐之权术，以凤姐之贵宠，以凤姐之日夜焦劳，百般弥缝，犹不免骑虎难下，为移祸东兵之计，不亦难乎？况聪明才力不及凤姐，又无贾母之爱、姑娘之尊、太太之付托而欲左支右吾撑前达后，不更难乎？士方有志作一番事业，每读至此，不禁为之投书以起，三复流连而欲泣也！"笔者也为探春心头一热！

探春"有志作一番事业"却受了很多欺辱，经受过不少曲折风波，书中尽管没有过多描述，但脂砚斋主人一定是知道探春这个人物原型的，所以为之悲叹不已。想来，曹雪芹总是不遗余力地歌颂探春这位为贾府进行经济革新的女性人物，而且总是铺衬以鲜花和掌声，其为何要这样用心、用情并浓墨重彩地用笔，这是非常值得我们悉心体味和深思的。

有"一万个心眼"的王熙凤正是看清了清朝廷半遮半掩的放债制度，也瞅准了民间市场对流动资本需求无比旺盛的大好时机，适时地进行资本运作，牟取高利，维持贾府的正常运作。

王熙凤的资本运作被清朝廷识破，因贾府被抄家戛然而止，这与朝廷的政治争斗有关，也与贾府的政敌暗中作祟有关。

王熙凤的资本运作有一根利益链条，其资本金里有朝廷权贵参与，其放债的对象多是富家大户和官商，小民、散户只是微小的一部分。

熙凤敛财：资本运作惹大祸

各界读者对王熙凤的评价，历来以负面评价居多。说她贪财，说她心狠手辣，对下人严酷，是贾府出了名的"辣货"。

对这些评价，要具体问题具体分析，譬如下人们惧她、恨她所谓的"严酷"，既与王熙凤贾府大管家的身份地位有关，也与贾府过于扁平化的管理体制有关。王熙凤作为贾府实际的当家人，她的管理几乎是一竿子插到底，少有中间层级，因此她一直处于风口浪尖上，总是成为矛盾的焦点。又譬如，说其心狠手辣，但她多是在其个人婚姻和感情生活受到挑战和严重威胁时，作为一个有身份、有脸面的女人所不得不采取的正当防卫，只不过有防卫过当之嫌罢了。典型的例子是她在自己丈夫偷娶尤二姐，后又与鲍二家私通这两件事上。这两个女人的死，王熙凤是脱不了干系的。尤其是在尤二姐之死这件事上，王熙凤所用的歹毒心计和诸多阴损手段，的确令人发指。至于说她"贪财"这一桩，倒要仔细地条分缕析，否则，真的就冤枉了这位理财高手和擅长资本运作的"大鳄"了。

一、王熙凤"贪财"的事实和缘起

说王熙凤贪财的主要事实，不外乎以下几桩：

一是，王熙凤将贾府里的部分月例银挪去放债，以收取高利息，以致有几回大观园及府内几处庵堂里人的月例被推迟发放。书中没有确切地记载贾府内家主及房下人的月例迟发，贾母、王夫人等主子的月例迟发过吗？宝玉、贾环乃至孤儿寡母的李纨等的月例迟发过吗？应该没有。否则，那不得闹翻了天。王熙凤以府中部分姑娘、丫环和尼姑的月例银为放债资本，正是其富于策略的理财选择。因为这些人不拖家带口，且开销有限，有些丫环的月例银只是每月攒积起来，以作将来之需，逾期发放关系不大，也掀不起大浪。从书中记述可以看出，除了袭人等几个下人叽叽咕咕有些议论，上头是一概不知的。由此可见，王熙凤将这部分资本连同自己的"体己钱"拿出去放债，只是小打小闹的把戏，不全是为了贪财，只不过是精于理财，拿小本赚点小钱。

二是，王熙凤撺掇贾琏通过鸳鸯（贾母的贴心丫环。笔者注）将贾母储藏室的金银器和铜锡家伙拿出去典当变现。从书中隐隐约约的文字交待中看出，这样的事绝非一次两次。这在荣国府这边反响极为强烈，虽没有正式地拿到桌面上发难，但在私下里，贾赦、邢夫人，赵姨娘及一部分老妈子都议论纷纷，颇为不满。尤其是贾赦，因一心想娶鸳鸯做小妾，甚至联想出鸳鸯和贾琏有私情，他们是串通一气赚老太太——贾母的钱，肥一己之私，因而愤愤不平。

三是，有一回，王熙凤将贾母生日收到的一个腊油冻佛手拿回来"赏玩"，后来没有交库房入账，这引起了鸳鸯等人的质疑。她们认为有此一例，难保凤姐平日不经常侵吞公物。

四是，王熙凤在铁槛寺内"包揽词讼"，受一老尼请托，交通平安州干预人家婚姻，巧取三千两银子。这在贾府小范围内的知情人心中深深地烙上了"弄权"和"贪得无厌"的印记。

五是，朝廷的锦衣军来贾府抄家，抄到"东跨"（即王熙凤、贾琏日常理财的账房。笔者注）时，查出一箱"违例取利"的票据。这件事证据确凿，最能说明王熙凤贪婪、盘剥，而且应当承担起贾府"惹祸"的大部分责任。

当然还有其他一些蝇营狗苟之事，一齐便坐实了熙凤"贪财"之恶名。

然而，细细读过《红楼梦》的人，却很是为王熙凤抱屈。首先，贾府人员太多，食口庞杂。书中第六回清楚地交代，仅荣府一门就有三百余口人。这些人每月除了吃喝，都要发月例银，而且这些支出都是固定的，只有多出的，绝无省减的。可收入呢，却是不能固定的。书中写道：有一年年关，庄头乌进孝来送礼（所谓"礼"，即是庄田应交的地租。笔者注），本应交足银五千两的，可送礼单上密密麻麻一大串，拢共加起来只折合白银三千两。乌庄头诉苦哭穷，又说遇上了天灾，贾府又能怎样呢，难道杀了这些庄奴不成？锦衣军抄家过后，贾政询问了几个府内管事的，并查了历年的账目，才知道这些年收的地租一直在缩水，已不及先前祖上地租的一半，以致府内多年都是入不敷出。

由此可见，王熙凤拿大家的月例钱放债收取高息是不得已而为之，是增加贾府收入来源所采取的有效手段，应算作"功劳"而绝非过失。

再者，贾府上的例外开支很多，简直叫人匪夷所思。请看第十四回，就在王熙凤协理宁国府操办秦可卿丧事期间，另外一些让人意想不到的事竟接踵而至："目今正值缮国公诰命亡故，王邢二夫人又去打祭送殡；西安郡王妃华诞，送寿礼；镇国公诰命生了长男，预备贺礼；又有胞兄王仁连家眷回南，一面写家信禀叩父母并带往之物；又有迎春染病，每日请医服药，看医生启帖、症源、药案等事，亦难尽述……"王熙凤忙得不可开交，甚至焦头烂额，为何？这些生老病死、出行上路、延医问药的事都要花银子，躲避不得，省略不掉，必须面对。这些不在计划内的开销，使得王熙凤只好拆东墙补西墙，玩起四个茶碗三个盖的腾挪之术，自然，典当一些贵重而无用的物品也就在所难免了。

典当本是那些生活窘迫不已的小户人家才有的事，但贾府虽大，却大也有大的难处。用现在的话说：李嘉诚也有缺钱的时候。

再次，贾府一门从主人到奴仆都有一双富贵眼，对银两锱铢必较；同时又都有贾母所说的"居移气，养移体"之风，衣食住行过于讲究，日常费用居高不下，以致"坐吃山空"。这些症结，非当家理财者是根本看不透彻的，那些难处，非当家理财者也是压根体会不到的。虽然也有少数人如秦可卿、元妃、探春几位每每忧心忡忡，但是采取切实措施加以应对的还是大管家王熙凤（当然，在王熙凤因小产闹病的那一段时间，探春作为其协理也有不同凡响的开源节流"新政"。笔者注）。王熙凤的办法就是：未雨绸缪，早早将一部分流动资金拿出去放债，而且放的是高利贷，这其实是很多精明的当家理财者的聪明之举，是无可厚非的。

明清的资本主义萌芽处于"石压笋斜出"的状态，尽管重农抑商仍是当时社会的主流思想，但典当、放债却在民间悄然盛行。京城和发达的大都市，官绅资本流向民间已是司空见惯。但那时还没有真正意义上的金融业。有钱人只能将资本用于放债，却不能吸纳民间游资，将本钱做大，这在很大程度上抑制了资本的流通，难以满足农业、手工制造业和商人对资本的需求。即便是放债，清代法律也有明文规定，即不能高于百分之三，否则属于违例取利。轻则罚没，重则治罪。

有"一万个心眼"的王熙凤正是看清了清朝廷半遮半掩的放债制度，也瞅准了民间市场对流动资本需求无比旺盛的大好时机，适时地进行资本运作，谋取高利，维持贾府的正常运转。王熙凤真正用于放高利贷的流动资金绝不止是一些姑娘、丫头和家庙、庵堂里僧尼的月例银，真正收益的也绝不止是来旺家偶尔送来的三五百两银子的小数目，其收益的巨大、相与人的身份来头以及交易的复杂化，都是我们难以想象的，否则我们咋不会对锦衣军从其住所抄出七八万金的"体己钱"感到诧异呢（这些钱是否专属王熙凤的体己钱，下文将做详细论述。笔者注）？

正是这些资本带来的丰厚利息，对维持"入不敷出""坐吃山空"的贾府经济发挥着至关重要的作用。如果不是锦衣军抄家，或者即便抄家，王熙凤手头上的票据仍能继续生效，其资本交易关系不被终止，我敢说，贾府是绝不至于崩盘垮塌，而且极有可能愈演愈烈，真正呈现"繁花着锦，烈火烹油"之盛。

二、抄家票据，王熙凤资本运作的"黑匣子"

笔者有以下几个重要观点：

第一，王熙凤实施放债的资本是巨大的，绝非大观园一些姑娘、丫头、下人，以及家庙、庵堂僧尼、杂役们月例银的那一部分。这部分资本大致是短期放债，属于零散交易，只是王熙凤资本运作的一个较小的组成部分。

第二，王熙凤的资本运营涉及众多领域，用于放债的资本里还有别人的参与，这个参股者是与贾府关系密切的某一位王爷，或某些个朝中身份显赫的人物，其放债对象主要是一些民间经商大户、官办采购商，甚至官家当铺和地下钱庄，而穷人、散户只是少数的一部分。

第三，王熙凤的资本运作被朝廷识破，因被抄家戛然而止，这与朝廷的政治争斗有关，也与贾府的政敌暗中作祟有关。

以下是我的论据和理由：

（一）贾府是有钱的，尽管贾母自认为贾府"只是中等人家"，那是她老人家的自我定位，多少有点低调和逊谦的成分。以宁国公、荣国公二人作为皇帝的包衣奴才，立下无量军功，被封侯拜爵起，传至以下五代近百年，其家庭积蓄一定是十分丰厚的。

此外，贾府又与三大富可敌国的官商家族——史、王、薛家联亲联姻，是豪门与豪门的重叠，大户与大户的累加，政治与经济力量都产生了裂变效应，资本总量相当惊人。

加之，贾政的长女贾元春又贵为皇妃，贾府一门成了皇亲国戚，其政治地位已然跻身王公大臣之列，其经济地位自然也会随之水涨船高。请看元妃省亲的礼单，单就送给贾母的，哪一样不撑破世人的眼球。书中第十六回，写贾府为准备元妃省亲而筹建大观园，即便是赖大这个管事的老奴仆也能想出"利用放在江南甄府的那一笔五万银子的闲钱"的主意，可见贾府是四处放债的。这五万两放在甄府做什么？当然不是平白无故放着的，那是用来生利的。贾府应该还有放在别处，放在哪一位王爷府邸账房上的，这是不用怀疑的事实。譬如放在北静王水溶手里，帮其放债的；放在薛蟠名下，由张德辉单列一账目，进行官办采买的；或放在工部某一位大人手里，助其暂过"补亏空"难关的；再或者，放在夏太监等人那里，这类人有的是钱生钱的门路……这些钱，贾府库房里有账目还是没有账目？谁也说不准，是全记账还是只记某一笔？再抑或以其他名目作账，也不便妄猜。即便记入账簿，也只有极少数人知道，自然都归王熙凤掌控和调度。因此，王熙凤实施的资本运作，所操纵的是一笔联通面极为广泛而且极其庞大的资本。

王熙凤的资本运作有一根利益链条，其资本金里有朝廷权贵参与，其放债的对象多是富家大户和官商，小民、散户只是微小的一部分。

贾府结交的王公贵族究竟有哪些人？我们不妨从书中第十四回所列出一份名单来看。秦可卿死后，以官客身份送殡的就有：镇国公牛清之孙现袭一等伯牛继宗，理国公柳彪之孙现袭一等子柳芳，齐国公陈翼之孙世袭三品威镇将军陈瑞文，治国公马魁之孙世袭三品威远将军马尚，修国公侯明之孙世袭一等子侯孝康，缮国公诰命亡故，其孙石光珠守孝不曾来得。这六家与宁、荣二家，当日所称"八公"便是。余者更有南安郡王之孙，西宁郡王之孙，忠靖侯史鼎，平原侯之孙世袭二等男蒋子宁，定城侯之孙世袭二等男兼京营游击谢鲸，襄阳侯之孙世袭二等男戚建辉，景田侯之孙五城兵马司裘良。余者锦乡侯公子韩奇，神威将军公子冯紫英，卫若兰等诸王孙公子，不可枚数。

还有第七十一回贾母八旬大庆时，"两府中俱悬灯结彩，屏开鸾凤，褥设芙蓉，笙箫鼓乐之音，通衢越巷。宁府中本日只有北静王、南安郡王、永昌驸马、乐善郡王并几个世交公侯应袭，荣府中南安王太妃、北静王妃并几位世交公侯诰命。贾母等皆是按品大妆迎接"。

这些上流人物都是贾府的世交和相好、相与，每有大事都互相来往走动；收礼和送礼的钱财往来都少不了要通过大管家王熙凤；这些人对贾府脂粉队里的大英雄王熙凤或耳熟能详或有直接的交际、交道。最要害的，是这些王公侯门的大管家们与贾府

56

有什么往来、交易的差事必找王熙凤无疑。虽然书中没有直接描写贾府与王公大臣们经济交易的情节，但王熙凤与官宦们的权钱交易，就记述得比较细致详尽。如秦可卿丧殁后，贾珍为了让秦可卿葬得体面，为贾蓉求封龙禁尉，光买"龙禁尉"头衔就花了一千二百两银子，这件事虽然是贾珍经手，但批拨银子的人却是王熙凤；宫里太监们到府上接二连三地借钱，走的也都是王熙凤的门子。这些钱有的是有借有还，有的是贾府结交阉党的一个借口，实属一个"送"字，彼此心照不宣，内中大有藏掖。

　　既有权钱交易，也有钱钱来往；既有放债的利钱进来，也有借用于放债的本金送还；大大小小的进进出出只是关系网上的明钱，送礼收礼的礼尚往来中还有多少"暗道机关"……王熙凤资本运营的网络织得很大，很密，戏中有戏，能将其看破的确很难。

　　贾府这棵大树，总是寄生着一帮清客。如周瑞家的（王夫人的陪房。笔者注）女婿冷子兴就是一个古董商，他收古董是需要资本的，货品进手出手就需要动用大把的银子，凭他的嗅觉和缠劲，免不了要和贾府发生经济上的关系，这自然少不了贾琏和王熙凤。周瑞家的又是贾琏的乳母，王熙凤待之不薄，那要是周瑞家的为女婿冷子兴挪借拆兑的事求到王熙凤，想来王熙凤一定是相助的。书中第七回《送宫花贾琏戏熙凤　宴宁府宝玉会秦钟》提及冷子兴因贩卖古董和人打官司，周瑞家的就去求王熙凤。由此可见王熙凤和商人冷子兴多有勾结和交易。众所周知，贩卖古董的利润是十分惊人的，逐利的王熙凤和她手上逐利的资本岂会轻易放过这种大好生意？

　　还有"认识不到十年，惹出了多少事"（平儿的话。笔者注）的贾雨村，依附贾府又利用和陷害贾府。这些"坏事"究竟是些什么？他有没有参与贾府的放账，有没有充当王熙凤的经济掮客和托儿，有没有过烂账、呆坏账的经济利益纠葛？这些都不能简单地予以否认。就算他没有直接参与贾府的放债业务，起码贾雨村这个人对贾府放债的许多内幕细节是知晓的。贾府被抄家前皇上叫府尹"查明实迹再办"，贾雨村为自保便在朝上狠狠"放水"，他泄露的许多贾府内幕里一定有王熙凤放债时最担罪、最隐秘、最鲜为人知的秘密。

　　（二）门客冯紫英从广西一位同知那里拿来四件洋货，到荣国府上贾政面前推销。声称只两万两银子就出手，若真心要的话，还可以让点价。当其时，贾府已日渐衰落，王熙凤正周转不灵，所以王熙凤便以没那么多钱和今后还要置田庄坟地为由婉言谢绝了。冯紫英就是个贩买贩卖的官倒，官场的兼职商人，交际甚广，神通广大。冯紫英先前和王熙凤一定有过不少买卖上的交往。特别是贾府里那些朝廷赏赐的稀罕物件，王公大臣送来的礼品中也有不少都是值得"炒作"的物件，一出府门则身价十倍、百倍。以王熙凤"专会打细算盘分斤拨两，天下人却被她算计了去"（李纨评价王熙凤。笔者注）的精明，是不会无视这些变现敛财的渠道的。而一旦掺和其中，就需要注入相当大的本金。有一个例子足以说明王熙凤的资本运作中，必有涉及洋货的买卖，而且有实际的货物买进卖出。有一回，王熙凤去大观园给黛玉送去两瓶暹罗国的茶叶。还有一回宝玉过生日，她除了送一个金寿星外，另一件礼物正是波斯国所制的玩器。这些东西，除贾母外，府上其他人是沾不了边的。在清王朝闭关锁国的情况下，洋货的进和国货的出是必有权力者和贵胄身份的人才能做到的事，交易时需要垫付大量的资本，而且具有相当的风险，需要打通各种关节，搞定方方面面的关系。由此可推测得出，王熙凤的资本运作里有这样一类贸易的科目。

　　锦衣军抄家应该是皇上的旨意。那么，皇上为何要下旨查抄贾府呢？原因可能很多，但有一条绝不是臆断，那就是与王熙凤所存放的放债票据不无关系。而且，查抄贾府之前，朝廷就对王熙凤伙同朝廷里一些不法官员甚至皇亲国戚违例放债早有耳闻，只是没有确凿的证据，因此抄家的目的不只是抄没贾府的财产，而是要拿到贾府与那些人联手放账、如何放账取利的相关证据。这从以下几点可以得到证明：

其一，贾府被抄家前大观园持续"闹鬼"，王熙凤路过园子时被鬼魅缠身，以致一向不信邪的她，竟要去散花寺上香抽签。王熙凤在默念什么？祷告什么？祈求保佑什么呢？其实是她自己心里有"鬼"，这个"鬼"就是她固守着的许多资本运作上的秘密。

其二，书中第九十三回写到，主管水月庵的贾芹出了事，王熙凤一开始听错了，以为是馒头庵。馒头庵紧连着铁槛寺。为何王熙凤一听到铁槛寺就心惊肉跳，竟急火攻心，口中吐血呢？熙凤为自己掩饰道："我就知道是水月庵，那馒头庵与我有什么相干？原来这水月庵是我叫芹儿管的，大约克扣了月钱。"这分明是自问自答，自我掩饰，自我安慰。王熙凤自然忘不了紧邻铁槛寺的馒头庵里的那位老尼，仅那一次接受其请托交通平安州弄出人命官司她就得了三千两不义之财呀！而且应该远不止这一笔吧，这只有王熙凤自己心里最清楚了。而且铁槛寺连通平安州，从老尼这条线上，熙凤一定还有其他不为人知的交接官府的受贿枉法或放债的秘密吧。王熙凤没有哪一天不是心有余悸地生活着的，每每担心终有一天被人识破，东窗事发。可以说，铁槛寺、馒头庵是王熙凤资本运作火药库上的一个窍门，也是一个容易引发爆炸的引信。

其三，锦衣军在宁国府翻箱倒柜查抄贾府时，王熙凤等一帮女眷正在贾母这边一起吃饭，并不知情，但当平儿忙不迭跑过来禀报宁国府那边已被抄家的凶信时，王熙凤的反应最离谱："见凤姐先前圆睁两眼听着，后来她一仰身栽到地下死了。"其实，这时她不是真死，而是受惊吓过度昏厥过去了。而邢、王两位夫人只是"惧魂飞天外，不知怎样才好"，八旬高龄的贾母也只是"吓得涕泪交流，连话也说不出来"。王熙凤反应为何如此剧烈？她平日里是何等的泼辣，心理素质一向好得惊人，但一听得"抄家"两字竟昏死过去，实在叫人匪夷所思。唯一的解释就是她苦苦严守的经营秘密一旦败露，她和贾府的"暴富"之名就会坐实，她也就脱不了牢狱之灾。

曾记否？《红楼梦》开篇几回里就有冷子兴对贾府的演义和葫芦庙里门子对贾雨村提及的俗谚民谣，说贾府富可敌国。到后来贾府"异兆悲音"不断之际，坊间仍有贾府"金山银山"搬不完的传言。熙凤每闻此言都"心惊肉跳"，每每强加掩饰，百般狡辩，不愿担当这个"富"名。究其原因就是她为贾府聚敛积累的这些财富来路不正，大量的钱财都是数年间放债所得。同时最致命的一点就是，这些放债行为还不是她和贾府一方所为，其中有各类不可暴露身份的共同参与者、合伙经营人。这些人尽管身份显赫，却都是隐形庄家，是至死也不能暴露于光天化日之下的。

（三）贾府被抄家是政治斗争的必然结果，导火线是放债经营，根本原因却是清朝廷为了"打老虎"，深挖王公大臣里面和王熙凤一同联手搞违法牟取暴利、盘剥百姓、扰乱社会安定的分子。从贾府被抄家前后出现的两位王爷的态度来看，北静王一方是明显袒护和同情贾府的，而西平王一方却无半点通融，公事公办。无论是西平王也好，北静王也罢，他们所关心的查抄物并非金银财宝，而是放债的票据、凭证和相关文书契约。这些东西里藏有机密，涉及贾府大管家王熙凤放债对象，放债利率，更重要的是吸纳的存储者（融资大户）及其收益明细统统在案。这些秘档一旦曝光，将成为朝政对立双方互相打击的有力证据，涉及朝纲政纪，因此，查处贾府，拨出的也许只是萝卜，而带出的泥块却将是若干王公大臣，弄不好将引发朝纲震荡。

书中贾府被抄家前的各处明文都是逶逶迤迤的伏线：贾赦交通外官一罪，就有王熙凤受老尼交通平安州获不义之财的事实；贾赦为占有石呆子十二把古扇会同贾雨村致石呆子自尽一案，王熙凤或许有幕后支持和唆使嫌疑；贾雨村在朝中对御史的参奏尚处于调查核实阶段，就急忙"狠狠地踢了（贾府）一脚，所以两府里才到底抄了"（见第一百零七回）。贾雨村所抖出的黑幕里，令龙颜大怒，命锦衣军出动的或许正是贾府放债涉及朝廷命官的诸多律法所不容的秘密。

总之，贾府被抄家是因为贾政、贾赦等人陷入朝廷的政治争斗，且涉及王爷和相关大臣的权势变动。其对立一方是欲置贾府及其共同利益人于死地的，所冲的正是贾府所藏的经济账目和违规经营的契据文书。查抄贾府的政治目的，正是从这些票据账务上打开缺口。

王熙凤的资本运营誉谤朝野，其种种方略、实际成效和惊天大幕，着实令人诧异，拍案称奇。只不过这些"惊天动地"之事，贾政、贾母、王夫人、邢夫人等长辈主子，竟然一个个多少年来都被蒙在鼓里。

三、七八万金：并非王熙凤的"体己钱"

有些《红楼梦》研究者以锦衣军在"贾琏屋里"抄得的"七八万金"作为王熙凤有如此多的"体己钱"的有力证据，大加挞伐其贪财成性、贪污公款。其实，这是没有看清王熙凤资本运作的障眼法和贾府财务内幕的浅层次认知。笔者恰恰以为，这七八万金的大部分，源于王熙凤通过放债及其他运作手段获得的收益，是不便在贾府公账上登记和库房保管的账外资金。也就是说，它实际上是贾府的集体收入，只不过是另设的小金库而已。实际掌控和支配这笔资金的是王熙凤不假，但并非王熙凤自己的"体己"。当然，这也清楚地显示出王熙凤历年经营运作的巨大成效。

七八万金，按清代中期金与银一比八左右的利率换算，约折合白银五六十万两。远远大于宁国府那边被抄的金银数额（书中明载，宁国府那边，除金银首饰、器皿、衣料等，现款只抄得潮银五千两，赤金五十两，钱七千吊。总共折合白银一万两以上。笔者注）；也远远大于贾母自入贾府凡六十余年所攒下的"余资"（书中明载，贾母临终前散尽的金银总额也只在二万两左右。笔者注）。这岂能说明王熙凤的个人财产大于宁国府存款的五六十倍，更多于贾母的体己钱二三十倍？如此断定，显然是极其离谱的。换个角度设问，偌大的百年府第宁国府的货币资金难道只是抄得账单上的那万余两银子的数字？或者说贾母的"余资"有假，最起码和熙凤"体己钱"相当，非要达到六七位数不成？另外，《红楼梦》第一百回《破好事香菱姐深恨　悲远嫁宝玉感离情》交待，薛家破产前累积的金银总额在十来万两左右，而贾家的财力是远胜过薛姨妈家的。这也可作为一个明白的参照。综上所述，"贾琏屋里"抄没的金银数额，只是因为来路不正，不可昭然存入公账，便由王熙凤个人保管而已，实际上大部分乃宁、荣二府的公款。

书中明文记载：因贾赦、贾政两房并未分家，本来锦衣军是奉旨查抄宁国府的，而且主要是查账目（搜罗他们急于寻找的确凿证据。笔者注），故"贾琏屋里"自然在查没范围之内。殊不知，王熙凤、贾琏夫妻俩是住在荣国府贾政这边，同时管着荣国府的财政事务，王熙凤是实际的两府总管家，因此不能简单地认定那"七八万金"就是王熙凤私人的体己钱。

以上多次论证七八万金的"大部分"乃公款这一观点，就是想说明其中的"小部分"确为王熙凤的"体己"。那么，这"小部分"究竟占七八万金总额的多少份额呢，实在无法厘清，但份额不至于太大是大致可以认定的。这里试图为熙凤这"小部分"体己钱的来源构成作一下细分：一是熙凤历年的月例银，年终利是所积（贾府每至年终岁末是会给下人发红包的，王熙凤等这些晚辈家主自然也有份，只不过发授给他们的应是他们的更上一层级人物，譬如贾母、王夫人等等。笔者注）；二是王熙凤将自己的私款混合于府中部分月例银拿出去一起放债，历年历次所收取的利息；三是王熙凤"弄权"和包揽词讼所获取的"灰色收入"（如弄权铁槛寺，受老尼请托，得银三千两；从贾芸、贾蔷等子侄辈处，收取请托肥差、包揽工程等的"礼银"和好处费，等等。笔者注）；四是王熙凤自己从娘家带来的私房钱，这也许还是不小的数额哩。有一回王熙凤、贾琏夫妻拌嘴，贾琏指责她把钱都弄到娘家去了，王熙凤立刻翻脸，手指贾琏呵斥道："真是笑话！把我们王家地缝扫扫，也够你们贾家吃几辈子了。"王家是与贾、史、薛同列的豪门大户，有一回王熙凤和贾琏乳母周瑞家的说事，聊起来说她祖上接皇帝圣驾花的钱就如同淌海水似的，而且其曾祖、祖辈一直做的是海外贸易的官商，生财容易，利润丰厚。那么，作为王府的小姐，王熙凤陪嫁的金银自然也不会是个小数目吧。

续上所述，"贾琏屋里"的七八万金并非熙凤的体己钱，大部分是贾府的公款，所有人是贾府，保管人是熙凤。是为两府所用，为一干主人、奴仆"坐吃山空"所早早预备着的金库。这也足见贾府大管家王熙凤的胆识、气魄和胸襟。

正所谓：金紫万千难治国，裙钗一二可齐家。

贾府究竟有没有经济危机？被锦衣军抄家后的贾府算不算遇上了经济危机？研究者至今仍有不同看法。以我之见，其一，贾府在抄家之前就已经蕴藏着巨大的经济风险；其二，抄家是贾府经济危机总爆发的导火索，抄家后的贾府无疑确确实实陷入了经济危机。那么，这场巨大的家族经济危机最终得以成功化解，谁是功臣呢？笔者认为，这都归功于贾母。是她以四两拨千斤的巨大内功，将贾府一干晚辈导入慈航，引入新路，躲过了几乎难以逾越的灾难。

贾母，不愧是化解经济危机的高手，其有五大举措值得大书特书。

❧ 贾母绝招：余资散尽解危机 ❧

史老太君——贾府至高无上的长者，书中被称为"老太太""贾母"。

她是金陵世勋史侯家的小姐，二十岁不到就嫁给了荣国公的长子贾代善为妻，到贾府六十余年，至八十三岁仙逝。

贾母是一位极有修养、尊贵无比的女人。其饮食起居精细、考究，雅致但不奢靡。言行合时风，得大体，不逾矩。

她又是一位开朗释然、大度包容的长者。她尊君王，惜国体，更爱家眷；养移气，居移体，安受子孙承欢，善于制造许多快乐供众人享受。

她还是一位阅人无数、驭人有术的老太太，善用人，敢放手，但大凡大事总拿捏在前。她对人少有诛心之论，总使人如沐春风。

贾母是那个时代的"人瑞",是一位极品老太太,这方面的论著已煌然翔实。但说她是化解贾府经济危机的高手,却厥少有文。

一

贾府究竟有没有经济危机?被锦衣军抄家后的贾府算不算遇上了经济危机?研究者至今仍有不同看法。以笔者之见,其一,贾府在抄家之前就已经蕴藏着巨大的经济风险;其二,抄家是贾府经济危机总爆发的导火索,抄家后的贾府无疑确确实实陷入了经济危机。那么,这场巨大的家族经济危机最终得以成功化解,谁是功臣呢?笔者认为,这都归功于贾母。是她以四两拨千斤的巨大内功,将贾府一干晚辈导入慈航,引入新路,躲过了几乎难以逾越的灾难。

非独贾府一门,史家、王家、薛家也均得益于这位老太太的睿智和巧妙安排,免受了诸多是非、灾难。

先说贾府的经济危机。《红楼梦》连篇累牍、不厌其烦地记述宁、荣二府繁缛的日常生活细节,给我们"用度浩繁,收纳有限"的印象十分强烈。全书以第五十六回为界,此前治家理财多以府内实际的大总管王熙凤为中心来着墨,集中描写了王熙凤腾挪、巧取、盘剥、悭吝、严苛等言行处事,表现了贾府的经济窘迫和诸多"难处"。无论是元妃梦中寄言贾母,可卿给熙凤托梦陈言,还是宝钗、平儿乃至黛玉以及其房中仆佣的焦虑和担心,都是作者刻意释放贾府经济危局和财力透支的一串串信号。

至第五十六回 《敏探春兴利除宿弊 时宝钗小惠全大体》及后面若干回的文字,着重描写贾府以探春为代表的有识之"士"(实为探春、李纨、宝钗、平儿等女流之辈,裙钗英雄。笔者

65

注）试图摆脱家族财政困境，有意识进行改革除弊的运筹谋划和布局行动，说明贾府经济已陷入深重的危机，到了非改良、非改革不可的地步。但正如脂砚斋所评析的那样，探春"暂代数月"的新政遭遇了"奸奴蜂起，内外欺侮，珠玑小事，突动风波，不亦难乎"？贾府积弊多年，积重难返，沉疴难治，任谁来改革振兴实际也是无力回天。这一点，就连一向不理府中大小事务的贾政后来也有所警觉："白白的衣租食税，那里担得起！"贾政这话是对常来府上走动的清客冯紫英说的。那时元妃已殁，锦衣军还没来贾府抄剿，而冯紫英却认为"尊府是不怕的，一则里头有元妃照应，二则故旧好、亲戚多，三则你家自老太太起至于少爷们，没有一个刁钻刻薄的"。冯紫英的话，代表着外界对贾府的总体印象和态度，但却与事实相距甚远。

事实上，贾府早已只剩下空空的外壳，用度已日渐艰难。在锦衣军抄家前的好几个章回，作者曹雪芹已早早布下线索，暗示贾府已经或正在酿成严重的经济危机。

不是吗？第七十二回《王熙凤恃强羞说病　来旺妇倚势霸成亲》中写到的贾府捉襟见肘的情形简直叫人难以置信：为了预备贾母的生日，王夫人早在两个月前就张罗筹备，可却连一份像样的生日礼物都拿不出。王夫人是何等人物？贾政之妻、宝玉之母、贾母最为倚重的儿媳，她在府上位高权重，是仅次于贾母的决策者之一，可却在为老太太的生日礼物犯难。最后还是王熙凤支的招，悄悄将放在楼上的四大箱子暂时"没要紧"的大铜锡家伙拿到当铺当了三百两银子，这才把老太太的"遮羞礼"搪塞了过去。

注意，"遮羞"二字有两层意思：一是钱少礼轻，王夫人在老太太面前没面子；二是拿东西出去换钱花，传将出去，贾府和贾府有头有脸的儿媳妇都丢不起这个脸面。

第七十五回中，又写老太太的日常饮食已删繁就简，比先前简单多了。书中写道："贾母见自己的几色菜已摆完，另有两大捧盒内捧了几色菜来，便知是各房另外孝敬的旧规矩。"（这是多年的老规矩了，膝下已见重孙的贾老太太享受这一"特殊待遇"其实并不过分。笔者注）。可贾母这回不高兴了："都是些什么？上几次我就吩咐，如今可以把这些都蠲了罢，你们还不听。如今比不得在先辐辏的时光了。"看看，连一府之中至高无上的贾母自己都在节省，便可想象得出各宅户分家小灶饮食上是什么样的光景。

如果以上这些情节论证贾府的经济危机还嫌有些空泛，不够数据化的话，那么，不妨审视一下两份抄家清单，再对比一下贾府的支用账簿，听一听政老爷（贾政）一番捶胸顿足的话，这里面披露的具体数据已昭然若揭了。

【第一份抄家清单】潮银五千二百两。赤金五十两。钱七千吊。

【第二份抄家清单】御用衣裙和一些禁用之物；两厢房地契及一箱借票。

清初的货币兑换关系：一两黄金约可兑换八至十一两白银；一两白银大约可换到一千至一千五百文铜钱；一吊钱大约可折合一千文铜钱。从这两份清单看，贾府实际存款只有不足一万五千两银子，说明存量资金很少，流动资金严重不足；房地契不少，但那都是一年或半年收取一次地租，而且经常不能足额收齐，贾政就说过"地租收入已不及祖上一半"；至于借票，是贾府借钱给别人的凭据，还是向别人借钱的欠条（因借款数额较大，须留一份存根备案。笔者注），书中没有具体点明。但联系此前的许多情节分析，贾琏及熙凤夫妻俩为府上公事或一己私事向外举债是一定有的，而且数额还不在少处，债主也绝非长期相与的几家。不是吗？他们因为急用和一时透支的事项多了，连贾母储藏的私人物品都不得不拿出去典当，借钱举债又有何不能。贾府被抄家后，贾赦的女婿——贾迎春的丈夫孙绍祖就急忙忙差人来讨债，说是贾赦经手"该了的银子"，可见贾府确实经常向外举债，且不分内外亲疏。

贾府的经济危机，更在贾政下面的这番话里得到了明确的印证：

贾府被抄家后贾政传赖大拿出府里管事家人的花名册和日常支用账簿，一看才知："所入不敷所出，又加连年宫里花用，账上有在外浮借的也不少。再查东省地租，近年所交不及祖上一半，如今用度比祖上更加十倍。"于是，他气急败坏地吼道："这了不得！我打量虽是琏儿管事，在家自有把持，岂知好几年头里已就寅年用了卯年的……大本儿都保不住了。"看到这里，读者再清楚不过了，贾府连年出多进少，寅吃卯粮，还在外面举债，早已资不抵债，实际上就是破败、破产了。

检索古今中外历次危机乱局，大本儿保不住，是经济危机的重要标志。一国如此，一个集团如此，一个家族也是如此，一国、一集团、一家族旗下的子民均概莫能外。贾府的主子、管家们在繁荣时期大肆举债消费，最终无法偿还，导致家败破产，更是经济危机的铁律之一。

二

那么，贾府的经济危机成因究竟是什么呢？

贾府经济危机是内因和外因并举，是政治和经济遭到了双重打压的结果。

贾府被锦衣军抄家是其政治上的失败。被抄家前几十回的文字中已点明了具体原因：一是熙凤一手策划的交通平安州逼张华退婚案，加害尤二姐案；薛蟠杀人案（贾府的主子贾政等为此案找门子，徇私情，大有牵扯。笔者注）；贾珍强占良民妻女为妾，因其不从，凌逼致死案……这些案件经御史参奏，致朝廷震怒。二是门人贾雨村之流散布了许多对贾府不利的言论，以及贾政在江西粮道任上"失察属员，重征粮米，苛虐百姓"，引起同僚不满、生妒转而奏参于朝廷。三是树大招风所致。外界普遍认为贾府富得冒油，富可敌国。"姑娘做了王妃，自然皇上家的东西分了一半给娘家。前儿贵妃娘娘省亲回来，亲见她带了几车金银回来"；"那日在庙里还愿花了几万银子，只算得牛身上拔了一根毛咧"（均见第八十三回《省宫闱贾元春染恙 闹闺阃薛宝钗吞声》）；民谣也说："宁国府，荣国府，金银财宝如粪土。"这正应了王熙凤的一句话：人怕出名猪怕壮。满城茶坊酒肆、深巷胡同都这么传，不查查那还得了，这便引来了锦衣军上门抄家。

经济上的失败，更是源自贾府主仆们平日不好好营生，坐吃山空，导致府库进项少，出项多，日积月累终致亏空。

当然，贾府的经济危机还与当时的社会大环境有关。在贾府被抄家前，书中就一再交代，年成不好，自然灾害频发。庄头乌进孝年底来贾府交租，实物和银子只合往年的一半不足。原因是当年先是发生了几个月的水涝，随后又遭到了严重的冰雹灾害，收成大减。抄家当年，四处闹旱灾，贾府中有时连细米都吃不上。频发的自然灾害，使京城物价大涨，贾府中伙房里的鸡蛋竟然涨到了十文钱一个。加上当时"越寇猖獗，海疆一带，小民不安"，朝廷内部相互倾轧，时局动荡。这些除了给贾府带来直接灾难，也给与之"一损俱损，一荣俱荣"的王家、史家、薛家都带来了程度不同的不利影响。正如贾母所慨叹的那样"六亲同运"。书中展示的贾府经济危机的次第关联、连锁反应可谓淋漓尽致。

三

贾府突然被抄家，是经济危机的总爆发。

面对这突如其来的家族危机，贾府上下一片恐慌，"各门上妇女乱糟糟的"，"人人泪痕满面"。即便是府中几位头面人物，也都没有上乘表现。贾政先是"发怔"，"心惊肉跳"，后是动怒、责难，并说了一些"马后炮"的话；邢夫人先是四处乱窜，悲伤难耐，后是一言不发，由众人抚了躺倒；王夫人也只是围着贾母痛哭；一向干练沉着的大总管王熙凤竟"面如纸灰，合眼躺着"，人们认为她已死去。贾母毕竟是年过八旬的老人，受了刺激，也晕过去了一阵子。

但贾母很快就回过神来，令全府人猝不及防的这场灾难，竟由这位处变不惊的泰斗级人物一一化解。这集中体现在她"散尽余资"这一章回的情节里。贾母，不愧是化解经济危机的高手，其有五大举措值得大书特书：

其一，散余资，为一片废墟的贾府及时注入新的货币资金。贾母在弥留之际将自己几十年积攒下来的私房钱一一分配给了儿孙、儿媳及门人。共计：贾赦三千两，贾珍三千两，熙凤三千两，黛玉名下五百两（为其安葬的费用，由贾琏代收并专用。笔者注）；金银等物折银几千两给宝玉。拢共加起来，约有二万两银子吧。这二万两银子，分给各房作为保命钱，这对一贫如洗、一败涂地的贾府经济，是催化、催发的弥足珍贵的"银根"。

其二，留下用于自己身后事的银两。此举既是贾母深明大义的表现，也体现出她不同寻常的经济思维。贾母深知，府中已败，各房存银均无，自己的后事安排势必引起推诿，不可避免地有你多出一些我少出一些之争，这是有碍这个大家族的家风和体统的。同时，即便儿孙们勉强承担了这笔费用，也势必会影响到各房各户日后的生计。

其三，裁员、放奴。贾母临终前交待：现在家里用的人过多，只要各家有人使唤就行。府里头的家奴佣人要好好分派，该配人的配人，赏去的赏去。裁员问题，王熙凤及府中其他主子，还有一两位上年岁的家佣都曾有过动议，但一朝解决此事还是在贾母手上。贾府被抄家后府中花名册上的仆从只有三十余家，男女二百一十二人，比先前最高峰时期少了一大半。加上"树倒猢狲散"自行溜走的，府中所剩的奴仆家佣已经很少，但贾母仍要"放奴"，这将大大减少贾府的日常用度。放奴和裁员的"瘦身术"，是渡过经济危机难关的必做功课。

其四，交出大观园。大观园既然作为元妃的省亲别院，就是皇家御用，现如今元妃已殁，园中众姑娘和丫鬟也死的死、嫁的嫁、离的离、散的散，实际上已经荒芜冷落，理应移交给朝廷。这既可铲除危机后贾府子孙奢靡安逸的土壤，又不至于再蹈"违例使用"的覆辙。但后来朝廷不收，那是另外一回事了。

其五，安定人心，重振家族精神。面对一片悲切之声和荒芜的家园，贾母对回门的娘家侄孙女史湘云说："如今这样的日子我也罢了，你们年轻轻儿的还了得？"于是她在被抄家后钱银特别拮据的非常时期，仍破例拿出上百两银子为宝钗过生日，叫来众人照样和先前一样笑一笑，乐一乐，其用意主要是为了振作子孙们的精气神。

贾母特别不满意王熙凤在危机前的表现，说"凤丫头也见过些事，很不该略见些风波就改了样子，他若这样没见识，也就是小器了"。大器如鼎的史太君深知，人对未来要有信心，只要精神不垮，就有重振家业的希望。这在家族陷入极度危机的时期，有这样的见地，这样的谋断和作为，是多么难能可贵啊！非阅尽沧桑，参透生活真谛者，断无此大胸襟、大智慧、大做派！尤其值得一提的是，贾母老人家在生命走向尽头的时刻，还亲手送给其孙媳妇宝钗一块汉玉，作为一份特殊的生日礼物。这一情节，大有深意。

一是，这块祖传汉玉是其祖爷爷传给她的，几十年她看都不看，想都不想，一直压在箱底。就如同这些年她每过生日，面对成堆成垛的礼物，她也懒得细看，只交给凤丫头收起来。到余资散尽时，回味一路走过贾门的六十多个春秋，才想起娘家祖传的这块汉玉。玉是一种记忆，是财富的象征，是美德和品格的载物，更是一种家族的精神传承，它传承的是一份信心和希望！

再者，自己最宠的孙子宝玉自从失去通灵宝玉后就变得精神混混沌沌，加之府中又蒙此大难，其内衷将更加虚旷。这块汉玉虽不及失去的那块通灵宝玉，但也不啻是一种补偿和安慰。贾母就是这样一个善于给人精神激励的长者、智者和世俗高人，她为了抚平危机之下府中众人的心灵之创，用心何其良苦！因此，称其为化解经济危机的高手，一点不牵强，不过分。

《红楼梦》自成书以来，世人一直对后四十回"家道中兴""兰桂齐芳"的情节诟病不已。其实倘若真正读懂贾府这场突如其来的政治、经济双重危机，悟懂贾母在化解危机时的种种不同凡响的所思所虑，所作所为，尤其是重拾精神、励志打气的举动，我敢说"家道复兴"的情节是自然的、合理的，是合乎人们美好愿望和共同理想的，具有普世价值。

从经济学的角度论，大观园的建造无疑是贾府经济的一大败笔。大观园，最后成了贾府偌大的一处不良资产：无法变卖，无法套现，也无法转让，只一任其荒芜，尾大不掉。

其一，大观园的造价过高，使贾府巨额的流动资金处于闲置状态，绷紧了贾府的资金链条，致使流动资金不足；其二，建造大观园，有不少猫腻，也让不少家人和奴才从中发了一些横财，助长了他们不走正道的恶习；其三，大观园成了伊甸园、桃花岛，成了一方滋生骄奢安逸的沃土；其四，最要命的是，贾府被锦衣军抄家时，最缺的是现钱，满门存款也不足二万两（还是贾母几十年来的私房积蓄），救急救难，疏通人情，都巴巴地急用钱，大观园却无法变卖、变现。

大观园：贾府的不良资产

《红楼梦》中的大观园，单从艺术价值来说，是无法估量的。它的布局设计、绿化美化、题款匾额……都极具艺术创意，堪称中国园林的集大成者。它取法自然的建筑美学，天人合一的构造理念，以及充溢其间的人文气息，至今仍为人们津津乐道，并从中汲取了丰富的养分。

因为曹雪芹著述中的文字留白，很多熟读《红楼梦》的读者甚至一些专门研究者都往往不能尽述大观园中的名号称谓，准确辨析方位特征及坐标走向。书中记述贾母命孙女惜春绘制一幅大观园画卷，惜春久久难以完工，据说要用上一年时间，但终未见其完稿。

自明代后期以来，小说插图风行，如《红楼梦》插图，就有程伟元、王希廉、改琦、孙温等的画作。而且世间总不乏画师、丹青高手为"大观园"绘图，这可从行世的《大观园图》一书中窥见一斑。不独中国，比利时世界文化艺术交流中心执行主席、知名画家陆惟华教授因酷爱《红楼梦》，就画过许多幅大观园图，并把这些画捐赠给中国红楼文化艺术博物馆，但据说"总觉得抽象了些"，与曹雪芹的叙述还有不少差池。进入当代，中国古代建筑史研究权威专家杨乃济绘制的《大观园平面图》，算有些名气，被附在多种《红楼梦》版本的后头；更有人将"贾府大观园"全景制作成沙盘，尽管有声、光、电等现代科技手段，但却难尽"大观园"神韵风采之万一。这着实令人遗憾，这里就不多说了。

然而，从经济学的角度论，大观园的建造却无疑是贾府经济的一大败笔。大观园，最后成了贾府偌大的一处不良资产：无法变卖，无法套现，也无法转让，只一任其荒芜，尾大不掉。

修这个大观园，是为了迎接元妃省亲，盖一处"省亲别院"。贾府最高决策者贾母，还有贾赦、贾政等都一致同意，府中人都欢呼雀跃，没有谁提出过异议。贾赦、贾政责成贾琏负责"总管营造"之事。贾琏"合同老管事的人等，并几位世交门下清客相公，审察两府地方，缮画省亲殿宇，一面察度办理人丁。自此后，各行匠役齐集，金银铜锡以及土木砖瓦之物，搬运移送不歇"（见第十六回《贾元春才选凤藻宫　秦鲸卿夭逝黄泉路》）。为体恤朝廷，也为了府上的虚荣脸面，贾府修建大观园没花朝廷一文钱，全部费用自己承担。

大观园是将宁、荣二府两个闲置的旧园子连成一体而重新规划、设计、施工建成的。《红楼梦》第十六回说得很清楚："老爷们已经议定了，从东边一带，借着东府里花园起，转至北边，一共丈量准了，三里半大，可以盖省亲别院了。"占地"三里半大"，这面积不便给出一个确切的数据，整个园子依山就势，大概是一个不规则的形态。这三里半如果是大观园的周长的话，按保守估算，那么每一边长约为五百米，即一华里，总占地面积约为二十五万平方米。一个标准足球场的面积为七千一百四十平方米，那么整个大观园就相当于三百五十个足球场那么大。建此园用时近一年，动用工匠和劳役无数。很多建造物料都是从江南一带采运，沿大运河北上至京畿，代价昂贵，耗费惊人！三百五十个足球场的建筑里，有怡红院、蘅芜院等十几座院落，再加上公共景点如沁芳亭、沁芳桥、滴翠亭等，相当于当今一个大型别墅群和超豪华景观园林，堪比深圳"东部华侨城"和"世界之窗"等人造景观，最保守估计，耗资也在二十亿元人民币左右。以现今白银价格三元七角六分/克计，折合白银在一百七十万两出头。

这一百七十多万两白银应该是包括了大观园的建造地价、建筑材料、工人工资饮食、装饰物品、花园景观一应等等的支出。虽然文中写明："如此两处又甚近，凑来一处，省得许多财力，纵亦不敷，所添亦有限。全亏一个老明公号山子野者，一一筹画起造。"其实，这是曹雪芹书中惯用的"障眼法"和"瞒天过海"笔法，读者万万别"钻"进去了。不信请看后文第五十三回"宁国府除夕祭宗祠"，写到贾珍埋怨黑山村乌庄头进的银子少，说了一大通牢骚话，其中就有涉及当年荣国府盖大观园时的资金问题："头一年省亲连盖花园子，你算算那一注共花了多少，就知道了。"可见，荣国府为省亲盖园子花费大量银子是确有的事实，也绝不只是"存放在金陵甄府账上的那五万两"这一笔，这是贾府几位主子悉数知道的。

说大观园建造是一次失败的投资，理由如下：

其一，大观园的造价过高，使贾府巨额的流动资金处于闲置状态，绷紧了贾府的资金链条，致使流动资金不足。用于建造大观园的启动资金是放在甄府账面上的五万两银子，这对贾府来说也不是个小数目。尽管书中没有确切点明这笔资金是借给甄家的，还是委托甄府用于放债，或有其他别的用途的，但无论是以熙凤、贾琏的一贯经营做派来看，还是以当时豪门大户的经济往来成例和当时社会经济通融积习来看，这笔款项都应该是"生利"的。虽然一时为闲钱，却并不闲置，总能挣回相应的利息，这对贾府的日常运转是大有帮助的。即便是贾府一时不动用这笔款项，任其存放于甄家，同时忽略生息的因素，也可备不虞之需。不是吗？修建大观园后，书中写了熙凤不能按时发放家人及丫鬟佣人们的月例银。那么钱都用到哪里去了？自然是全部放债出去了，不能按时回笼。而且，因为一时间四处都有开销，想不到的费用一齐纷至沓来，资金运转于是就失灵了。有一次，贾琏不得不与贾母的贴身丫鬟鸳鸯说项，拿出贾母的一批铜锡家伙出去典当等等情节，都足以说明，备用金是万万动不得的。

　　其二，建造大观园，有不少猫腻，也让不少家人和奴才从中发了一些横财，助长了他们不走正道的恶习。这项工程的总包工头是贾琏，他有发包权。大观园工程浩大，项目甚多，子项、分项、支项、例外项。贾琏都一一发包给了谁，书中是不可能全写明的，但贾蓉、贾蔷、贾芸等一干人都从这项工程中牟利了却是毋庸置疑的事实。他们一听见造园子，就来走熙凤的门子（贾琏主管建造园子的工程，王熙凤是襄理兼幕后主使。笔者注）。第二十四回《醉金刚轻财尚义侠　痴女儿遗帕惹相思》，写贾芸走王熙凤、贾琏夫妇的门子，给凤姐送上价值"十五两三钱四分二厘银子"（从倪二那儿赊欠的。笔者注）的礼物，揽下了为大观园"监种花木"工程的活，随即便从府里账房一下子领得的二百两银子的工程款。此项工程开支最多只需五十两银子即可拿下，贾芸从中获得了丰厚的利润。不仅如此，凤姐还答应将明年正月的焰火灯烛那个大宗项目也派给贾芸做。贾芸拿到预付的二百两银子工程款后，手头陡然间阔了起来，花钱自然就很大方。书中写到贾芸吃酒花销，还私债，送人情，不一而足。由此可见，大观园的建筑工程管理过于粗放，由于各项工程发包后又没有审计，所以就损了府里公款，肥了私人腰包，这是不必说的了。而且，各项工程承包人的家人、下人、下人的门人，无人不知承揽建园工程的好处，他们不惜送厚礼求到王熙凤门上，明着要捞这个"油水"。因为谁揽下园里的活，谁就能发财嘛！

贾蔷是从贾琏那里求得的负责从南边采购物料的肥差，自己兴奋得了不得。贾琏也暗示其中"大有藏掖"，他难道能不吃回扣？贾蔷难道能不给他？当然，贾蔷之流也是不会做亏本生意的，自然是先自己捞够了再吐一些给上头的。由此可知，工程发包种种利益圈、潜规则，不是如今的社会才有，而是自古皆然，至少大观园工程就有许多现成的案例。

的确，建造大观园"肥"了一批人，腐蚀了一批人，助长了贾府下人和主子的一股坑骗、巧取、贪婪之风。这和后来贾府接二连三出事，以致出现偷盗、欺主而闹出人命案有直接或间接关系。第八十八回《博庭欢宝玉赞孤儿　正家法贾珍鞭悍仆》中写贾政做了工部掌印后，"家人尽有发财的"。惯于钻营的贾芸想在主管的皇家陵园工程上承包个项目做，便又买了些时新绣货，再走凤姐的门路。但这次凤姐没有成全他，并退了他的礼物。在求凤姐的时候，恰值凤姐女儿巧姐被带过来，贾芸想取悦巧姐以让凤姐改变主意，但巧姐见了贾芸，连哭数次，贾芸只好红了脸退下。这一天被贾芸视为"晦气"之日。对凤姐的恶气一天天膨胀，终于待到贾府被抄家时，在一百一十八回"记微嫌舅兄欺弱女"中，贾芸和王仁、贾环等人便合谋要将巧姐卖与外藩作姜以换钱……还有第九十三回《甄家仆投靠贾家门　水月庵掀翻风月案》就记载：有市面上人把"匿名揭帖"贴在贾府大门边上：

"西贝草斤年纪轻，水月庵里管尼僧。一个男人多少女，窝娼聚赌是陶情。不肖子弟来办事，荣国府内出新闻。"此打油诗说的是"水月庵里的腌臜事"，干出这等丑事的正是一个与贾芸平辈叫贾芹的浑小子。类似贾芸、贾芹这样的贪婪逐利、见利忘义、品行不端的小辈，贾府里大有人在！

其三，大观园成了伊甸园、桃花岛，成了一方滋生骄奢安逸的沃土。元妃省亲时过大观园，只从轿内一瞥就觉得"太奢华过费了"。但既已修好，也不好说什么了。后来见大观园空在那里可惜，她又命府上将姑娘、公子哥们一齐搬进去住。宝玉、黛玉、宝钗、迎春、探春、惜春等小姐公子，一人一方天地，一人一处宅邸，因都是自立门户，便少不了丫鬟侍女都得一一配齐，不消说，多了一大笔人员开支。住进了如仙境般的大观园内，自然就得天天有酒，月月有宴，吟诗作对，如此地眉来眼去，竟生出无数是非来。请来这帮"小仙"是一会儿工夫，送走列位神圣竟费了一两年时日。贾政、王夫人、王熙凤等主家理事的，为此伤透了脑筋，外界也多了许多蜚语流言。

其四，最要命的是，贾府被锦衣军抄家时，最缺的是现钱，满门存款也不足二万两（还是贾母几十年来的私房积蓄。笔者注），救急救难，疏通人情，都巴巴地急用钱，大观园却无法变卖、变现。真应了当下的一句话：钱变成钢筋混凝土容易，钢筋混凝土再变回钱来就难了！全书至尾声，贾门破落，鬼神都不上门了，只有一位清客程日兴和贾政谈心叙旧。程日兴说："那一座大的院子人家是不敢买的……"他这是弯弯绕的话，不便言明罢了。"不敢买"是实情，此园既然叫"省亲别院"，便和皇上、朝廷扯上了关系，涂抹上了皇家庄园的色彩，谁还敢染指呢？再者，也的确没人买得起。建起来都花了百余万两的成本，又是装修，又是点缀，成了山高水低的一片葱茏锦绣，海市蜃楼一般，到哪里去找有如此财力的买主？即便是降价打折，也得要一笔不小的资金啊。还有，大观园逶逶迤迤，山水一片，挪不走，移不动，别人家购之何用？

贾母倒是极其聪明，她临终前嘱咐贾政将大观园交给朝廷，可是"朝廷不收"。其实，并非"朝廷不收"。在《刘心武续红楼梦》第九十七回里就有这样情节，可作为"大观园"结局的参照：

那忠顺王府长史官，奉王爷命协助锦衣军查抄宁、荣二府，虽甚辛苦，亦颇惬意。那日回府歇息一日，便有赖尚荣在府门外苦苦求见。到傍晚时长史官方在二门外接见他，自己坐小太监搬来的椅子上，只让那赖尚荣站着，也不待那赖尚荣开门便道："你或是想让你父母到这府里来听差，那里有那样便宜的事，那边边抄完了，还须他们与那来升、林之孝等，老实交代府里财物人头等项，我们登记造册完了，再听候发落。如今圣上已将那大观园赐给我们王爷，你家那住宅，谅你是朝廷通判，且先还住着，你家那花园，亦如大观园般抄没，王爷赏了我，你今日回去，就把你那宅子跟花园相通各门，全拆了砌起，与原隔墙相连，明日你就把花园大门钥匙交来。"

有趣。原来贾府的"大观园"让一向与贾府有隙的忠顺王给占了去，真乃"鹊巢鸠占""螳螂捕蝉，黄雀在后"！刘心武续书第九十五回还续补了宫中"吴贵妃"（与贾元春同为宫妃，系"元妃"的劲敌。笔者注）家父吴天佑也因吴贵妃省亲修建了一处别院，其别院的下落——欲作为贿赂之礼送给"六宫都太监夏守忠"。这一情节，颇值得玩味，不妨照录如下：

且说那日吴贵妃父亲吴天佑，想方设法将六宫都太监夏守忠约到家中，好生款待。吴天佑打听宫中情况，夏守忠只是哼哼哈哈敷衍。吴天佑就道："我家在东郊盖的那省亲别墅，自那年圣上恩准贵妃娘娘省亲后，一直空着。原是为娘娘准备的，娘娘不来，怎敢擅用？只是如今又届春暖花开，满园春色，姹紫嫣红，竟全锁在围墙之中，如此岂非辜负造化之功？"

夏太监便道："若要不辜负，你打算如何？"

吴天佑便道："我想着，夏老爷在宫外家眷亦多，虽自有好园子，究竟城里不可率性划地，就是到郊外，整大了也有违规矩，因之，想就将此园，赠给夏老爷，夏老爷可将部分家眷，迁入居住，亦可作为别业，举家去观花钓鱼，夏老爷若不嫌弃，明儿个就去接收，如何？"

夏太监道："那怎么使得，倘或圣旨传下，允贵妃省亲，我鸦占凤巢，那还了得！"

吴天佑道："无妨，如有旨意，在我家里再盖一个就是。当年那荣国府不就盖在家里？后来还让其公子小姐们住了进去，又近便，又实际。我们盖在郊外，照顾既不便，亦无法日用。"

夏太监就知其心思，一是免上派人看守维护园子的耗费，二是以此贿赂自己，虽倒是件愿打愿挨的事情，但他最忌讳提到他的家眷，按规矩他连宫也不能出，何来家眷？只是贵族间官场里都知，大家心照不宣罢了，怎能公然道出？吴天佑欲用一大园子，换取宫中机密，为吴贵妃争宠，用心良苦……

上述"细节"描写比较符合当时豪门的生活实际，颇具真实性。从众多史料看，清代官宦人家的名园、官邸，最终出路不外乎两条：要么荒芜了去；要么易主易手，"你方唱罢我登场"，你刚用过我再用。这大抵是封建王朝固定资产（无论公产还是私产。笔者注）处置的通用法则。南朝的梁徐修仁早就喊出了："古往今来，名园甲第，皆同逆旅，每怪时人谓是我宅。"后来的明王稚登在《寄畅园记》里亦有："夫园之丽兹山者，不知凡几家？历几世？更几姓？如昔'平泉'、'金谷'之比，不翅传舍逆旅若耳！"

　　贾府的大观园显然属于"荒芜了去"这一种（尽管后来归宿究竟如何，书中没有交待。笔者注）。书中第一百零二回有这样描写大观园结局的话，读来令人沉痛："以致崇楼高阁，琼馆瑶台，皆为禽鸟所栖。"偌大一座园子，最后竟成了一座荒园，只好封门挂锁，为禽鸟所栖。交不了，卖不掉，也不能易主易手，空空地撂在那儿，着实太可惜了！

　　这是一桩再典型不过的固定资产投资失败的案例。

　　如果这些巨额银两当初不是用来盖园子，而是置田庄、置坟地，置坟边房，再哪怕是放债出去，那将会产生多大的收益啊，贾府后来会形成这样的死局吗？呜呼！

每每在府内聚宴上互相尽情唱和，你一言我一句，难分伯仲，契合交融，又总有切磋不足，不够酣畅尽兴之憾，于是，便有了结社雅聚之念头，海棠诗社便应运而生。

宝钗拉赞助办诗会，可一不可二。酒是诗之魂，雅聚必有宴。而酒宴是要花银子的，没有银两支撑的文艺社团，往往是难以持续的。

大观园中的海棠诗社成立有始，解散无终，始热烈而终无音讯。除了与正统的思想意识相左相克有一定的关系，没有固定的活动经费恰是主因。

缺少资金支撑的红楼文艺

贾府，可以说是有文化的大宅门。

大观园里，住着一群文艺青年。

已故著名红学家周汝昌先生说，《红楼梦》是一部文化大书。但倘若没有诗人贾宝玉，缺了海棠诗社那些才貌双全的角儿，少了她们的题咏、联句，"红楼梦文化"将缺少了启人灵性的文艺成分，也缺少了才情和逸致。

喜欢文艺的读者仍然觉得贾府儿女们的诗词歌赋作品还是在书中披露不够，要是有一套《黛玉诗抄》或《湘云诗集》什么的，这要比仅仅看见"黛玉葬花词"和"芙蓉女儿诔"之类的更解渴一些。说来也是一个证据，《红楼梦》到第八十回后，只有"林黛玉焚稿断痴情"的情节，众多俊男美女诗人"风流云散"，也不见了歌诗，更少了唱和。是大观园众儿女的才情都丢在了爪哇国吗？也不对呀，不是有"国家不幸诗家幸""愤怒出诗人"之说吗？宝玉、宝钗、黛玉、湘云等人在家国爱恨情仇面前应该会写出更多的诗词歌赋才对呀！如果说是续书者缺少才华，比不得曹雪芹的才情，就如同刘心武的续书也少有诗词佳句一样。这我信，但也不全信。

依笔者愚见，还是因为贾府一直以来没有专项的文艺基金，以致贾府的文艺花朵刚一绽放分外璀璨，可是很快地就枯萎、凋零。艺术的海棠需要金钱来浇灌，任何雅聚和文艺活动都离不开资金的支撑。《红楼梦》在这一方面又为我们提供了生动的注脚和例证。

贾府里的姑娘、媳妇，似乎个个都是诗人。

贾母是文艺宿将，每有聚会，必有佳句出口，且才思敏捷，辞藻华丽典雅；宝玉是诗魔鬼才，诗句最见灵性；黛玉与李清照有得一比，虽然诗词也凄凄惨惨戚戚，不过才情方面则似乎更胜一筹。还有湘云、宝钗、探春、香菱……一干女辈，都是诗词发烧友。她们每每在府内聚宴上互相尽情唱和，你一言我一句，难分伯仲，契合交融，又总有切磋不足，不够酣畅尽兴之憾，于是，便有了结社雅聚之念头，海棠诗社便应运而生。

缔结诗社的首倡者是探春。她在贾政点学外出，诸姊妹"岁月空添"之际，专门给二哥宝玉写了一封信札，动议在大观园中"远招近揖"，"或竖词坛，或开诗社……遂成千古之佳谈"。一向爱和众姊妹厮混、更爱热闹的宝玉看到这封信札后自然是拍手称快，一蹦三丈高。

事有巧合，正好那天贾芸派人到园中给宝玉送了两盆白海棠，于是大家顿生雅兴，便有了"海棠诗社"这一名称。不理府内家务大事、寡居有闲、性子又圆融和顺的大嫂李纨也不请自到，开口就自荐当掌坛，于是，海棠诗社首任社长一职便归了她。而爱诗、擅词的黛玉最知诗坛规矩，她认为，既然是以诗会友，姐妹叔嫂的身份就得暂搁一边，一律以"别号"相称，于是，在她的提议下，一众热衷于吟诗作对的红楼儿女，便有了"秋爽居士""潇湘妃子""绛洞花王""稻香老农"这些典雅的称谓。

富有创新意识、敢于探索革新道路的探春说她既然是发起人，就应该首先做东。因此，一番争执之后，探春还是首先做东举办了第一次诗歌聚会，作为东主，她发号施令，信手就应景出了个咏白海棠的题目，于是，众人就有了一批歌咏海棠的诗作。

可临到第二次组织诗会时，问题就来了。聚会的费用谁来出呢？大家坐在一起，总要有些时新的瓜果、吃食或茶酒吧，甚至还应该聚聚餐、喝喝酒，不能干聊苦吟是不是？这自然需要钱两。第三十七回《秋爽斋偶结海棠社　蘅芜苑夜拟菊花题》这一回里，史湘云就争着要做东道，可薛宝钗体谅她的处境："……你家里你又作不得主，一个月通共那几串钱，你还不够盘缠呢。这会子又干这没要紧的事，你婶子听见了，越发抱怨你了。况且你就都拿出来，做这个东道也是不够。难道为这个家去要不成？还是往这里要呢？"一席话提醒了湘云，她一时倒踌躇了起来。还是宝钗家道殷实的好处，她马上就做了安排："我们当铺里有个伙计，他家田上出的很好的肥螃蟹，前儿送了几斤来。现在这里的人，从老太太起连上园里的人，有多一半都是爱吃螃蟹的。前日姨娘还说要请老太太在园里赏桂花吃螃蟹，因为有事还没有请呢。你如今且把诗社别提起，只管普通一请。等他们散了，咱们有多少诗作不得的。我和我哥哥说，要几篓极肥极大的螃蟹来，再往铺子里取上几坛好酒，再备上四五桌果碟，岂不又省事又大家热闹了。"湘云听了，心中自是感服。有了酒和螃蟹，人也来得齐了，诗也作得顺了，这就是金钱对文化的作用力。不信请看这次诗会上咏螃蟹的诗作，哪一首不是质量上乘，堪称绝唱：

持螯更喜桂阴凉，泼醋擂姜兴欲狂。饕餮王孙应有酒，横行公子却无肠。

脐间积冷馋忘忌，指上沾腥洗尚香。原为世人美口腹，坡仙曾笑一生忙。（宝玉）

铁甲长戈死未忘，堆盘色相喜先尝。螯封嫩玉双双满，壳凸红脂块块香。

多肉更怜卿八足，助情谁劝我千觞。对斯佳品酬佳节，桂拂清风菊带霜。（黛玉）

桂霭桐阴坐举觞，长安涎口盼重阳。眼前道路无经纬，皮里春秋空黑黄。

酒未敌腥还用菊，性防积冷定须姜。于今落釜成何益，月浦空余禾黍香。（宝钗）

当然这几首咏螃蟹的文字是落在后一回目里了，的确堪称小题大做，不同凡响。连曹雪芹也禁不住夸赞一番，在这回末尾，他有意借"众人"之口做出评价："众人看毕，都说这是食螃蟹绝唱，这些小题目，原要寓大意才算是大才，只是讽刺世人太毒了些。"

宝钗拉赞助办诗会，可一不可二。酒是诗之魂，雅聚必有宴。而酒宴是要花银子的，没有银两支撑的文艺社团，往往是难以持续的。大观园的这帮诗人们也聪明得很，她们很快想到了王熙凤这位贾府大管家，请她来加入诗社，而且美其名曰做监察。王熙凤是何等聪明的主儿，一下子就看穿了这些有闲情却没有闲钱的小儿女的把戏。她指三说四，顾左右而言他，一会儿说这分明是叫我做个"进钱的铜商"，一会儿又说自己没什么文化，但最终架不住这帮天性烂漫的少男少女诗人们的好说歹说，同意出五十两银子作为诗社每次聚会作诗的活动经费。

无疑，这是靠着卖萌生拉硬拽求赞助呢。但是，一个文艺社团靠拉赞助、宰熟客来维持，终究不是个办法。果不其然，待举办了咏海棠、咏菊两场诗会过后，后面海棠诗社举办诗会的产量、质量都明显有所下降，而且召集诗会的活动也无定期，三天打鱼两天晒网了。

譬如，书第四十九回《琉璃世界白雪红梅　脂粉香娃割腥啖膻》写到开冬雪诗会，应到十三人，实到十一人，李纨做东，因为诗社成员中增加了邢夫人的侄女邢岫烟，宝钗的堂妹薛宝琴，李纨的侄女李玟、李琦，贾母的侄孙女史湘云这些外来的亲戚，只好由宝玉、宝钗、黛玉、探春、惜春、王熙凤加上李纨等一齐凑了五六两银子。六两银子办一场诗会，实在是捉襟见肘，但这的确是没办法的办法。

大观园的公子、小姐们每月的例银就只有二三两，像酷爱诗歌、现学现卖的发烧友香菱这些丫环们就更是囊中羞涩了。一个诗会弄到蜻蜓吃尾巴自吃自的地步，迟早是要散伙的。

大观园中的海棠诗社成立有始，解散无终，始热烈而终无音讯。除了与正统的思想意识相左相克有一定的关系，没有固定的活动经费恰是主因。才思敏捷的贾宝玉随贾政及一帮清客在大观园"试才题对额"时，题咏得那么好，可贾政就是看不中。后来，宝玉的书画和诗文在坊间抢手传抄，贾政也颇不以为然，认为诗词只不过是"风云月雾"，"与一生的正事毫无关涉"。可见科举制度和正统学问历来都视诗词歌赋为不入流的营生。这正是文学难以勃兴，文人固穷的根源。看得出来，贾政、王夫人等对大观园缔结诗社、举办诗会一事是不明就里的，王熙凤看这帮年轻娃娃们疯疯癫癫地乐一乐，不甚支持也不加干预；贾母她老人家历来"居移气，养移体"，视诗会为有益无害的点缀，有时置身其中愿闻乐见，也只不过求得一时半会儿开心。她的兴趣爱好更多的是在看戏听曲上面，这是大家伙儿心知肚明的。王熙凤是贾母肚里的蛔虫，最清楚不过了。如果贾母要支持海棠诗社的话，便肯定会叫府里的公账上列出一项专门开支的，贾府威望最高的老祖母只要吩咐一声，凤丫头还能不照办？只要贾母这位"最高领导"实实在在地对诗社和诗会感兴趣，说不定王熙凤就不会只当个"监察"什么的，一准会自告奋勇挂个"顾问"什么的头衔哩，当然，她会拉上贾母、王夫人，而且还会将老太君摆上诗会顾问的首席的。

说到这里，便要说到贾母，说到贾母的戏班。

贾母爱听曲看戏，而且她在戏曲理论上颇有自己独到的见解，这与她出身于侯爵府史家的家庭背景有关，也与她来贾府六十多年的积习有关。

贾母爱听外面戏班唱戏，更爱自己府里花钱养的专业戏班。因为元妃省亲，贾府专门派人在金陵、苏杭一带买了十二个优伶，却只供元妃看了一回戏，后来就养在府里，天天演练，贾母在盛大的节日和自己有兴致时便叫她们演上几折戏。

这批优伶，譬如文官、正旦芳官、小旦蕊官、小生藕官、大花面葵官等，都是有月例钱的。虽然不多，但也足以糊口。况且演出的活儿不多，不累人，演出场次也有限得很，于是乎无事生非便在所难免。如藕官和蒻官在戏中常搭档演感情戏，以致在现实中也相互恩爱，缠绵不清，成了一对"同志"。贾蔷对龄官很好，常施小恩小惠于她，两人不时"入港"……这帮优伶到了贾府被抄家败落，贾母仙逝时，命运就惨了，被遣送的遣送，配人的配人，终于灰飞烟灭，一风吹过。

《红楼梦》中写到的优伶还有出身世家、父母早丧、读书不成、酷好耍枪舞剑、赌博吃酒，以眠花宿柳、吹笛弹筝为乐的票友冷二郎柳湘莲，他相貌英俊、性情豪爽，最喜欢串戏，而且串的大都是生旦风月戏文，被很多人误认为优伶。他与赖大的儿子赖尚荣相好，深受贾珍、宝玉喜欢，又被薛蟠这个混世色魔纠缠着，由于他还会望风挂牌，能即兴改戏词讨好贾母，所以，每每能收到贾母的赏钱，便时时在贾府里乐个逍遥。后来，他和尤三姐一起演绎了一柄鸳鸯剑殉情的风流故事，最后离开贾府，游走江湖。忠顺亲王府里唱小旦的戏子琪官，本名蒋玉菡，他生得妩媚温柔。宝玉和他是好友。有一日酒宴，贾宝玉以玉玦扇坠和袭人所给松花汗巾相赠，蒋玉菡回赠以北静王所赐茜香国女国王贡奉的大红汉巾。由于不堪忍受忠顺府王爷的使唤和骚扰，他私自逃离了忠顺王府，在郊外紫檀堡购置了几亩田地、几间房舍准备过安静的日子，但被忠顺亲王府的人拿回。书第三十三回《手足眈眈小动唇舌　不肖种种大承笞挞》，写贾宝玉被贾政责打，就是因为这件事引起的。

贾府戏班子灰飞烟灭，是体制的问题，更是经济的问题。优伶们没有经济地位，日常的演艺活动又没有充足的经费，致使她们不能在戏曲业务上精研探究，不务正业，邪念滋生，做出不合时宜和礼教的事，最终导致汗她们人格的沦丧和躯体的崩溃。

而作为世面上的评语往往是：宁养千军，不养优伶。可谁知，对她们负责的团体和法人，你们是真心"养"了她们，是真正为她们提供了经济支撑吗？

贾府诗社团体和演出机构的消亡与贾府经济制度和经济衰落息息相关。说《红楼梦》是一部悲剧，这也是其中不可忽略的一出。

可依附于贾府谋生的"黄蜂"们却是赶也赶不走的，这些蜂儿、臭虫、屎壳郎就是贾雨村、程日兴、冷子兴、冯紫英、詹光、单聘仁等一帮"清客"。他们对贾府的侵害是潜移默化的，一开始并不被怀疑，也难于发现。可祸害却是由表及里……

贾雨村，他是"清客"里唯一一位有官职身份的人，但起初投奔贾府却只是个闲居无职的潦倒之人。这个人在宁、荣二府，除了贾赦、贾政，上上下下几乎无人不厌恶他。还有倒卖古玩字画的冷子兴，也曾使贾府蒙受羞辱并带来很多后患。像嵇好古这样所谓的"乐手""乐师"，隔三差五到府上来，怕是有"抚琴"之外的其他什么事也未可知。

清流们百般用心地投贾政所好，钻了贾府不少"隙空"，沾了贾府不少光，更寻租到一般人所得不到的利好之处。要说贾府经济凋敝、门楣倾倒之悲剧，清客盈门也算导致这个悲剧的坏因之一。

"清客"：贾府经济的蛀虫

《红楼梦》第六十七回《见土仪颦卿思故里　闻秘事凤姐讯家童》写到一位承包大观园果木营生的嬷嬷在一片葡萄园里赶黄蜂的事。从这位嬷嬷的话里得知，黄蜂对葡萄的危害相当大："一嘟噜上只咬破三两个，那破的水滴到好的上头，连这一嘟噜都是要烂的。"

昆虫侵害大观园的果实，很容易被发现，也好对付，嬷嬷们拿杆子赶，看紧一些就成，要么就依袭人的法子，将即将成熟的葡萄用一个个布袋子套上，黄蜂就没辙了……

可依附于贾府谋生的"黄蜂"们却是赶也赶不走的，这些蜂儿、臭虫、屎壳郎就是贾雨村、程日兴、冷子兴、冯紫英、詹光、单聘仁等一帮"清客"。他们对贾府的侵害是潜移默化的，一开始并不被怀疑，也难于发现。可祸害却是由表及里，就如同黄蜂叮上了"一嘟噜、一嘟噜"葡萄那般的连锁效应。

先说说贾雨村，他是"清客"里唯一一位有官职身份的人，但起初投奔贾府却只是个闲居无职的潦倒之人。这个人在宁、荣二府，除了贾赦、贾政，上上下下几乎无人不厌恶他。平儿说他是："饿不死的野杂种（因为他假冒与荣府同宗一族。笔者注），认识不到十年，惹出了多少事。"书中直接点明的"祸事"就有两件，其一，是他鼓噪贾赦弄古玩，见贾赦看中了石呆子的十二把古扇，就想方设法出面"帮忙"，先派贾琏与石呆子好言说项。没成想这石呆子真有一颗"呆"心，死活就是不肯出手那十二把古扇。情急之下，贾雨村不惜动用手中的权力，以石呆子"拖欠官府银两"为由，将他十二把古扇折款充公。结果石呆子自尽，闹出了一桩人命案。

这种贪赃枉法的行为，居然很对贾赦见到好东西就恨不得强抢强占（曾欲强霸贾母的贴身丫鬟鸳鸯为妾。笔者注）的脾气，认为贾雨村是能人，够哥们义气。但世上没有无缘无故的爱，贾雨村这样不惜枉法找借口关押石呆子，为贾赦"两肋插刀"地帮忙霸占石呆子当作命根子的十二把古扇子，以致逼死了石呆子，是为了巴结、交结贾府，更深一层是为了讨好在朝廷中身居要职、并且长女元春贵为皇妃的贾府顶梁柱——贾政，以便把"同宗一族"的关系网织得更牢、更密一些，好为自己日后的仕途更顺达，从而攫取更多的利益。然而，贾雨村的馊主意和毒办法让贾赦贪得的这点小利，却使他个人及家族都为此付出了沉重的代价。宁国府被锦衣军抄没，贾赦及儿子贾珍均戴罪被发配边关，罪款有几项，其中便有"倚势强索石呆子古扇"一项。

近贤良，远小人。贾赦全然不懂这个道理。

说贾雨村是"小人"，还有其二。他对贾府有求的时候，不惜卑躬屈膝，硬是厚颜攀上同宗。可一旦得知深得皇帝恩宠的皇妃贾元春病亡，听说贾府被御史参本，犯了龙颜，家道起了变故，便除了急忙把自己撇清之外，反过来还狠狠地"咬"了贾府几口。

贾雨村在外面说过贾府不少坏话，这一点路人皆知，连甄家以前的仆人被贾府收留后替贾府看管大观园的包勇这样的非贾府心腹仆从都心知肚明，可贾政、贾赦等这些主子老爷却始终被蒙在鼓里。或许是他们温柔敦厚，讲究涵养，不愿追究吧，可他们自身有没有做一番检讨反省，有没有提防这些"黄蜂儿"对自己及家族，尤其是儿孙后代的浸淫、渗透呢？书中没有一处叙及。由此可以想象得出，贾府撑门立户的这几位老爷是多么的自以为是、执迷不悟。

还有倒卖古玩字画的冷子兴，也曾使贾府蒙受羞辱并带来很多后患。

书中第二回的"冷子兴演说荣国府"一节，写的就是冷子兴和失意的酸儒贾雨村两人小酌时的恣意放谈。先是冷子兴远远地扯出"自东汉贾复以来"的姓"贾"的一支望族，点燃贾雨村的虚荣心。但当絮絮叨叨说到金陵贾府一族的时下状况，令贾雨村有些不解的时候，冷子兴笑道："亏你是进士出身，原来不通！古人有云：'百足之虫，死而不僵。'如今虽说不及先年那样兴盛，较之平常仕宦之家，到底气象不同。如今生齿日繁，事务日盛，主仆上下，安富尊荣者尽多，运筹谋画者无一，其日用排场费用，又不能将就省俭，如今外面的架子虽未甚倒，内囊却也尽上来了。这还是小事。更有一件大事。谁知这样钟鸣鼎食之家，翰墨诗书之族，如今的儿孙，竟一代不如一代了！"这番话的口气显示出冷子兴对贾府是无比的洞察和了解，同时也流露出对宁国公、荣国公"二公"以下一众儿孙们的不屑和轻蔑。进而便"历数家丑"一般将贾敷、贾敬、贾蓉（宁国公的一脉。笔者注）贾赦、贾政、贾宝玉（荣国公的一脉。笔者注）等宁、荣二府的男丁悉数奚落个遍：

当日宁国公与荣国公是一母同胞弟兄两个。宁公居长，生了四个儿子。宁公死后，贾代化袭了官，也养了两个儿子：长名贾敷，至八九岁上便死了，只剩了次子贾敬袭了官，如今一味好道，只爱烧丹炼汞，余者一概不在心上。幸而早年留下一子，名唤贾珍，因他父亲一心想作神仙，把官倒让他袭了。他父亲又不肯回原籍来，只在都中城外和道士们胡羼。这位珍爷倒生了一个儿子，今年才十六岁，名叫贾蓉。如今敬老爹一概不管。这珍爷那里肯读书，只一味高乐不了，把宁国府竟翻了过来，也没有人敢来管他。再说荣府你听，方才所说异事，就出在这里。自荣公死后，长子贾代善袭了官，娶的也是金陵世勋史侯家的小姐为妻，生了两个儿子：长子贾赦，次子贾政。如今代善早已去世，太夫人尚在。长子贾赦袭着官，次子贾政，自幼酷喜读书，祖父最疼。原欲以科甲出身的，不料代善临终时遗本一上，皇上因恤先臣，即时令长子袭官外，问还有几子，立刻引见，遂额外赐了这政老爹一个主事之衔，令其入部习学，如今现已升了员外郎了。这政老爹的夫人王氏，头胎生的公子，名唤贾珠，十四岁进学，不到二十岁就娶了妻生了子，一病死了。……不想后来又生一位公子，说来更奇，一落胎胞，嘴里便衔下一块彩晶莹的玉来，上面还有许多字迹，就取名叫作宝玉。你道是新奇异事不是？

雨村笑道："果然奇异。只怕这人来历不小。"子兴冷笑道："万人皆如此说，因而乃祖母便先爱如珍宝。那年周岁时，政老爹便要试他将来的志向，便将那世上所有之物摆了无数，与他抓取。谁知他一概不取，伸手只把些脂粉钗环抓来。政老爹便大怒了，说：'将来酒色之徒耳！'因此便大不喜悦。"

冷子兴说这番话时，可谓是舌粲莲花，口无遮拦，而且用词极尽贬损，刻意歪曲，总是用"结论式"语气，不怀好意的"笑"姿，随心所欲地进行戏谑和调侃。

当斯时，两人酒酣耳热的"放谈"多少还有些秘密空间。但不难想象，同样的话冷子兴不知说了百遍千遍，而且是逢人便说，在贾府的根据地——金陵地界说，在京畿重地也照样口无遮拦。而以冷子兴的嫉妒酸劲，说到贾府的豪富阔绰和不甚光彩的行为，必定追今及远，上自三代，旁及五服，不论尊卑长幼，男丁女佣，一齐包罗进茶余酒后。而且是"演绎"之，"戏说"之，加醋添油，有里说无，无中生有，真的将贾府一干隐私秘史之类如同今天的"人肉搜索"一般，尽数抖搂于世人面前。试想，有冷子兴这个"大喇叭"，贾府有何私密可言，贾府的一干主仆还有什么尊严和脸面？

正是这个爱卖弄自己见多识广、缺乏口德的冷子兴，鬼使神差地将薄情寡义的落魄文人贾雨村"撺掇"到了贾府，以致贾府十年间"麻烦不断"。如果说，贾雨村是贾府的麻烦制造者，那么始作俑者正是这位周瑞家的女婿——冷子兴。

冷子兴爱捣鼓、倒卖古玩字画。但说他是古董商人其实是不准确的，确切一点儿说，他只是一个古玩字画界的掮客。在古玩字画方面，冷子兴是一个眼高手低的人，往往因为不识货，弄了一些不三不四的赝品。但他又极具钻营的本领，平日里特别善于包装和推销自己。"和贾府有一层关系"，"最知贾门的新闻旧事"，正是他包装所用的保护色。他还能巧舌如簧，有见人三分笑的本领，能和王公大臣、豪门大宅的主人们混个脸熟。这不，贾府当年曾接待过乡下一位叫刘姥姥的妇人，临走时，府里将她曾在栊翠庵里喝茶用过的一个成窑杯顺手赏给了她（只因妙玉和宝玉嫌她口唇沾过，不能再用，弃之又可惜。笔者注）。万万没想到，就是这个不起眼的小茶杯，却给贾府埋下了后患。这是为何？事情的经过是这样的：

这只明朝成化年间出产的官窑瓷茶杯被刘姥姥带回家后，便给了外孙子板儿玩，板儿玩腻了被他父亲狗儿收起来。有一天，不知哪阵罡风吹起，冒出了个冷子兴，他来来回回在城郊乡间收古董，狗儿手里的这只成窑杯，被他一眼瞅中，只出了个一般的价钱（狗儿哪里知道这个成窑杯是一个价值连城的好东西呢？笔者注）便收了去。到京城后，冷子兴很快就转手卖给了宫中一个王爷（极有可能是书中那位极爱收藏、把玩古董的义忠亲王。他与贾府素来不睦。笔者注）。也是不巧，这王爷后来"坏了事"，被皇帝抄了家。有政敌说这成窑杯原来与贾府有关联。成窑杯，是明代成化年间的宫用瓷器，到清代已颇为罕见，只有少许为皇家御用，贾府不是皇家，怎么得了这些皇宫御用的东西？得了还随手扔给乡野村妇，实属大大的"违例"。加上后来在宁国府又搜得一些皇帝御用的衣衫，这便一起坐实了贾府"违禁使用"的罪名。贾府后人当永远记住：对成事不足、败事有余的冷子兴之流，躲之犹不及，万万不可引之入府，揽其入室！

贾政少有官场的经验，对属下约束不力，这是朝廷对他为政的评语。其实，贾政老爷治家也乏善可陈，古板苛刻，为人迂腐。这姑且不论。此公最大的毛病是喜欢清淡，热衷于豢养"清客"。而且为人不实诚，放不下身段，死爱面子，只要人家"政老""世伯""世翁"这样对他一称呼起来，他便熏熏然、昏昏然，浑身舒服得不行。这就给了那些心机不善、有所企图的人以近身利用的机会。

《红楼梦》第八十六回就记载贾政"礼遇"过的一位清客。宝玉对黛玉说得分明："……前年来了一个清客先生叫做什么嵇好古，老爷（指贾政。笔者注）烦他抚了一曲。他取下琴来说，都使不得，还说：'老先生若高兴，改日携琴来请教。'想是我们老爷也不懂，他便不来了。"

　　这段文字着实有趣，说明贾政所交接的清客什么行当的都有，可谓三教九流，无一不缺。但这位叫"嵇好古"的先生一点也不古雅，倒有点像古书上记载的那位"南郭先生"，只能混杂乐手堆里"奏"，单独上阵就只能悄然溜号了。当然，贾政也是附庸风雅之人，他其实不识琴谱，也不会抚琴。这正是外面的人好骗他的原因。

　　像嵇好古这样所谓的"乐手""乐师"，隔三差五到府上来，怕是有"抚琴"之外的其他什么事也未可知。

　　"盯上"贾政和贾府门庭的还有冯紫英、詹光之辈。

　　贾政和詹光下大棋（围棋。笔者注），一下就下个昏天暗地，难解难分，有时也来一些小刺激，输赢每每在几两、十几两银子左右。一般情况下，贾政都能赢。但要说贾政是靠这个沾他们的"光"，那倒不是，实情倒确是詹光之流百般用心地投政老所好，钻了贾府不少"隙空"，沾了贾府不少光，更寻租到一般人所得不到的利好之处。要害在于，贾政这样的做派，对儿孙们也起到了不好的作用，带来了许多负面影响。你别看宝玉、贾环、贾兰这几位子孙好几次站在他俩的棋盘前，垂手侍立，唯唯诺诺，那只是他们迫于家规、慑于权威罢了。其实他们心里也在嘀咕：您老不是总教导我们要读书上进，不作优游吗？可您老这大棋一下老半天，不理正事不说，还"赌"银子哩。

　　詹光、冯紫英、单聘仁之辈，爱往贾府里送一些其他达官贵人之家里真真假假的消息，而且他们对府里的人只说奉承话，净拣好的说，这让贾政和府里几位有脸面的主子认为他们有神通，有能耐，忠心可靠，因而更加信任他们，二者之间也益发"黏糊"得紧密不疏。这些人偶尔也过来散播一些蜚语和流言，倘这些"小道消息"于贾府不利、不便，他们便做不屑状、义愤状，以博得府上人内心的感激和宽慰。可贾政、贾赦等贾府的主子们恰恰忘却了"来谈是非事，必是是非人"的古训，往往于不经意间，惹来了不少是非。要知道，贾政在朝为政，贾府一门还有几位是有世袭官职的，加上府里还出了一位妃子，在皇帝身边，谈什么都有牵扯，敏感得很呐！纵是无心之语，传将出去都是有意之言，赖也赖不掉，道也道不清，往往越描越黑。这样的皇亲国戚，理应门户森肃，即便是破损的"鸡蛋"，也应黏糊得严丝合缝才对，其实是犯不着和这些不三不四、无用而闲的清客们来来往往的。

不是吗？通观全书，他们这等人可真的像园子里的"黄蜂"一样，到府上来，表面在清谈，骨子里却都是有所图谋的。冯紫英和贾政谈的似乎都是知心体己的话，谦谦卑卑，温文尔雅，可毕竟最终还是将狐狸的尾巴"露"了出来。书中第九十二回《评女传巧姐慕贤良　玩母珠贾政参聚散》一段文字极精彩，冯紫英和贾政说着说着便抛出了正题："小侄与老伯久不见面，一来会会，二来因广西的同知进来引见，带了四种洋货，可以做得贡的。"冯紫英带来的四样东西是什么呢？一件是有二十四扇隔子的紫檀雕刻围屏；一件是三尺多高的报时座钟；一件是极珍贵的母珠；一件是极稀奇的鲛绡帐。那么，这几样东西要价多少？一共要两万两银子。

贾政哪里经得起冯紫英如簧巧舌的展示和推销，立马就叫贾琏将东西送给老太太（贾母）过目。幸亏贾母这边有"火眼金睛"的王熙凤在，她不说这东西不好，也不说价钱是贵还是不贵，只说与贾府当下的投资方向不合。贾府因要立长远根基，须将钱用于置田亩、坟地、房屋，以便世代永继，家业绵长。瞧，这是何等的见地，又是多么可贵的前瞻性思维。

试想，稍后一年左右的光景，贾府便遭锦衣军上门抄剿，就在冯紫英来上门的当时，贾府也是拮据得要命，经常借三挪四，举步维艰。倘若依贾政之意应允了冯紫英的推销，花了这两万两银子，即便与贾母临终散下的余资，两相一抵，仍是个"零"的数字，贾府一门之众，难道要去喝西北风不成？

呜呼！贾府之颓败凋零，有政治缘由，更有经济失策之因。而经济失策的原因中，有机构体制障碍，有收支不平的积弊，也有诸如清客之类"黄蜂"经年累月的叮咬追逐，以致留下的伤痕和裂隙。

因此，要说贾府经济凋敝、门楣倾倒之悲剧，清客盈门也算是导致这个悲剧的坏因之一。

据福建学者罗炳锦统计：康熙二十四年（1685年）全国当铺有7695家，雍正二年（1724年）增至9904家，至乾隆九年（1744年）仅北京城的当铺就多达600～700家。

贾府和薛姨妈家都经营有当铺。而且薛家的当铺至少有五处之多，在京城的"恒舒典"属于官当；从贾薛二门的皇亲、官家买办身份和贾琏及其子侄们、薛蟠用度方面的大胆，熙凤及其女性经营团队的精明练达，还有贾府、薛家在社会经济方面的交往状况来考量，他们当铺的资本一定不算少数，所经营的当铺规模、数量也一定非同寻常。

"破船还有三箩钉"，这是《红楼梦》书上现成的一句话，只要有"三箩钉子"在，这在典当、抵押兴盛的清代初期，像贾府这样的人家是很容易度过危机和困境的，即便偶有跌倒或蛰伏，也会很快东山再起的，因为，那些散落、遗存的"钉子"，很容易就复活成银根，变成支撑贾府富裕生活的白花花的银两。

从贾府的日用器物
看清代的当铺及奢侈品市场

如前面所述，有限的固有资本已经难以支撑贾府庞大的日常开销。但在王熙凤这个精明的管家及其经营团队的运作之下，虽然贾府不时有高高低低的坎，但最终总能过了"火焰山"，王熙凤带着贾府渡过一个又一个经济难关的秘诀就在于典当和奢侈品市场。

清代的典当业如日中天，当时社会上流传着"要想富，开当铺"的民谣，典当经营成为人们致富的热点，也和人们的日常生活息息相关。清代当铺有皇当、官当、民当三类，呈三足鼎立之势。且无论从资本额、当铺数量、规模和发展态势来看都大大超过了前朝。

据福建学者罗炳锦统计：康熙二十四年（1685年）全国当铺有7695家，雍正二年（1724年）增至9904家，至乾隆九年（1744年）仅北京城的当铺就多达600～700家。

《红楼梦》第三十七回、第五十七回、第七十二回、第七十三回、第九十五回、第一百回等回目都有描写当铺的文字，从篇目中直接描写当铺的文字来看，贾府和薛姨妈家都经营有当铺。而且薛家的当铺至少有五处之多，在京城的"恒舒典"属于官当，这在书中第一百回里有清晰记载，曹雪芹是明线着墨。贾府的当铺有多少、在哪里、是官当还是民当，书中并未点明。但从贾薛二门的皇亲、官家买办身份和贾琏及其子侄们、薛蟠用度方面的大胆，熙凤及其女性经营团队的精明练达，还有贾府、薛家在社会经济方面的交往状况来考量，他们当铺的资本一定不算少数，所经营的当铺规模、数量也一定非同寻常。

书中第三十七回《秋爽斋偶结海棠社　蘅芜苑夜拟菊花题》，宝钗眼看着湘云在为开海棠诗会缺少费用犯愁，便脱口而出："我们当铺里有个伙计，他家田上出的很好的肥螃蟹……我和我哥哥说，要几篓极肥极大的螃蟹来，再往铺子里取几坛好酒，再备上四五桌果碟，岂不又省事又大家热闹了。"

可见薛府的这间当铺规模还不小，不止一两个伙计。其掌柜经营者是宝钗的哥哥薛蟠，薛蟠还经营着为皇家采买某方面货品的生意，只有如此经济实力而且拥有巨额资本的人方可开设当铺，想必薛家的当铺大多不是小门小户的小生意。检索清代早期的典当业史料得知，那时的典当业多系独资经营，资本一般自数千两至数万两不等。封建官府和贵族官僚把它看作营运资本的有利处所。内务府曾在北京开设官当铺十几处，地方当局也有由官自行设典生息。国库和地方各库官款经常拨出一部分发交典商当商生息，称"生息银"，利率约七八厘至一分不等。大官僚大商人投资开设典当牟利的，亦屡见不鲜。康熙朝刑部尚书徐乾学曾将本银十万两交给布商陈天石经营典当；乾隆朝大学士和珅拥有当铺七十五座。典当业集中体现了官僚、地主、商人三位一体的高利贷资本的活动。官款存放生息曾是这种高利贷活动的有力支柱；一般当铺还可自己签发银票、钱票，作为信用工具，因而其贷出金额（俗称"架本"。笔者注）远远超过自有资本。

当者，典物当钱，非独穷人典当，富人也有典当的时候。只不过所当之钱用途不同，所典之物迥异。富人所典当的一般为大件的、颇值一些钱的贵重东西，所当的钱也多用于生意周转，拯救家业，因为急于提现，数额自然较大；穷人家所典之物一般多为簪钗、粉黛、铜壶、银盏甚至衣被之类的东西，兑的是小钱，解的是口腹、疾病、赌债等燃眉之急。这从《红楼梦》记述的诸多情节里可以得到佐证：第七十二回《王熙凤恃强羞说病　来旺倚势霸成亲》有一段贾琏向贾母贴身丫鬟鸳鸯借当的情节描写，颇能说明问题。（贾琏）向鸳鸯道："这两日因老太太的千秋，所有的几千两银子都使了。几处房租地税通在九月才得，这会子竟接不上。明儿又要送南安府里的礼，又要预备娘娘的重阳节礼，还有几家红白大礼，至少还得两三千两银子用，一时难去支借。俗语说，'求人不如求己'。说不得，姐姐担个不是，暂且把老太太查不着的金银家伙偷着搬运出一箱子来，暂押千数两银子支腾过去。不上半年的光景，银子来了，我就赎了交还，断不能叫姐姐落不是。"不难看出，贾府也有用度吃紧"接不上"的时候；贾琏要周转的资金还不是一个小数目，竟要"千数两"银子，他找的一定是一家有实力的当铺，应该是"官当"无疑；按清代官方典当利息每月不得超过三分（实际上往往大大超过。笔者注）计算，当物一般须大于当金及利息的数倍乃至十多倍之多，那么贾琏从贾母那里运出的"一箱子"当物其价值当在几千两乃至万两以上，而且这还是贾母她老人家平时不在意的，"查不着的"，可见贾府的家业之巨；同时也清楚地看出，为何贾琏他们平日里敢于花钱如流水，大手大脚，有恃无恐地"高消费"，其原因就是在身边有数不清的典当行，典当业十分发达。清初的典当业的确为资金周转和经济变通开启了方便之门，于国于民都是一件上等好事。从这一情节中，我们还可以进一步作出以下分析：

其一，贾府只有急用钱的时候，才会典当一些闲置的珍贵器物，筹措资金应急，并不是缺钱少钱的府邸。贾府被抄家时，在贾琏屋里一下子抄出"七八万金"，现金多得吓人，其实这不是贾府流动资金的全部。如果不是为了给皇上撑面子，满足自己家族的虚荣心，倾力修建元妃省亲的大观园，贾府是绝不会去动用那笔一直存放在江南甄府的五万两银子来，所以，要说贾府有难处，那也是"大有大的难处"而已。"破船还有三笠钉"，这是《红楼梦》书上现成的一句话，只要有"三笠钉子"在，这在典当、抵押兴盛的清代初期，像贾府这样的人家是很容易渡过危机和困境的，即便偶有跌倒或蛰伏，也会很快东山再起的，因为，那些散落、遗存的"钉子"，很容易就复活成银根，变成支撑贾府富裕生活的白花花的银两。

那么，这些能变成"银根"的钉子是什么呢？就是贾府中的不胜枚举、蔚为大观的奢侈品和寻常人家闻所未闻的那些宝物。此其二。

暂且不说元妃省亲时皇帝的赏赐清单，那赏赐清单上赏给贾母的哪一样东西，不是送到当铺里就能立马换来千两、万两银子的珍宝呢？有的宝物，譬如那一串伽楠念珠，那可是千两万两银子也不变卖或典当的啊！

单说贾母过生日那次，贾母花厅里摆了十来桌酒席，酒席与外面是用屏风隔开的，我们来看看这屏风有多大的排场，竟是"十六扇璎珞屏风"。这十六扇屏风清一色是紫檀透雕，嵌着大红纱透绣（时称慧绣。笔者注）花卉并草字诗词的璎珞。书中特地交待说"当时凡世宦富贵之家，无此物者甚多"。即便"凡所有之家，纵有一两件，皆珍藏不用"，"若有一件真慧纹之物，价则无限"。就是这种价值连城的慧绣，贾府竟然曾经有三件，只留下这一件十六扇璎珞屏风，另外两件当作贡品送给了皇上。你想想，这件与皇上所用物品难分伯仲的十六扇璎珞屏风值多少钱？简直是不能说价的，它们是无法用金银的价值来衡量的。

贾府日常使用的洋货奢侈品也不在少数：

书中第五十二回《俏平儿情掩虾须镯　勇晴雯病补雀金裘》中写到，晴雯伤风头疼鼻塞，宝玉马上命麝月去二奶奶王熙凤那里要"西洋贴头痛的膏子药，叫做依弗哪"。麝月取来了一个金镶双扣金星玻璃的扁盒，盒里有西洋珐琅的黄金赤身女子，两肋又有肉翅……里面盛着些真正的上等洋烟……即便根据这零星文字的描绘，我们也可以判断出，这玻璃扁盒是来自西方国家的物品，里面的洋烟应该是鼻烟。你说这是不是当时难得的一件奇物？

娇俏泼辣而又热心肠的宝玉的贴身丫鬟晴雯，有一回给宝玉补的那件雀金裘，是俄罗斯国拿孔雀毛拈了线织的大氅。这件雀金裘比邢岫烟送去当的那件棉衣不知要贵上几百倍甚至上千倍、上万倍哩！

就是贾府姑娘小姐们日常用的冷香丸、茯苓霜、日用茶具、餐具及房中小摆件，也有不少是让人稀罕的奢侈物品。

所以说，贾府有的是好东西，自然也就有花不完的金钱和银两，那么，有人不禁要问，这些奢侈品好当吗？

答案是肯定的。清代初期，特别是康熙一朝，国弱而臣富，钱财多藏于民间（当然是指官绅阶层。笔者注）。一方面是国库空虚（康熙末年，国库只有八百万两纹银。笔者注），一方面王公大臣、地方大员和一些富商却富可敌国。这些人斗鸡遛狗，玩宝藏珍，囤奇居稀，送礼馈赠往往非金即银，更有上等奢侈物件频频易手换主。这些东西流转于上流阶层，陈载于典当行的柜库之内，成为财富的象征和融资承兑的硬通货，有着广阔的市场。

正因为穷人和富人都时时会有资金需求，所以，才催发了清代繁荣的典当业，也润滑舒展了清代社会的经济链条，引领着当时社会的世风和时尚。

曾是富贵大户的薛家，到了薛蟠这个惯于吃喝嫖赌、惹是生非的"富二代"手上，家业已呈开源有限却挥霍无度的局面，几近破落，以致其堂弟薛蝌带着妹妹薛宝琴进京聘嫁时，不得不尽力帮薛姨妈料理各项事务。此时，薛蟠和母亲薛姨妈、妹妹薛宝钗等一家人虽然居于京城贾府，但却是寄人篱下。而贾母做媒为薛蝌聘定的未婚妻邢岫烟，因为一个月只有二两银子，还要省下一两给爹妈送出去，手头拮据不堪，不得不将棉衣棉裤放进当铺，当了几吊钱做省亲的盘缠。看到恬淡自矜、纤弱清秀的邢岫烟大冷天仍穿着夹衣，让人不由得心生凄凉。

清代的典当行的利息是颇重的。除了前面说过的月息外，过月几天，还加计一月息。当铺在收付款项时，又以所谓"轻出重入"或"折扣出满钱入"的手法，盘剥当户。贷出现金只按九四、九五甚至九折付款，当户赎当时则要十足偿付，利息也照当本十足计算；此外还有各项额外费用的征收。而且抵押品价值越小，赎期越短，利息也最高，故贫穷人家所受剥削也最沉重。

贾府、薛家的当铺无疑是"典"进穷人的东西居多，放出

103

的银两要么按惯例收利息钱，要么还会比市面上的利率要高一些。因此，他们开具的当票上所写的文字想象得出也会是只有他们自己才认得的特殊字体了，譬如，当物虽为新衣必写成"旧衣"或"破烂"，器皿则一律冠上"废"字，金银照例写作"铜铅"，总之一定是"轻出重入"或"折扣出满钱入"等手法，一如薛姨妈不经意出口的那句话——"天下乌鸦一般黑"。那么到底"黑"到什么程度呢？我们可以从锦衣军到贾府抄家，所抄得的几铁匣子账票及朝廷给出的"盘剥"罪名即可想象得出来。如果不通过这样厉害的盘剥手段，就很难理解锦衣军在贾琏屋里抄出"凤姐的体己不下七八万金"，像贾琏这样月例银不满十两的公子哥何以能在外呼朋引友，花天酒地。为了过上骄奢淫逸的生活，贾琏还不惜大把银子在外添置房舍，买婢安仆，偷娶尤二姐，并添金送银的……

顺便要说清楚的是，第五十八回《杏子阴假凤泣虚凰　茜纱窗真情揆痴理》中所叙述到的薛家未过门的媳妇邢岫烟偶尔应急去当铺当棉衣，未成想所送的"恒舒典当铺"原来正是薛家自己所开的。其实，薛家的薛蟠也只是京城众多当铺主中的一位而已！

当然，贾府里一干大手大脚的主儿——主要是贾琏、王熙凤夫妇，或受他俩支派的几个能主事的男女心腹，也是经常要拿东西去当的，至于像邢岫烟到未婚夫的堂兄家当铺当棉衣那样的"乌龙"事，他们肯定是不会做的。京城里的皇当、官当那么多，即便找个有头有脸又有身家的民当店铺也是极其容易的。以贾府的身家信誉，当物的品质，想必是许多当铺求之不得，巴不得与之交易的吧；此外，贾府毕竟只是流动资金一时的短缺、失灵，不至于出现"死当""复当"等问题，赎当往往很快；也不至于因收进当物而付出高利息、长期利息的问题；加之贾府可以

104

说是当铺的大客户、老客户、优质客户，肯定已经和当铺主之间结成了长期合作共赢的利益关系，所以，贾府的人到外面当铺进行交易必然简洁、快捷、稳当、不丢面子。虽然《红楼梦》中没有详细描述王熙凤叫人当掉贾母收藏的那些金银家伙的交易情况，几个章回中所记述的每每大约只用几十个字或百把十个字一笔带过，语焉不详。然而，我们还是能够洞悉这种交易的内幕，而且也能大致还原其典当真相的。

　　贾府的典当和赎当只是当时社会经济生活的一个缩影，却忠实地记录下清初扑朔迷离的社会经济运行轨迹。

也就是在为秦可卿治丧期间，王熙凤下榻馒头庵的那晚，馒头庵的老尼姑净虚和凤姐完成了一笔通权枉法的交易，凤姐受净虚师父所托，揽下了一桩威逼一家大户退亲之事，得了三千两银子。

在打平安醮之前，贾母一行人在清虚观游览观光，张道士及手下一干道人对贾母和贾府上的人都极为恭敬，他们用盘子托送了五十多件法器给贾母等人作见面礼："只见也有金璜，也有玉玦，或有'事事如意'，或有'岁岁平安'，皆是珠穿宝嵌，玉琢金镂，共有三五十件。"

清代有很多野史、笔记，都记载有和尚、尼姑参与人口买卖的事，一些寺庙、庵堂竟成了贩卖人口的窝点，一些耐不住清贫的住持、比丘尼充做"人牙子"，给一些豪门大户送丫鬟、婢女或侍童而从中获取丰厚的利润。

贾府经济与僧尼群体

贾府与各处不少寺庙、庵堂有着千丝万缕的联系，有些寺庙和庵堂还是贾府独门供养的。书中明文记载的寺庙、庵堂就有九处：清虚观、栊翠庵、铁槛寺、水月寺（馒头庵）、芦雪庵、地藏寺、玄真观、天齐庙、散花寺。若加上书中头两回中提及的"葫芦庙""智通寺"，则共有十一处之多。

栊翠庵、铁槛寺里的住持、小尼姑、小和尚及杂役，贾府都要管他们的日常开支，发放月例银子，是谓家庙。

《红楼梦》头一回正面写到"寺庙经济"的是在第十五回《王凤姐弄权铁槛寺　秦鲸卿得趣馒头庵》，这一回中写，秦可卿丧殁，寄灵柩于铁槛寺，贾府族中一些男丁于是下榻铁槛寺，而王熙凤等众女眷则下榻于离铁槛寺不远的馒头庵（又称"水月寺"。笔者注）。这馒头庵神通得很，庵里的智能住持每个月都要到贾府里讨月例银子。书中还记述到，京城的一位姓胡的老爷府里产子，一下子就给馒头庵送来十两银子，让师父们在庵堂为其府中即将临盆的母子祈福，谓念三天"血盆经"。

也就是在为秦可卿治丧期间，王熙凤下榻馒头庵的那晚，馒头庵的老尼姑净虚和凤姐完成了一笔通权枉法的交易，凤姐受净虚师父所托，揽下了一桩威逼一家大户退亲之事，得了三千两银子。寺庙庵堂联通官衙州府，既为庙宇敛财，也为贾府开辟一条生财之道，由此可见一斑。

有一回元妃娘娘提前赏了端午节的礼，送来了一百二十两银子，命贾府在节前的初一至初三日在清虚观打三天平安醮，于是贾母一行便到了清虚观。这清虚观也非比寻常，主持打醮的张道士是贾府荣国公的出家替身，被先皇御口亲呼为"大幻仙人"，现在又掌管"道录司"的篆司印，还被当今皇上封为"终了真人"，王公藩镇都称他为"神仙"的道长法官。看来他的确是位道行颇深，名头极大的得道之人。

有资料为证，在明代每种教派都有全国最高的管理者，而道教则为"道录司"，如明代朱元璋于洪武十五年（1382年）在京师设道录司，隶属朝廷礼部之下，是全国管理道教的最高机构，下设正一、演法、至灵、玄义等官，系正六品，而"真人"为二品，张道士被当今皇帝封为"终了真人"，就是二品官，掌握全国道教寺院和信众。地方上道观的管理机构，称作"道纪司""道正司""道全司"，均属于"道录司"管辖。因此张道士的实际权力很大，他既是宗教中的最高管理者，又是国家的行政官吏，可谓左右逢源，教俗皆香。

但张道士对贾母、宝玉、贾珍、凤姐们的奉承恭维却是无微不至的，又常到二府内走动。所以他对太平醮的演颂，非但做在其表，更做在其内。他借用贾宝玉的通灵宝玉，巧妙地向贾府送礼，讨好贾母。在打平安醮之前，贾母一行人在清虚观游览观光，张道士及手下一干道人对贾母和贾府上的人都极为恭敬，他们用盘子托送了很多法器给贾母等人作见面礼："只见也有金璜，也有玉玦，或有事事如意，或有岁岁平安，皆是珠穿宝贯，玉琢金镂，共有三五十件。"看到张道士呈上的这么些贵重礼物，连贾母都以为过分了，嗔怪他太奢侈，张道士却摆摆手，连声讲："这是他们一点敬心……老太太若不留下，倒叫他们看着小道微薄，不象是门下出身了……"由此可见，张道士实际就是贾府在道教界的一个利益代言人。因而，他为元妃娘娘做法事，为凤姐女儿巧姐办寄名符，为宁荣二府做吉祥祈福道场，还要为宝玉提亲，对贾府老老少少的主子都尽心尽意，周到勤勉。当然，贾府也不会亏待他，所以才扶持他几十年如一日地道运亨通。

《红楼梦》中写到刘姥姥第二次来贾府时，贾母领着她随众女眷一起到栊翠庵逛逛，栊翠庵中一向孤高绝世的貌美尼姑妙玉热情迎迓，看的茶是老君眉，用的茶具更是叫人大开眼界。她递给贾母的茶碗竟然是成窑五彩泥金小盖钟。成窑是明代成化年间的宫用瓷窑，专为皇家烧制宫用瓷器，五彩泥金的这种更为难得，由明代传到清代已有两百年，实为罕见，当时已是价值连城之物。而这种茶杯，隶属于贾府的一个小小庵堂就能持有，真让人匪夷所思。就是这个成化五彩泥金小盖钟，因为乡村老妪刘姥姥拿它喝过几口茶，妙玉等人都认为不干净了，善良的宝玉就说不如就送给刘姥姥算啦，于是，妙玉眉头都不皱一下地随手就送给了刘姥姥。

栊翠庵的庵堂里还有两个喝茶的杯子也传奇，其中一个是落款为"晋王恺珍玩"的类似古代喝酒用的杯子,并有"宋元丰五年四月眉山苏轼见于秘府"字样。可见此杯为晋代富可敌国的王恺所有,后为宋代大名士苏东坡所收藏。这么珍贵的东西除非皇家持有,再不就是王侯贵胄才能享用。由此可见,栊翠庵里这位美貌尼姑妙玉的身份,可能如刘心武先生所考证的那样,是康熙朝某位王爷身边的侍妾流落或避祸于寺庙庵堂间的,再或者,她是私通了宫中嫔妃的人。

清代康熙、雍正、乾隆年间,宫闱之变甚多,仅康熙年间所立太子胤礽就曾两度被废。其家奴和婢女被放逐的不在少数;到了雍正年间,与雍正进行了残酷的皇位斗争的八王爷胤禩被打败,八爷党被捣毁,受牵连的家丁、女眷、侍女也难以计数。这些人或作鸟兽散,离世避祸,或潜伏于一隅,以图主子东山再起时作应声虫,所以名山大川,偏远村野,一般都为其匿身之地,寺庙、庵堂往往都是这类人避人耳目的首选落脚点。像贾府这样与朝廷有着千丝万缕联系的显望门第,往往是这类身世传奇的僧人、尼姑、道士的攀附对象。而这类来历不凡的僧人、尼姑、道士及其所在的庙宇、道观,也是贾府自身得以纳财、敛财的对象和场所。

大清立朝之后,激增的人口严重超出了已有耕地的负荷,被抛离生产轨道的民众,就向僻远之地迁徙或向社会下层流动,生计艰难成了他们出家的主要缘由。清朝廷基于维护社会秩序的考虑,也将发放度牒,收留游民入寺作为缓解社会问题的权宜之计。据康熙六年(1667年)礼部统计,国内敕建的大小佛教寺庙有12482所,私建的大小寺庙67140所,总计为79622所,僧尼有110292人。乾隆元年(1736年)至四年,顺天、奉天两府及各直省共发出度牒340112张。这样,至乾隆初年僧尼总数已趋45万人。此后,僧尼人数依然有增无减。芜杂的来源使僧尼素质普遍下滑，僧尼无道无德的丑陋行径比比皆是，最突出一点就是热衷于从事以敛财为目的的商业活动，如经营商店、举办庙会，甚至坑蒙拐骗、拐卖人口等，日益频繁地参与俗世的经济、民俗活动，使清静佛门沾染了浓重的功利色彩。

清乾隆年间，有僧人教唆一个小孩冒充乾隆的亲孙子，以图获利。清代笔记《啸亭杂录》中，很详细地记载了这起伪皇孙案。清代有很多野史、笔记，都记载有和尚、尼姑参与人口买卖的事，一些寺庙、庵堂竟成了贩卖人口的窝点，一些耐不住清贫的住持、比丘尼，充做"人牙子"，给一些豪门大户送丫鬟、婢女或侍童而从中获取丰厚的利润。因此，不难想象《红楼梦》第四十七回《呆霸王调情遭苦打　冷郎君惧祸走他乡》，写贾赦在讨要贾母的贴身侍女鸳鸯做妾不成之后，便花八百两银子买了个叫嫣红的，或许正是交由贾府自家庵堂的"牙子"（人口买卖的经纪人。笔者注）具体操办的。

僧尼群体与贾府的联系十分紧密，既有政治因素，也有经济利益关系，这在《红楼梦》的不少章回里都详细记述——如第六十二回《憨湘云醉眠芍药裀　呆香菱情解石榴裙》，写宝玉过生日，清虚观的张道士送了四样礼，还换了寄名符儿，另外几处僧尼庙的和尚、姑子也送了供尖儿，并寿星纸马疏头等。张道士的四样礼不甚其详，其他的虽不见得怎么值钱，但足见僧尼群体对贾府人物的一片虔诚攀附之心。

不独隶属于贾府的家庙里的僧尼，连外面名寺、名庵里的僧尼也热衷于攀附贾门。第七十二回《王熙凤恃强羞说病　来旺妇倚势霸成亲》中，写贾母过生日，就有一个外来的和尚送来一个腊油冻的佛手。这个礼物可不简单，冻，就是冻石，是一种半透明、有油脂感的玉石。因特别难得，所以十分名贵，用冻石制成佛手状的造型，更是弥足珍贵。刘心武先生曾在《腊油冻佛手·羊角灯》一文里，详细介绍了这种玉石的名贵："其实，'腊油冻'这种冻石，不是黄色的像蜜蜡那种冻石，而是另一种像南方肥腊肉的颜色质感的冻石，属于浙江青田石之一种，尤其罕见名贵……"

更莫说贯穿于整部书中的那一秃头、一跛腿的两个和尚，他们送给贾府的岂止是宝玉挂在脖子上的那一块通灵宝玉，更是至彻至悟的财富观，至善至德的齐家治国平天下的至理名言，何其珍贵！

《红楼梦》中提到的洋货，大致分为衣、食、用三大类，约有30余种。如西洋自行船、机械挂钟、金怀表、眼镜、玻璃炕屏、洋布手巾、乌银洋錾自斟壶、十锦珐琅杯、穿衣镜、波斯国的玩器等等，不一而足。

《红楼梦》中写了如此之多的外国洋货，一方面说明清代初期国内安定的局面，有利于中外贸易的发展，同时也说明洋货在中国上流社会有广阔的市场。

世界的经济交融和往来往往有许多人为的阻隔，大多是由制度和意识形态的差异所导致。漫长的康、雍、乾三朝的遮遮掩掩、零零星星的开放步履和涉外心态，在贾府的日常用度里得以观照和存真。

贾府的洋货

曹雪芹笔下的贾府，尽管呈现的是古色古香的基调，但又闪烁着时尚的亮色。府中的陈设和物用，既有传统的国粹精品，又有不少新潮的洋货。这些，除了对塑造人物形象，表现人物性格，穿插人物关系极有帮助之外，还忠实地反映出当时贵族阶层的家庭物用现状，折射出他们维新求变的思想和崇洋猎奇的消费追求。

而曹雪芹之所以在《红楼梦》中描写贾府生活时融入不少洋货，主要是因为其祖上是康熙皇帝的宠臣，曹家能经常得到皇帝和朝廷赏赐的来自其他国家进贡、奉献的稀罕物品，此外还因为他的舅祖李士桢曾任广东巡抚，管理着对外贸易的"十三行"，直接经营皇帝和宫中进口的吃穿用物品。因此，在《红楼梦》

中，曹雪芹不但提到福朗思牙（法国）、波斯（伊朗）、哦罗斯（俄罗斯）等外国的国名，还有不少关于洋货的描写，为后人留下了清代康、雍、乾时期西方物品进入中国上层家庭和中外经济交流的第一手资料。可以说，《红楼梦》中记述描写的外国物品之多，在中国古典小说中是创纪录的。

那么，《红楼梦》中到底描写了多少外国洋货？我们从《红楼梦》中提到的洋货，大致分为衣、食、用三大类，有30余种。其中，穿的衣服，有第三回写到的凤姐"下着翡翠花洋绉裙"，这洋绉就是舶来品，是表面呈绉缩状的纺织物。有第四十九回中写到的黛玉和众姐妹赏雪时"罩了一件大红羽纱面白狐狸里的鹤氅"，众姐妹也"都是一色大红猩猩毡与羽毛缎斗篷"。羽纱，是一种毛织物，也称羽毛纱，疏细者称羽纱，厚密者称羽缎，出自荷兰、泰国，为外国贡品。在那次赏雪中，宝钗"穿一件莲青斗纹锦上添花洋线的鹤氅"。这"花洋线"就是一种进口花线。李纨则"穿一件哆罗呢对襟褂子"，宝玉穿的是"一件茄色哆罗呢狐皮袄子"。第五十二回又写宝玉穿的"荔枝色的哆罗呢的箭袖"，哆罗呢是一种毛织呢料，价格颇为昂贵。

《红楼梦》中提及的进口食品有暹罗国（今泰国）进贡的茶叶，还有雪花洋糖、洋葡萄酒和洋烟。第四十五回写黛玉生病，宝钗派两个婆子送了一包法粉梅片雪花洋糖。第六十回写"芳官拿了一个五寸来高的小玻璃瓶来，迎亮照着，里面装有半瓶胭脂般的汁子，还当是宝玉吃的西洋葡萄酒"。这说明宝玉经常喝进口葡萄酒。第六十二回，写到薛蟠要过生日，清客程日兴送给他的生日礼品有暹罗国进贡的灵柏香薰的暹罗猪和鱼。第五十三回中写黑山庄头乌进孝送礼的账目上有"西洋鸭"两对，等等。

至于书中提到的其他外国日用品，有西洋自行船、机械挂钟、金怀表、眼镜、玻璃炕屏、洋布手巾、乌银洋錾自斟壶、十锦珐琅杯、穿衣镜、波斯国的玩器等等，不一而足。

譬如第六回中描述了到荣国府做客的乡下老太太刘姥姥被不期而来的叮当作响的自鸣钟声吓软了双腿，可是，贾府的丫鬟使女们却习以为常地按照钟声的节点有条不紊地忙碌着，他们或在东府，或在西厢，或在贾母的房前屋后，大观园的某一个角落。连铁槛寺的家奴，水月庵里的妙玉等女尼，也都听惯了这悠扬的钟声……看来，贾府里的人们早就告别了观夜漏、守炷香的计时方式，不再是"日出而作，日落而息"了。他们的时间概念得以和现代文明接轨。

除了叮当作响的自鸣钟之外，令刘姥姥大吃一惊的还有西洋式的穿衣镜。《红楼梦》第四十一回写到，刘姥姥这位乡下老妪第二次进贾府，蒙贾母、王夫人、王熙凤等重量级女主人热情而隆重的接待，席间喝了太多的酒，以致懵懵懂懂、鬼使神差般地走进了怡红院，在宝二爷（贾宝玉）满是西洋玻璃穿衣镜的卧房现了原形，惊怵万状……

据清宫档案记载，自康熙三十四年（1695年）开始，清廷的内务府设立玻璃作坊，由传教士担任技术指导，仿西洋之法制造玻璃。但这个大内作坊的玻璃制造技术很不过关，做出来的玻璃质量太差，这个大内作坊也就很快流产了。宫中真正使用的玻璃制品，还有在京城富贵人家流行使用的玻璃制作的精致围屏，都是广东海关监督祖秉圭（此人系满洲上三旗包衣奴才。笔者注）一手推动的由广州进口的西洋玻璃。其时是雍正七年至十年（1729~1732年）之际。

雍正年间的对外贸易日渐繁荣。每年夏秋之际，总计有近二十条西洋贸易大船泊抵广州港，分别来自英国、法国、荷兰、奥地利和瑞典。这些大船前来购买中国的茶叶、瓷器和丝绸，带来的则基本上是三至五吨重的西班牙银币，此外，同船运来的是呢绒、钟表、玻璃等比较稀罕的西洋物产。

据清宫档案记载，雍正九年（1731年），祖秉圭有一回给宫中送了一块长五尺、宽三尺四寸的玻璃。这等大块玻璃，万里迢迢来自欧洲，再由陆路小心地运到京城，实在是不可多得之物，雍正皇帝龙心大悦，很快皇宫中便开始使用。一时之间，玻璃制品成了王公贵族家中最显赫的摆设，成为身份地位和奢华的象征。

贾府就是大量使用进口玻璃的贵族之一。贾母有一件玻璃炕屏，是"粤海将军"呈送给贾母的生日礼物。清代对洋货的进口把关极其严格，在鸦片战争前两百年间，一直以禁海闭关为基本国策，尤其在商品的进出口方面，做了许多严格的管制。如对商人出海贸易行为加以禁止和限制，对通商口岸实行停闭和限制，对出口商品予以禁止和限制，等等。在长期自给自足的自然经济形势下，清代即便是跻身上流社会的人家，得到一两件洋货都十分不易。难怪贾母对堆积如山的礼物连看都懒得看一眼，却独独对这件玻璃炕屏特别惦记，嘱熙凤"好生搁着，我要送人的"。贾母要送给什么样的人，无从查考，但身份一定是显赫尊贵的，自然需要玻璃炕屏这样的厚礼才能拿得出手。同样，这位"粤海将军"不一定就是指粤海关监督祖秉圭，但只有司管关防事务的朝廷大员才能染指玻璃这类高档进口货，却是不争的历史事实。

也正因为如此，娘家有钱有势，而且祖辈父辈都是做与洋人贸易的官差的王熙凤，很早就开始使用洋货。王熙凤嫁到贾府时的陪嫁物里就有一件玻璃炕屏，当时的贾府尚没有这样的物件。以致有一回贾珍因接待一位贵客，还打发儿子贾蓉到这边借用。贾蓉巴巴地求婶子，熙凤还摆谱不想借，最后借是借了，却告诫千万别弄坏了，"若碰一点儿，你可仔细你的皮"。可见玻璃制品当时是多么金贵。

除了玻璃制品之外，书中第五十三回和第六十九回写到的贾母看戏戴的西洋眼镜等物品，也都是西方文明在明清时期日渐影响中国的具体证物。

　　豪门大宅历来钟情奢侈品，富贵人家的女眷或公子小姐追逐新潮，追捧稀奇，自然就有奔走来往的掮客。所以，冯紫英到贾府推销四件洋货，价值二万两银子，货源竟来自广西的一个同知那里。由此可见，当时即便是在清廷严苛的洋货政策之下，洋货的地下交易仍十分活跃，官家、商人为追逐利益，走私洋货，贩卖洋货，沆瀣一气。非独贾府，有多少达官贵人都卷入其中。

　　《红楼梦》中记述的喜欢洋货的人，大多是贾府里思想比较开明、新锐的人物，如贾母、熙凤、宝玉、黛玉等人。宝玉屋里的洋货最多，除了玻璃制品、自鸣钟，还有不少日用品和洋玩意。像晴雯撑着病体为宝玉织补的那件雀金裘，就是俄罗斯的"金雀呢大氅"，是俄罗斯人用上等的孔雀毛拈了线织成的。据考证，此物每匹不过十二尺，价值却高达五十余两银子。名伶蒋玉菡送给宝玉的一条贴身用的大红汗巾子，竟是茜香国女王所贡之物。此巾"夏天系着，肌肤生香，不生汗渍"，原是北静王水溶赠给蒋玉菡的"奇物"。而当时的官员、演员、道士等，为解决酷暑着装备受的煎熬之苦，能穿上一种"竹衣马甲"（俗称"隔汗衣"。笔者注）就已经很不错了。这种竹衣马甲可防止衣服被汗水浸湿后粘在皮肤上，对比较贵重的衣服如官服、戏剧演出服、道士法衣等，具有一定的保护作用，同时还具有甘凉平肝的功用。但这种"竹衣马甲"和宝玉拥有的这条"大红汗巾子"相比，那简直就是小巫见大巫了。

　　而特别值得一提的是，大观园中人物除了身着外国舶来的衣料或进口服装之外，还经常使用西洋药品，如依弗哪等。

　　书中第五十二回中写到，晴雯患小伤寒，发烧过后鼻塞严重，宝玉很是关心，用了诸多西洋技法，涉及不少西洋物品，书中的这一情节写得特别精彩，照录如下：

宝玉便命麝月："取鼻烟来，给他嗅些，痛打几个嚏喷，就通了关窍。"麝月果真去取了一个金镶双扣金星玻璃的一个扁盒来，递与宝玉。宝玉便揭翻盒扇，里面有西洋珐琅的黄发赤身女子，两肋又有肉翅，里面盛着些真正汪恰洋烟。晴雯只顾看画儿，宝玉道："嗅些，走了气就不好了。"晴雯听说，忙用指甲挑了些嗅入鼻中，不怎样。便又多多挑了些嗅入。忽觉鼻中一股酸辣透入囟门，接连打了五六个嚏喷，眼泪鼻涕登时齐流。晴雯忙收了盒子，笑道："了不得，好爽快！拿纸来。"早有小丫头子递过一搭子细纸，晴雯便一张一张的拿来醒鼻子。宝玉笑问："如何？"晴雯笑道："果觉通快些，只是太阳还疼。"宝玉笑道："越性尽用西洋药治一治，只怕就好了。"说着，便命麝月："和二奶奶要去，就说我说了：姐姐那里常有那西洋贴头疼的膏子药，叫做'依弗哪'，找寻一点儿。"麝月答应了，去了半日，果拿了半节来。

第三十三回、第三十四回，贾宝玉因为"在外流荡优伶，表赠私物""淫辱母婢"，挨了父亲贾政的一顿痛打，直打得他"由臀至胫，或青或紫，或整或破，竟无一点好处"，后被人用春凳抬至贾母房中，悉心敷药调养。挨了板子，加上又值暑热天，宝玉躺在床上口干舌燥，想要喝家制的"酸梅汤"。袭人怕此汤酸性收敛使气血瘀滞，于棒疮不利，"激在心里，再弄出大病来"，没有让他喝。王夫人闻知后，忙让丫鬟彩云拿来了两瓶香露给宝贝儿子尝一尝。说："一碗水里，只用挑上一茶匙，就香得了不得呢。"袭人接过来一看："两个玻璃小瓶子，却有三寸大小。上面螺丝银盖，鹅黄笺上写着'木樨清露'，那一个写着'玫瑰清露'"，知道是来自宫中的金贵之物。据王夫人说："那是进上的，你没看见鹅黄笺子？你好好替他收着，别糟蹋了。"原来这香露，是健身治病、养颜美容的一种剂型——药露。赵学敏（1719～1805，与曹雪芹同时代的医药学家。笔者注）在其《本草纲目拾遗·水部》中就明确记载："凡物之有质者，皆可取露。露乃物质之精华。其法始于大西洋，传入中国。"宝玉所服用的"清露"，指的即是此物。

由此可见，西洋药品在贾府颇为珍贵，也颇为常用。

林黛玉也爱洋货，王熙凤送给她两瓶暹罗国的茶叶，别人都喝不习惯，她却很对胃口，钟爱不已。王熙凤本人怕是追捧洋货最甚的女子吧，她送给黛玉的那种来自暹罗国的茶叶，据她自己说其家中还有很多。她送给宝玉的生日礼物也特别奇巧，一个金寿星，外加一样波斯国的玩器。王熙凤还是瘾君子，书中第一百零一回，记述她到新婚不久的宝钗屋里时，袭人递茶过来，宝钗连忙给她递上一袋烟。她抽的是否从南洋某国进口的上等雪茄烟丝也未可知。

正因为洋货有其实用性、先进性、优越性，其物用价值连一向保守、迂腐的贾府"政老爷"——贾政也青睐有加。有一回清客冯紫英拿过来四样洋货来府上推销，贾政看得眼睛发直，连忙让贾琏送给老太太（贾母）过目。只因为这四样东西要价二万两银子，数目太大，贾政做不了主，否则他会毫不犹豫就买下的。贾政对洋货的喜爱，还体现在另外一件事上，即大观园里种植的"女儿棠"。大观园建成后，贾政先带宝玉和一帮门人清客去园子察看，众人见到一棵枝繁叶茂的西府海棠，赞不绝口。贾政遂不厌其烦地介绍这花的来历和掌故——

贾政与众人进去，一入门，两边都是游廊相接。院中点衬几块山石，一边种着数本芭蕉；那一边乃是一棵西府海棠，其势若伞，绿垂碧缕，葩吐丹砂。众人赞道："好花，好花！从来也见过许多海棠，那里有这样妙的。"贾政道："这叫作'女儿棠'，乃是外国之种。俗传系出'女儿国'中，云彼国此种最盛……"

《红楼梦》中写了如此之多的外国洋货，一方面说明清代初期国内安定的局面，有利于中外贸易的发展，同时也说明洋货在中国上流社会有广阔的市场。

世界的经济交融和往来往往有许多人为的阻隔，大多是由制度和意识形态的差异所导致。不过，清代尽管有闭关锁国的诸多限制，但洋货仍从隔阻与国外贸易往来的磐石和恶浪中撕开了一个个缺口悄然流入。尽管上自皇帝，下至王公大臣，他们是遏制和封锁洋货的政策制定者，但却又抵挡不住这些富于文化差异的物品的诱惑，成了洋货的追捧者和享用者。只是他们的子民，尤其是底层的民众总是在苦苦地不断重复着自己固有自耕自足的生活方式，经年累月，年复一年，不要说"洋货"了，连粮米都难以果腹，土布土衣都穿不周全。

打开国门，首先需要打开自己的思想头颅。经济发展的脚步，很多时候是被来自普世价值的"潮流"催动的。漫长的康、雍、乾三朝的遮遮掩掩、零零星星的开放步履和涉外心态，在贾府的日常用度里得以观照和存真。

两次进贾府"走亲戚"的刘姥姥获赠钱财物品折合银子大致在三百两以上。这三百两银子，刘姥姥如果用来置地，可置良田四五十亩。当时一个普通百姓维持最基本的生活，一年只需五六两银子，这三百两银子足够保刘姥姥全家四口十年的生活哩！

"刘姥姥进大观园"具有标本价值，它不但具有深刻的社会政治寓意，而且具有深刻的经济批判意义。从某种意义上说，这一情节为我们认识贾府的败落和清代的经济衰亡提供了一把"钥匙"。

刘姥姥：贾府的富裕清单

曹雪芹是惜墨如金的文学巨匠，但一百二十回《红楼梦》却用了近三回半的章节写乡下村妇刘姥姥到贾府"打秋风"的情节，如果你认为这些描写是游离于贾府兴衰变迁的闲笔，那就把刘姥姥这个人物的价值和意义看得太肤浅了。

从文学手法上讲，这是贾府和乡村的一个对比，是"朱门大户"和"柴门陋室"的对比，是公子王孙和田畴野老的对比，大大拓展了小说的容量和纵深。从经济学的角度来看，这一情节写出了贾府的富贵及其富贵的土壤和根源。

富贵和奢华如果没有参照系，则难以凸显。《红楼梦》找到了一个与荣国府有些渊源和攀扯的城郊乡下"芥豆之微"的上了年纪的老妪刘姥姥来，对我们认识清初底层民众生活状况以及贫富差别很有帮助。

刘姥姥膝下无子嗣，靠女婿接到其家中过活。而女婿家中也只有两亩薄地，穷怕了的刘姥姥为了不拖累女婿，才苦思冥想寻摸到曾与女婿家有些瓜葛的高门大户——荣国府攀攀亲戚，走动一番，名为走动，实为"打秋风"。

刘姥姥第一回到荣国府，是认了门，识了人，尤其是认得了荣国府的大管家王熙凤（王熙凤的祖父曾认过刘姥姥女婿的祖父为侄儿，连为同宗。笔者注）。临走时，王熙凤送了她二十两银子和一吊钱，礼不轻也不重，算是给久不行走的上辈老亲戚一点见面礼。按照王熙凤的话，不要看府上外表轰轰烈烈，其实大有大的难处。但刘姥姥心里思忖："贾府拔一根汗毛也比自己的大腿还粗"，这一点东西其实也算不得什么，离自己的预期尚有些距离哩！

刘姥姥二度来荣国府，是秋收季节。她领着外孙子板儿带了一些自家田园子里出产的瓜果菜蔬，尤其是那一个大倭瓜（即现今人们经常食用的南瓜。笔者注），叫贾府里的姑娘小姐们看傻了眼。她们从未见过大倭瓜，而且还那么大。这次进贾府，刘姥姥花三日工夫逛遍了大观园，而大观园对她来说犹如皇帝住的金銮殿。

在贾府，最令刘姥姥难忘和百思不得其解的是什么呢？是在贾母张罗的宴席上吃到的一道菜，那是用十几只鸡的汤汁腌制、晾晒而成的"茄鲞"，有多少人力物力依附在这上面啊。刘姥姥想不通，贾府的人难道就想得通吗？这就是当时富贵人家的经济生活，也是许多富贵人家经济生活中最怪诞的地方！关于"茄鲞"这道菜炮制的繁杂以及成本的昂贵，书中第四十一回《栊翠庵茶品梅花雪　怡红院劫遇母蝗虫》有详细的记述。那顿接待刘姥姥的宴席，从礼仪上说，应该是贾府最高人物贾母请客，王熙凤只是主陪和襄理的角色而已。面对席间的刘姥姥对"茄鲞"食而不知其味，一脸疑惑，王熙凤做了仔细的解释和说明："这也不难。你把才下来的茄子把皮籤了，只要净肉，切成碎丁子，用鸡油炸了，再用鸡脯子肉并香菌、新笋、蘑菇、五香腐干、各色干果子，都切成丁子，拿鸡汤煨干，将香油一收，外加糟油一拌，盛在瓷罐子里封严，要吃时拿出来，用炒的鸡爪一拌就是。"乡下老妪刘姥姥从来听也没听过，见也没见过原来茄子还有这样的做法、吃法，于是"摇头吐舌说道：'我的佛祖！倒得十来只鸡来配他，怪道这个味儿！'"。

刘姥姥进贾府的情节安排别具匠心，除了"穷"和"富"的对比、"尊贵"和"卑微"的对比，更深度挖掘出"穷"和"富"的由来和变迁，"尊贵"和"卑微"的辩证统一关系，即"尊贵"之中有"卑微"的一面，"卑微"之人也自有其"尊贵"之处；更为重要的是它为贾府所处的社会阶层确立了坐标立面，对贾府所对应的各种经济关系，安插了标有具体方位的"探头"。

刘姥姥和贾母年龄相仿，都是"积古"之人。两人都是儿孙满堂，三代、四代同堂之人，但她们在世俗眼里，一个是大富大贵，福寿无比，一个却是豆微草芥，苦不堪言。可哪里知道，那位养尊处优的老封君却常常对"茄子鲞"之类的菜肴食不甘味，却总想"地里现摘的瓜儿菜儿吃"。那位总嫌牵着自己衣角来贾府的外孙板儿怯怯生生、羞羞答答，没有出息；殊不知另一位老祖母也不知多少回为满园的孙儿、孙女们的胆大妄为、"不肖种种"之事添忧犯愁，进而连"不是冤家不聚头"这样的话都说了出来。是的，贾府是大祭宗祠、大摆宴席，堂前台面是不乏有头有脸的达官贵人，女流宾客，可那是靠"钱"交出来的，是"银子"的你来和我往，年年岁岁，岁岁年年，有多少"交换"和"交易"，稍有不慎，就会输得精光，甚至家毁人亡……这就是刘姥姥们所不知道的，也体会不出的了。就好比尽管贾母平日里听惯了乱耳的丝竹，看惯了炫目的艳舞，其实她老人家最爱的还是青山绿水的乡土俚音，譬如那句"花儿结了个大倭瓜"的俚语腔调她就百听不厌。这就是"尊贵"和"卑微"的互不相让，互不满足。

还有，贾母死后散尽的"余资"，其实也只有两万两银钱，连家里出钱造的园子都不能住人，府中男男女女，一干众人，死的死，疯的疯，发配的发配，坐牢的坐牢，大厦倾塌，风流云散。可那时，刘姥姥呢，还在她的庄里，插禾种菜，点豆收瓜。板儿把那只从栊翠庵里带回的成窑杯交给了父亲狗儿，后又变卖给了姓冷的古董商，手头也不那么紧了，一个小家族，和和美美，一派兴旺。当斯时，贾府大管家王熙凤已亡故，留下无依无靠的爱女——巧姐。还是刘姥姥把巧姐接回自己的庄里，给她吃，给她穿，甚至还为她物色了婆家，免得"苦命的"巧姐被"人牙子"卖进窑子里去。这岂不是"富"和"穷"的轮回和流转，现世的报应和补偿？

还是回到刘姥姥二进大观园情节本身吧，这次刘姥姥比上一次斩获更大。贾母、王夫人、王熙凤等六人共馈赠给她白银一百零八两及礼品、衣物、药品等，折合银子大致在三百两以上（笔者按康熙、雍正年间物价推算）。

这三百两银子，刘姥姥如果用来置地，可置良田四五十亩。当时一个普通百姓维持最基本的生活，一年只需五两银子，这三百两银子足够保刘姥姥全家四口十年的生活哩！

最令人意外的是，刘姥姥还无意中得到了栊翠庵的一个成窑五彩泥金小盖钟茶杯。这个小茶杯可是价值连城呢。在大明本朝，一对成窑杯的价格已是十万钱。何况这件小盖钟茶杯式样独特，色彩清丽，还带泥金真色。到了乾隆初年已过了270年，世间已很是罕见，唯有皇家才少量遗存，其价值真的不可估量！

妙玉送刘姥姥这个茶杯，是因为刘姥姥用它喝过几口茶，她觉得这乡下老太婆用过的东西太脏了；宝玉建议把这个妙玉不想再要的珍贵的小茶杯送给刘姥姥，多少有些同情底层穷苦出身的人的意识——宝玉说："不如就送给那贫婆子罢，她卖了也可以度日。"

宝玉还是有些眼光的，但他毕竟不是"禄蠹"。这价值连城的成窑小茶杯最终被一个叫冷子兴的古董商从刘姥姥的女婿王狗儿手里收购去了，又经他转卖给了朝廷中的一位王爷，竟得了一万两白银。这是刘姥姥万万想不到的，倘若王狗儿如冷子兴那般精明，善于钻营，别说一个庄园，恐怕十个庄园，甚至皇城根下的半条街也能买得下。

"有权势的富贵人，只要把剩下来的东西趁着新鲜的时候赏给我们，我们就会认为他们是出于人道之心来救活我们；可是在他们看来，我们都不是值得救活的；我们的痛苦饥寒，我们的枯瘦憔悴，就像是列载着他们的富裕的一张清单；我们的受难就是他们的享福。"这是莎士比亚戏剧《科利奥兰纳斯》里的一段台词，在这里加以引用，恰恰说明走进贾府攀亲戚的乡村老妪刘姥姥的价值。

曹雪芹为什么要写刘姥姥进贾府的这一情节？《红楼梦》为什么要将刘姥姥列入贾府富裕的"清单"？因为，"刘姥姥进大观园"具有标本价值，它不但具有深刻的社会政治寓意，而且具有深刻的经济批判意义。从某种意义上说，这一情节为我们认识贾府的败落和清代的经济衰亡提供了一把"钥匙"。

当然，一部《红楼梦》绝不仅仅只刘姥姥几进大观园这一个情节，众多微芥小民及底层人事都犹如文章里的括弧，注解和描摹了贾府的经济基础和生存空间。

贾府是大户人家，四时八节里要祈求平安吉祥。第二十九回，就写贾母领一干众人到清虚观打平安醮，事毕还不忘"散钱"给清虚观四周的"穷人"。贾母和张道士都深深地懂得：没有身边这些穷人，他们的富贵将无从谈起；没有贾府以外千家万户草民的平安，一府的平安就难以维系，难以长久。这就是《红楼梦》为何穿插记述贾府"舍豆结缘"（第七十一回）、"抄经施舍"（第一百一十回）、"撒钱祈福"（第五十三回）的原因了。贾府不是生活在真空里，和社会有着千丝万缕的联系。贾府的主子和奴仆所对应的社会关系和经济关系都在《红楼梦》大关节、大回目里得到记录和描摹：

秦可卿丧殁移灵铁槛寺，宝玉随熙凤寄宿离铁槛寺不远的馒头庵。书中记载：（宝玉）带着小厮们各处游玩。凡庄农动用之物，皆不曾见过。宝玉一见了锹、镢、锄、犁等物，皆以为奇，不知何项所使，其名为何。小厮在旁一一的告诉了名色，说明原委。宝玉听了，因点头叹道："怪道古人诗上说：'谁知盘中餐，粒粒皆辛苦。'正为此也。"一面说，一面又至一间房屋前，只见炕上有个纺车，宝玉又问小厮们："这又是什么？"小厮们又告诉他原委。宝玉听说，便上来拧转作耍，自为有趣。只见一个约有十七八岁的村庄丫头跑了来乱嚷："别动坏了！"众小厮忙断喝拦阻，宝玉忙丢开手，陪笑说道："我因为没见过这个，所以试他一试。"那丫头道："你们那里会弄这个，站开了，我纺与你瞧。"（见第十五回《王凤姐弄权铁槛寺 秦鲸卿得趣馒头庵》）

这一回还写："（随凤姐同来的家奴）旺儿预备下赏封，赏了那本村主人，庄妇等来叩赏。凤姐并不在意，宝玉却留心看时，内中并没有二丫头（即是那位为宝玉演示纺织的丫头。笔者注）。一时上了车，出来走不多远，只见迎头二丫头怀里抱着他小兄弟，同着几个小女孩子说笑而来。宝玉恨不得下车跟了他去，料是众人不依的，少不得以目相送……"

这一情节细致地描写了贾府贵公子宝玉的心态，他很少有机会接触农家人、农家事以及对农具和纺织的好奇和痴迷，都有着深刻的寓意。衣来伸手、饭来张口的富家子弟如宝玉他们虽然也知道背诵"谁知盘中餐，粒粒皆辛苦"之类的警言名句，但只有亲眼所见，亲耳所闻，躬身实践方体会益深！其实这正是贾府公子哥儿们所缺失的，也是贾政、贾赦、贾敬这些"禄蠹"们在对子弟们所谓"教育"上所缺失的。

此外，书中还有宝玉突然造访自己的贴身丫鬟（实际上是府上为宝玉早早储备的妾，宝玉自己也心知肚明。笔者注）袭人的家门；骑快马出贾府去祭奠北静王水溶的爱妾；支派自己的书童去乡下查证刘姥姥信口唠叨的那个"神庙"以及庄主乌进孝来府上进贡交租、鸳鸯哥嫂在金陵老宅看楼护院，收取房租……诸多情节，都极大地拓展了贾府社会生存的空间，注解了清初官绅阶级经济结构土壤的墒情，也深刻揭示了贾、史、王、薛四大家族由盛到衰的复杂的社会和经济原因。

人情世故在经济学上叫行为经济。亚当·斯密在其《国富论》和《道德情操论》中早就予以阐释：活生生的人拥有复杂的心理特征，而这些心理因素会通过行为来作用于经济系统，从而影响到经济系统的演变。最具代表性的如损失厌恶、过度自信、公平、自我控制和利他主义等。《红楼梦》里贾府主仆的行为，或深或浅地打上行为经济学的烙印：

贾府的经济治理既有"看不见的手"，即人情与世故的"潜规则"在时不时地起着作用，却不是"无政府主义"泛滥。

"世事洞明皆学问，人情练达即文章"，曹雪芹的《红楼梦》写尽了人情世故，人情世故中的经济学原理演绎得淋漓尽致。

《红楼梦》人情世故的
经济学分析

我们说《红楼梦》是一部经济书，是因为曹雪芹描摹了一个时代的经济轮廓，写出了人们的经济交往、经济利益和经济争斗，也写出了贫和富的由来和变迁，尤其是展露其中的人情世故和人们的经济态度、经济观念特别生动、传神。所以，从某种意义上说，《红楼梦》又是一部世情风尚书，它强烈地折射出清代社会的政治制度、道德风尚和经济演变。

人情世故，即为人处世的道理。宋代文天祥就说过"姑与之委曲于人情世故之内"。明代冯梦龙《醒世恒言》就曾感叹："可惜你满腹文章，看不出人情世故。"一个人不管有多聪明，多能干，背景条件有多好，如果不懂得如何做人、做事，那么他最终的结局肯定是失败。现实生活中，很多人之所以一辈子都碌碌无为，究其原因，是他活了一辈子都没有弄明白该怎样去做人做事。

人情世故在经济学上叫行为经济。最具代表性的如损失厌恶、过度自信、公平、自我控制和利他主义等。这些心理现象，目前已经成为经济学中的成熟话题，并被写入了最新的教科书。亚当·斯密在其《国富论》和《道德情操论》中早就予以阐述，活生生的人拥有复杂的心理特征，而这些心理因素会通过行为来作用于经济系统，从而影响到经济系统的演变。《红楼梦》里的人们的行为，或深或浅地打上行为经济学的烙印。第五十一回，写袭人因母亲病重需回家探视，王熙凤送她好几件衣裳，外加一件很值钱的"石青刻丝八团天马皮褂子"大衣，这除了对袭人温顺、听话、行为得体的"奖赏"因素外，就有其作为贾府主子"过度自信"的心理满足成分；第三十一回，晴雯跟宝玉吵架之后撕扇子发泄这一情节描写，正是普遍存在于人们日常行为中的"追求痛快"效用。针对此举，贾宝玉的一番话堪作亚当·斯密行为经济学的生动注脚："你爱打就打，这些东西原不过是借人所用，你爱这样，我爱那样，各自性情不同。比如那扇子原是扇的，你要撕着玩也可以使得，只是不可生气时拿他出气。就如杯盘，原是盛东西的，你喜听那一声响，就故意的碎了也可以使得，只是别在生气时拿他出气。这就是爱物了。"《红楼梦》中记述贾府自贾母而下，主仆们遍撒经文、广结善缘，接济刘姥姥，打平安醮，进香还愿等诸多情节，无不流露出豪门大户人家经济行为中的自信、公平、自我控制和利他主义成分。

但亚当·斯密的行为经济理论与后来蜕变的"人类的行为完全以快乐和痛苦为动机"的边沁功利主义完全不同。贾府的经济治理既有"看不见的手"，即人情与世故的"潜规则"在时不时地起着作用，却不是"无政府主义"泛滥。其议事机制、决策机制始终健全，银库房、账册控制、对牌制等一整套流程、细则、规范也始终在起作用，掌管这部庞大机器的就是两府的财经大管家王熙凤。所以贾芸尽管会"来事"，时不时提点东西上琏二姊子（王熙凤。笔者注）的门子来请托，却不能事事如愿；薛姨妈送出的"宫花"也不能长长久久地光鲜，尽管她的姑娘后来成了宝二爷的媳妇，最后梨香院通往大观园的那道边门还是被封了去；谙熟人情世故的老太太贾母，到头来也只能"散尽余资"与儿孙们永诀；王熙凤自个儿呢，也因为自信而膨胀，公平而失衡，由短暂的"得之欣然"而陷入持久的"损失厌恶"之中，泛泛的利他主义拯救不了她自己及贾府的极端功利主义。

"世事洞明皆学问，人情练达即文章"，曹雪芹的《红楼梦》写尽了人情世故，将人情世故中的经济学原理演绎得淋漓尽致。

想想当朝当代，有多少人为送礼费尽心思，又有多少在看似平常的人情往来上存着薛姨妈这样复杂心怀的人呵。他们为了取悦讨好上司或能为自己带来各种利益的人，真可谓煞费苦心。

➣ 薛姨妈为何要送"宫花"？ ➣

《红楼梦》第七回写薛姨妈送十二支"宫花"给贾府中最有身份的女儿家，其中王熙凤四枝，黛玉两枝，迎春、探春、惜春每人有份，大概也是每人两枝吧。黛玉是最后拿到宫花的，就为这，薛姨妈于不经意中得罪了林姑娘。黛玉认为自己的那两枝宫花自然是"别人挑剩下的"，很不高兴，也很不以为然。这姑且不论。

在这里，笔者要论说论说薛姨妈为什么会将"宫花"当作礼物。所谓"宫花"，自然是皇宫里用的东西。按理说，应该是元妃（贾元春）差人送进贾府才般配；或宫里的夏太监等人上门因要借府上的银子花花，顺便带几枝给府上小姐们也自然得体；再或者是史老太君——贾母叫王熙凤选某一个吉日诸如什么"花神"生日或春节那会儿拿出几枝来叫姑娘小姐们簪在头上也情有可原，这也比较符合贾母的一贯做派。

可送"宫花"的偏偏是薛姨妈，这就显出曹雪芹的高明之处了。薛姨妈送宫花这一情节，把一个老于世故、非常会为人处世，而且拿捏得体的大家主母薛姨妈的性格特质和缜密的心思一下子写活了，写绝了。

首先，薛姨妈送这个"礼"是有缘由的。其时，她带着一双儿女——薛蟠、薛宝钗刚从金陵那边过来投亲，到了贾府。因为自己的亲姐姐是贾政之妻王夫人，贾政是自家孩子喊"姨爹爹"的人。由于姊妹分处两地多年，短聚嫌少，长聚又不便。正好贾政开口说把祖父荣国公生前所居的"梨香院"辟给他们母子住下，这叫薛姨妈却之不恭，受之有愧。贾府是何等人家，大门大户，洞见四方，因此薛姨妈总觉得心里有点"那个"，那该怎么表示一下，讨一下"小主们"的好呢？自然是送些礼物为好。

那么，给贾府的姑娘小姐们送些什么礼物才好呢？这还真让老于世故的薛姨妈颇费了一些心思，送金送银，贾府的姑娘小姐们肯定不稀罕，她们会心下嘀咕：你薛姨妈什么意思呢，一个外来的亲戚，到咱们贾府显富显阔吗？至少贾府几位当家的女主人王熙凤、邢夫人、尤氏会这么看；那送少许钱物吧，又撑不开府上人的眼，人家会说：你堂堂长辈千里迢迢、过山涉水地来我们府上探亲，就送我们这一两、二两的碎银子，寒碜我们咋的？至少袭人、紫鹃等侍奉那些受宠的公子、小姐的丫头们会这样看。

那到底送些什么礼物好呢？这的确叫薛姨妈犯踌躇，费思量。千斟万酌，还真亏了薛姨妈想得出来，就想出这个送十二枝"宫花"的主意来了。你细细体味一下，这个"礼"还真是很像样的礼哩，也是再恰当不过的了。

"花"历来为姑娘小姐们所喜欢。鲜花送美人，宝剑赠壮士，是历来的风尚和规矩，合世风，切人情。薛姨妈可不是瞎掰乎的人。那么，就到花市上的小贩那里去买几束，或到山野近郊掐上几朵送人，都不成。你不瞧瞧人家大观园里，那可真是千红万紫，什么好看的花儿没有呢，姑娘们早已司空见惯，看都懒得看了。只有"宫花"最适宜送给大观园里贾母疼爱的孙女们，一来这花出自宫中，只有宫中女子能戴在发间作装饰和点缀，尊贵、高雅得很，也十分靓丽。况且，那工艺和针线，是市面上见

131

不到的，此所谓身份的象征。而贾府正是有身份的门户。

再者，薛姨妈也一定会这样想：这样的东西，也只有像我薛家这样有财有势的人家才弄得到手。我虽然带着儿子和姑娘投奔到这里来，可不是穷亲戚，靠你们贾府生活的呵。你们难道不知道我儿子的祖父就是为宫中置办、采买的"皇商"吗，到现在我儿子薛蟠——薛公子这辈也还承揽着这个活计呢。从这个角度来看，也只有送"宫花"才符合薛姨妈的身段。

而且，这十二枝"宫花"薛姨妈自己是不送的，非要借别人的手——叫周瑞家的穿门过堂地吆喝。那送花的人势必大声嚷嚷或小声嘀咕："宫花哎，薛姨妈送的哎！""好漂亮的花呵！"……薛姨妈，薛姨妈，就在这些娇滴滴的声音里，"薛姨妈"——这一粒陈年的老种子不就落了地吗！

唐朝诗人朱庆馀的《近试上张水部》中有一句诗："画眉深浅入时无"，是写刚入门的新媳妇见公婆时拿不准自己的装扮是否得体，羞羞地问一声自己的夫君；同是唐诗，王建的《新嫁娘词三首》写的"三日入厨下，洗手做羹汤。未谙姑食性，先遣小姑尝"，是表现聪明的新媳妇拿不准自己厨艺，先让自己的小姑子作一番鉴定和检验。二者异曲同工。而初入贾府的薛姨妈也有这种拿捏不准、判断不出深浅的胆怯，试想，她问的谁呢？或许是问了与自己一样性格、一样心性的女儿——薛宝钗，或许是自己想了好些时辰，盘算过多回才最终做出的决定，这就是薛姨妈。如果送给姑娘们的不是宫花，就不是她薛姨妈了。

从曹雪芹看似不经心地写薛姨妈送宫花的重重心机，就不难明白他笔下的薛宝钗那八面玲珑、细致周全的言语和行为了。

好厉害的曹雪芹，心中如果没装满一个朝代的丘壑，决然画不出这幅内蕴重重的世风山水；心中如果不储满世故人情，也绝不可能描摹出这段充分体现人物心理和性格的情节来。想想当朝当代，有多少人为送礼费尽心思，又有多少在看似平常的人情往来上存着薛姨妈这样复杂心怀的人呵。他们为了取悦讨好上司或能为自己带来各种利益的人，真可谓煞费苦心。送盒月饼，里面要塞上黄金，那黄金呢，又偏偏不摆在明处；为了傍上权贵，他们偏偏不明明白白地送美元、人民币和赤金纯银，因为他们知道这些权贵就如同贾府的主子们，见惯了那些真金白银之类的东西。于是乎，便到这个"斋"那个"行"里花大价钱弄出一些真真假假的字画古董来，并美其名曰："清玩雅供"，"翰墨雅鉴"，这些人为送礼花的心思真是一点也不比薛姨妈差。社会上称这样的送礼为"雅贿"，那些"画"呢，也有个名头，统统称作"贪官画"。

> "穷居闹市无人问，富在深山有远亲"，这真是一句万古不变的世情。真不知道曹雪芹先生在举家食粥或每每揭不开锅的时候，写到贾芸上门去舅舅卜世仁家"赊欠"东西这件事，是不是在自况他自己破败的家事，或者在追忆自己某年某月某一天同样一段酸楚的经历？

꩜ 贾芸：穷居闹市无人问 ꩜

坊间有句俗语：十个舅舅（有的地方说"叔叔"。笔者注）不如一个老子，十件褂子不及一张袄子。

贾府里有一个宝玉侄子辈叫贾芸的年轻人，就摊上一个"不是人"的舅舅——卜世仁（曹雪芹在《红楼梦》中惯用谐音，瞧瞧这十分体面的三个字，真是骂人都不带脏字的呀。笔者注）。

贾芸自幼失怙，小小年纪就死了父亲，一直靠寡母抚养、庇护，及至长到十五六岁，也没有个正当营生，既无收入，也没有挣钱的门路。在亲戚朋友眼里，实在是一个吃干饭的货色。因而，不难想象，贾芸的舅舅、舅妈平日里恐怕一直是防贼似的防着他，生怕像自己这样的小户人家也会隔三差五地来个打秋风的"刘姥姥"。

因为贾府要建"省亲别院"，贾芸动了从中谋些活计的心思，书中写贾芸有一回去贾琏那里想讨一宗活儿做做，贾琏允诺这事儿得和他婶婶王熙凤商量商量，等过些日子可以把园里栽树种苗等绿化的事情交给他来做。贾芸心里满是憧憬，边走边哼着小调儿往回赶，心里盘算：琏二爷夫妇俩都是见钱眼开的人，不提点像样的礼上门，谋得这活计的成算把握不大，于是，便想起舅舅卜世仁。舅舅卜世仁家是开香料铺子的，有冰片、藿香等贵重东西可以拿来送送礼。正好贾芸路过舅舅卜世仁的家门，便自然进去开口要赊几样东西。没成想，他舅舅卜世仁山高水远地说了一箩筐的话，都是"臭氧层"的，"赊账"的事根本不行。赊欠，历来就是个麻烦事儿，很多赊出去的东西，都是肉包子打狗——有去无回。老于世故的卜世仁，哪里肯给自己的这个"不长进"的外甥贾芸赊欠呢？最关键的是，他这个外甥是个穷小子，要是贾府其他有头有脸的人，不要说赊，就是来索取，抑或明着来要，卜世仁也一定是点头哈腰，白送都自然是乐意的，因为那都是有钱有权人家的主子。攀高结贵是人的天性，人性里的许多东西就是这么卑劣、怪诞。

外甥贾芸向舅舅家赊欠东西不成，舅舅、舅母一点儿不觉得有什么"对不住"这个外甥的地方，他们自然认为这是天经地义的事。但毕竟是亲外甥，虚情假意地客气一下，问外甥是否留下来吃顿饭还是必要的，于是卜世仁便装模作样地让贾芸留下来吃顿饭再走吧。书中记述了卜世仁说的一大堆虚伪得不能再虚伪的话，看着真叫人心酸。

"怎么急的这样，吃了饭再走吧。"卜世仁一句话未完，只见他娘子说道："你又糊涂。说着没有米，这里买了半斤面来下给你吃，这会子假装胖呢，留下外甥挨饿不成。"

卜世仁说："再买半斤添上就是了。"

他娘子便叫女孩儿："银姐，往对门王奶奶家去问，有钱借二三十个，明儿就送过来。"见舅舅、舅母夫妻俩演这一出"双簧"，那贾芸连说了几个"不用费事"，灰溜溜地逃得无影无踪了。

贾母史太君有句名言："我知道咱们家的男男女女，都是一个富贵心，两只体面眼……"不独贾府，世风都是一个样。

绝非贾母那一朝，清宫十三朝，哪朝哪代不是这样的风气？再上溯下延，自殷夏周汤到如今当下，见钱眼开、嫌贫爱富的故事，历史上的哪一张哪一页欠缺过呢？

由此可见，钱就是人的价值、人的脸面、人的尊严。然而，钱真的就那么重要吗？真不知道曹雪芹先生在举家食粥或每每揭不开锅的时候，写到贾芸上门去舅舅卜世仁家"赊欠"东西这件事，是不是在自况他自己破败的家事，或者在追忆自己某年某月某一天同样一段酸楚的经历？

著名经济学家张五常有一个以玉石交易为例引发的"玉石定律"。其玉石定律说："需要专家鉴证的物品，自私自利的行为会增加讯息传达的费用，但没有这种费用的增加，那些物品不会有贵重的用场。"

那么，《红楼梦》中的那些清流们是玉石，是翡翠吗？贾府里的贾政、贾赦、熙凤、贾母等人是专家吗？贾府门外的街衢上有适合这样交易的古董市场吗？

"清流"们的日子不宽裕

每个朝代都有"清流人士"。

称得上"清流"的人，都似乎有些清雅、清高，他们大多懂一点艺术，但也只是附庸风雅；和官人仕宦比，他们自然清贫许多，甚至有些寒酸；但要和贩夫走卒泥腿子们相比，又显得有些阔绰讲究。

他们有的是时间，总是优哉游哉。他们最受不了拘束，守不住清规戒律，他们是一帮似乎很自由的人。

在清代，尤其京城里，清流的群体十分庞大，也十分庞杂。《红楼梦》就零零碎碎地记述了一帮清流门客，如贾雨村、程日兴、詹光、冯紫英、单聘仁、冷子兴等等，他们就是一群无所事事的清客。

《红楼梦》第四十二回就提到"程日兴的美人是绝技"。程日兴擅长画美人图，这美人图里甚至有些是裸体美人，只不过他的画艺水平无法和唐寅（唐伯虎）那些前代的大家相比。薛蟠和

程日兴"泡"在一起的时候很多，有一回薛蟠过生日请客，就在宝玉面前吹嘘，说他见过什么落款为"庚黄"的一张春宫画，想必是程日兴之墨吧（应该是假托唐寅之名。笔者注）。程日兴的画作想必坊间流传不少，甚至有些达官贵人家里也有藏挂，而且他的画可能大多是假托唐寅之名。贾宝玉欣赏程日兴，也不讨厌上门来的那帮清流门客，他只讨厌求官谋财的"禄蠹"们。宝玉自己也热衷于给府外的人家写一些"斗方"墨宝，他写的一些诗词还在坊间抄录流传。如果不是生在贾府这样的大户人家，碍于门阀，贾宝玉想必也是一个游走于富贵门楣之间的"清流"吧，只不过名气会大一些而已。但程日兴真正挣钱的门路应该是变卖古董，从某种意义上说，他还只能算是个古董行当里的捎客。画画看来是挣不到多少钱的。

说程日兴画画赚不了几个钱是有证据的。有一次，贾府的三小姐探春将几个月攒下来的十来吊钱，托宝玉出门到市面上给买一些字画。十几吊钱就能买一些字画，由此可见，当时的文人字画是何等廉价。就连擅长画美人图的程日兴也还不得不靠临摹、仿冒名家书画或倒卖古董赚钱营生。那么，像冷子兴之类无甚专长的"清流"自然就可能得靠坑蒙拐骗一些真真假假的古董去谋生了。不过，就是当古董商，冷子兴也只是在刘姥姥的女婿狗儿手上捡了个"漏"，骗得了那个成窑五彩泥金小茶杯，让他大赚了一笔，也让他在清流圈子里挣来不少名声。

《红楼梦》中写到的"清流"，还有一个"老明公号山子野者"，最擅长画图纸的，贾府盖大观园就是请他给绘的图。不用说，贾府肯定会支付一笔丰厚的设计费的。但这样的活计，他一年又能揽下多少呢，这可得打个大大的问号了。可以说，干园林设计这一行当的，往往是"三年不开张，开张吃三年"，"三年不开张"的确是事实，但是否真的能"开张吃三年"，就说不定了。

不是吗？冯紫英是推销"洋货"的清流，有一次就从一位广西同知的手上弄到四样开价两万两银子的奇货，拿到贾府，想游说贾政买下，大赚一笔，但最后却由于精明的贾府女管家王熙凤的否决而未能成交。这样的大额推销往往很难，因此，他们的收入也就可想而知了，一定是清贫的日子居多。

当代小说家贾平凹的《废都》，也成功地描述了一帮清流雅士，像庄之蝶（作文的）、汪希眠（画画的）、龚靖元（写书法的）、阮知非（玩音乐的），等等，他们在古城"废都"里生存，"随性而伏游"，但生计却挣扎、煎熬得很呐。尽管他们的生活中不乏风雅、风趣，但一个个的日子都过得寒酸窘迫，生活一点也不宽裕。

著名经济学家张五常有一个以玉石交易为例引发的"玉石定律"。其玉石定律说："需要专家鉴证的物品，自私自利的行为会增加讯息传达的费用，但没有这种费用的增加，那些物品不会有贵重的用场。"这一定律再清楚不过地表明，玉石若想要卖上好价钱，自然要有市场、玉石专家、自私自利的人（因为玉石可增值，自私自利的人就是期望发大财的买家。笔者注）三大要素。

清代初叶是一个封闭落后的自给自足的社会，农业文明、农耕文化占主流，民间哪里有什么古董市场，更少有古董买家，当然也没有因交易应运而生的所谓"专家"。所以，当时倒卖玉石书画等等，是没有太大出路的，清流之辈也只有挨着混着，优哉游哉地过着他们的清苦日子了。

那么，《红楼梦》中的清流们是玉石，是翡翠吗？贾府里的贾政、贾赦、熙凤、贾母等人是专家吗？贾府门外的街衢上有适合这样交易的古董市场吗？

这答案其实是不需要我在这里给出来的。

贾府撒钱的一幕，是喜乐、富足的象征，是府上经年累月、"长篇大套"的纯消费生活中的一个不大不小的高潮。可是后来呢？锦衣军上门抄家时，翻箱倒柜，也有金银撒落满地的响声，同时还夹杂着女眷们的哭声和尖利的叫声，一种响声铺排出两种氛围，两种声音的鲜明对比真令人寒心。

撒钱的声音既温馨又凄凉

钱，历来讨人喜欢。

很多人都有各自亲近钱币的方式：有人喜欢数钱，叠银币，揣摩元宝；有人喜欢听钱哗哗撒落的声音；有人爱咬铜钱、硬币或金子，据说金子似乎有甜味，银子有涩味，等等。

贾府的主子和奴才大都是见钱眼开的，书中第五十三回、第五十四回就记载了宁国府除夕祭宗祠时一边看戏一边大把撒钱的场面，那场景十分热闹，十分温馨，也十分有寓意。

先是祭祀，然后便是下半场——精彩纷呈的戏，什么《八义》《寻梦》，还有《下书》《莲花闹》，真叫人耳痒眼馋。尤其府里花钱养的那十二个小戏子轮番上场，唱戏的热闹接近尾声时，还要放冲天的烟火，点燃爆豆子般的鞭炮，云蒸霞蔚，氤氲不散，戏台上的人和台下的人一齐笼罩在暖暖的烟霭之中。这时，一如仙间的观音老母一般的史老太君——贾母便命人撒钱了。那可是贾珍、贾琏等贾母的子孙们早早就预备下的满满一"大簸箩的钱"啊，只要听见贾母说"赏"，便能听见满台钱响。"叮咚，豁啷啷"，钱在滚动中撞击，人们争啊，抢啊，埋头捡拾，你推我搡，人人内心里充满了喜悦、感恩、祈福的情愫，一时间贾府满府上下弥漫着欢乐祥和的气息。

可惜，天下没有不散的宴席，也没有永不落幕的戏台，贾府的富贵热闹戏，最后还是散了，人们亦各自归去，一如倦鸟归巢。

贾府撒钱的一幕，是喜乐、富足的象征，是府上经年累月、"长篇大套"的纯消费生活中的一个不大不小的高潮。可是后来呢？锦衣军上门抄家时，翻箱倒柜，也有金银撒落满地的响声，同时还夹杂着女眷们的哭声和尖利的叫声，一种响声铺排出两种氛围，两种声音的鲜明对比真令人寒心。

此刻贾府的人们是否还想起先前祭宗祠时撒钱的那一幕，心间和脑海间是否还赶不走钱币落在戏台上那"叮咚，豁啷啷"的响声？甚至有些在历次捡拾中得到多的人，是否还会咂咂嘴，仿佛吮吸到银钱的甜香味呢？

至少曹雪芹是这样的，宝玉是否会作这样错位的联想呢？我们不得而知。

阅历丰富、通达人情世故的"人瑞"贾母惯于审时度势，深知此一时彼一时的道理。见过不少风浪的她，明白社会及家族经济的热和冷是相对而言的，何时出手大方，何时花费节俭，并非要强求一律。货币从紧还是宽松，都要审时而度势，岂有不变的定规？后代的人们尤其当下的庙堂当政者、经济学家或许都该从贾母周到的礼数上得到一些有益的启发。

贾母送礼有讲究

中国是礼仪之邦，人情往来之"礼"不能只讲究值多少钱，分量是不是厚重，"分寸"二字可要拿捏得很得当才行。薛姨妈初到贾府送给府上姑娘们的礼物是"宫花"，可谓大方得体，拿捏有度。其实，贾母更是送礼这方面的高手。

她老人家给予和自己最宠爱的孙子宝玉一同上宗族学堂读书的少年秦钟的见面礼，是"一个荷包并一个金魁星"，取"文墨和合"之意。上学读书的孩子嘛，送金送银嫌奢侈，送吃送穿显俗气，送一个有寓意的小礼物，足见老人家对晚辈的关怀眷顾，也体现了老人家佛海慈航般的菩萨心胸。

刘姥姥头一回到贾府攀亲戚，收了府上二十两银子和一吊钱。那是王熙凤亲手给她的。王熙凤是贾门二府的内务总管，由她拿钱，表达的是一府的礼数。贾母呢，刘姥姥第一次到贾府的时候，她一点儿表示都没有，待第二次刘姥姥来"走动"时，临走前她拿了几件自己从不曾沾身的衣服，外加一个荷包里装着的两个笔锭如意的锞子，送给刘姥姥。细数贾母送的礼，总是与众不同，与她的尊贵无比的身份、辈分和年岁都极其相称。

想一想清初那时的银行家、财政大臣真是体贴子民，又有文化，铸银子流通时还有金魁星、笔锭、如意、银镯子这些玩意儿，不像现在，除了票子就是票子，只有面值的区别而已。即便有纪念币什么的，也很少在市面上流通，而且昂贵得要命。这是闲话，暂且按下不提吧。

后来，秦钟死了，贾母看在他是重孙子媳妇可卿的弟弟，又是自己宝贝孙子宝玉同窗的份儿上，除由府上"另备奠仪"不算，还"帮了几十两银子"叫宝玉送给秦钟的父亲那里，寄托着最爱隔代晚辈的贾母的深深痛惜之情。

薛宝琴初到贾府，贾母非常欢喜，让王夫人认她做女儿。下雪了，将珍藏的"凫靥裘"送给她。这在《红楼梦》第四十九回《琉璃世界白雪红梅　脂粉香娃割腥啖膻》有细致的描写：

正说着，只见宝琴来了，披着一领斗篷，金翠辉煌，不知何物。宝钗忙问："这是那里的？"宝琴笑道："因下雪珠儿，老太太找了这一件给我的。"香菱上来瞧道："怪道这么好看，原来是孔雀毛织的。"湘云道："那里是孔雀毛，就是野鸭子头上的毛作的。可见老太太疼你了，这样疼宝玉，也没给他穿。"宝钗道："真俗语说'各人有缘法'。他也再想不到他这会子来，既来了，又有老太太这么疼他。"

宝琴戴的这个斗篷学名叫凫靥裘，是用野禽脸部附近的毛做的。北京故宫博物院现存有一件凫靥裘褂，身长约146厘米，褂面是用长9.5厘米，宽6.2厘米的凫靥裘一块压一块地拼缝而成，大约需要720块。可估算一下，宝琴披的这件凫靥裘需要多少只野鸭、耗费多少人力才能做成？价值不可估量。

贾母虽贵为老封君，钱财无数，任意使用。但她老人家随礼、送人情一般都不会挥霍，甚至有些小气。为何对宝琴出手却如此大方？其实这里大有讲究，有她老人家深深的用意。

宝琴小小年纪，容貌姣美，见识不凡，天性烂漫，人见人爱。但她没有在贾府这么数百口人的复杂环境下生活的经验，日久天长难免会有些磕碰和闪失，遭人生烦甚至使绊子。史老太君就是早早在众人面前亮明态度：我是看中这个毛丫头的，你们一干人往后谁也轻薄怠慢她不得。可见老人家多么会谋篇布局，早早下套。此其一。再者，老太太对她这么另眼相看，聪明伶俐的宝琴必心领神会，心存感激。她此番虽是投奔薛家而来，无形之中不由得便把贾家当成自个儿的家了。由此我们可领教到贾母驭人之术是多么老到，知人识人之心是多么深邃，人情练达得多么从容自如！

还有，举府上下最干练、也最能干的孙媳妇王熙凤有一回过生日，贾母却要大家伙像平常的小户人家那样，每人出份子钱，自己也只出应出的那一份，并不多拿。此中大有用意；除了倡导"节俭"，还有"淡化""简化"宴饮之用意。想想看，府上主仆人数有数百上千之多，过生日摆宴席的，恐怕天天都有这类事，这种"例内"之事，大都是千篇一律，无甚新奇，如每一个都要府中大操大办，花费相当大且不说，还叫众人不好处理，"随礼"多少容易成为人们精神和用度上的负担。同时，更重要的是，大家"凑份子""出份子"能淡化尊卑界限，体现出一种"平等"和扁平化。此番从凤姐过生日改起，体现出贾母对府内治理方面的一些考量，也有意让府上大管家王熙凤体会个中三昧。

宝钗是贾母最看重的孙媳妇，她有一回过生日，贾母的随礼却与王熙凤过生日又不同，这位德高望重的史老太君，竟破天荒地拿出一百两银子，而且是她自己一人掏腰包，不要下人们一吊半串的钱。这除了体现出对宝钗的偏爱，温暖宝玉的心（因宝玉娶宝钗并非他自己心愿。笔者注）之外，还因为当时府上被锦衣军抄剿，举府萎靡不振，人人心头压抑，贾母是替一府之人打气，叫满府上下重拾信心。和让众人"凑份子"为王熙凤过生日相比，贾母独自出资为宝钗过生日，此番举动着实很出人意料。可见，阅历丰富、通达人情世故的"人瑞"贾母惯于审时度势，深知此一时彼一时的道理。见过不少风浪的她，明白社会及家族经济的热和冷是相对而言的，何时出手大方，何时花费节俭，并非要强求一律。货币从紧还是宽松，都要审时而度势，岂有不变的定规？后代的人们尤其当下的庙堂当政者、经济学家或许都该从贾母周到的礼数上得到一些有益的启发。

经济，真是个奇怪的东西，"水至清则无鱼"。没有马道婆、王一贴这些个浑浑噩噩的九流三教人物，世风也许会清明干净一些不假，但于民生则可能就如清汤寡水，经济难以生根。

马道婆与王一贴

马道婆是宝玉的"干妈"，那时候大户人家的公子、小姐往往要结一门子穷亲戚，什么干妈、干伯、干姨、干婶的，不足为怪。

但这个马道婆太贪财了，为了钱财，什么坏主意都能想出来，什么缺德事都敢做。马道婆因为贾政的偏房赵姨娘素来嫉恨熙凤、宝玉等几个在府上和贾母面前得势得宠的晚辈，便瞅准了时机，给赵姨娘出馊主意，要"作法"诅咒他们俩。马道婆的"法"就是"魇魔法"，即扎纸人，刻上要诅咒之人的名号和生辰八字，偷偷放进他们的内房和偏僻看不见的地方，尔后时不时地诅咒，有的还配以"针扎""火烧"等法术，她说如此这般，就能起到叫受法的人不死即疯、不疯即病的功效。

听了马道婆的话，赵姨娘乐得一蹦三丈高，如法炮制，真的将熙凤、宝玉叔嫂俩的小命差点送上了西天。但马道婆可不是白忙活的，她是要报酬的，而且要价还高得离谱，竟向赵姨娘索要五百两银子。赵姨娘哪里有那么多，给了她一笔现银后便只好打了"官契"（即正规欠条。笔者注）。

后来，这"邪魔外道"的马婆子因一个叫潘三保的人事牵扯而东窗事发，被官府捉到了。书中第八十一回里，贾母、王夫人、王熙凤等几个主家婆在拉家常时，说得分明：

凤姐道："怎么老太太想起我们的病来呢？"贾母道："你问你太太去，我懒待说。"王夫人道："才刚老爷进来说起宝玉的干妈竟是个混账东西，邪魔外道的。如今闹破了，被锦衣府拿住送入刑部监，要问死罪的了，前几天被人告发的。那个人叫做什么潘三保，有一所房子卖与斜对过当铺里。这房子加了几倍价钱，潘三保还要加，当铺里那里还肯。潘三保便买嘱了这老东西，因他常到当铺里去，那当铺里人的内眷都与他好的。他就使了个法儿，叫人家的内人便得了邪病，家翻宅乱起来。他又去说这个病他能治，就用些神马纸钱烧献了，果然见效。他又向人家内眷们要了十几两银子。岂知老佛爷有眼，应该败露了。这一天急要回去，掉了一个绢包儿。当铺里人捡起来一看，里头有许多纸人，还有四丸子很香的香。正诧异着呢，那老东西倒回来找这绢包儿。这里的人就把他拿住，身边一搜，搜出一个匣子，里面有象牙刻的一男一女，不穿衣服，光着身子的两个魔王，还有七根朱红绣花针。立时送到锦衣府去，问出许多官员家大户太太、姑娘们的隐情事来。所以知会了营里，把他家中一抄，抄出好些泥塑的煞神，几匣子闹香。炕背后空屋子里挂着一盏七星灯，灯下有几个草人，有头上戴着脑箍的，有胸前穿着钉子的，有项上拴着锁子的。柜子里无数纸人儿，底下几篇小账，上面记着某家验过，应找银若干。得人家油钱香分也不计其数。"凤姐道："咱们的病，一准是他。我记得咱们病后，那老妖精向赵姨娘处来过几次，要向赵姨娘讨银子，见了我，便脸上变貌变色，两眼鹭鸶似的。我当初还猜疑了几遍，总不知什么原故。如今说起来，却原来都是有因的。但只我在这里当家，自然惹人恨怨，怪不得人治我。宝玉可和人有什么仇呢，忍得下这样毒手。"

贾母道："焉知不因我疼宝玉不疼环儿，竟给你们种了毒

147

了呢。"

…………

清初社会，迷信成风。比如，一向以务实著称的雍正皇帝，便"因迷信道士，服用丹丸过度死于圆明园"；清代皇帝、皇子们的生辰八字是不对外公布的，就是为了防范马道婆这类人的"厌胜术"。此外，皇家及大户人家建房筑屋、婚丧嫁娶等都特别讲究风水和时辰。正是这种不良、无知的社会风尚，催生了迷信经济，那些善于使巫术、看风水的人往往最容易生财、得利。从《红楼梦》中记载的这一段情况看，马道婆干得还蛮有规模，客户也不在少数，而且多是大户人家和富贵门庭，因此可以断定，其敛财自然相当可观。

或许有人会说，那时是封建社会，迷信盛行，才有马道婆之流敛财的土壤。其实不然，当下南粤、港澳都有宅室、府邸种"公仔"之风，譬如那个著名的香港女首富"小甜甜"龚如心的"御用风水先生"陈振聪，就是凭借马道婆这类巫术，骗走了龚如心大把钱财的。而陈振聪也如马道婆一样贪心不足，最后居然伪造"小甜甜"的遗嘱，企图吞掉她的数百亿财产。所以，其下场亦如马道婆，因东窗事发而锒铛入狱。

就马道婆、陈振聪等巫婆神棍的这一手，也非古代和粤港及东南亚独有，即使在科学昌明的现代美国和西欧国家，扶乩占卜之风也仍然盛行，世人将这一类人称为"巫师""算师"，经济学上将这一职业列为第三产业，美其名曰："风水经济。"

可见，《红楼梦》确实是一部经济奇书，三教九流，七十二业，几乎样样涉及，不仅记载着僧尼佛道、清流野老的敛财术，更有江湖郎中的敛财术描写也十分传神。书中第八十回中，写宝玉有一回随贾母到天齐庙还愿，遇见一位常在贾府走动的叫"王一贴"的老道，他专弄一些江湖和民间偏方骗赚世人的钱财。

王一贴的药纯属骗人，其所谓一贴"包治百病"，连他自己都不信，他亮着嗓子对宝玉说："实话告诉你们说罢：连膏药也是假的，我要有真药，我还吃了作神仙呢。有真的，跑到这里来混？"这倒是大实话。

经济，真是个奇怪的东西，"水至清则无鱼"。没有马道婆、王一贴这些个浑浑噩噩的九流三教人物，世风也许会清明干净一些不假，但于民生则可能就如清汤寡水，经济难以生根。马克思在论述资本积累过程时就说过，资本从头到脚，每一个毛孔都滴着血和肮脏的东西。经济有一张看不见的手，不论什么行当、什么业态都不能人为地贴上"可恶""贪婪""肮脏"之类的标签。因此，在明末清初的商品经济萌芽时期的经济生态链条上，似乎也少不了马道婆、王一贴等神婆神棍这一环吧。

贾府中的姑娘、小姐，丫鬟、侍女一个个远离经济实务，她们过惯了平均主义的生活，习惯于清风明月，不懂得交易买卖，没见过大钱，也未曾去当铺里当过东西，自然对金钱、理财和经营都有些懵懂麻木，不敏感……

通常情况下，一个社会里寡妇、剩女、小女生太多，对经济的成长和发展都是不利的。

红楼女儿风

贾府的女人大致可分为两种类型，一类是姑娘、小姐、丫鬟，她们大都心地单纯，不通俗务，尤其是对钱财银两看得不重，甚至分辨不清。最典型的例子是麝月竟不识戥。书中第五十一回，写晴雯生病，为付给前来看病的王太医一两银子，宝玉拿一大块银子出来，她竟不知怎么称。她提起戥子便问宝玉："哪是一两的星儿？"有其主，必有其奴。宝玉身边的丫头，像晴雯、麝月这些人，生性浪漫，心地单纯，居然不认得秤也不知道银子的大小价值，其实是不难理解的。

还有史湘云，她其实因家道转运，处境并不好，手头还很拮据，有时来贾府这边走动，盘缠路费都成问题，真乃生在大户却寒酸得很，但她竟然连当票也不认识。有一天，当拾到薛蝌的未婚妻、邢夫人的亲侄女——邢岫烟遗失的一纸当票时，她竟然高高地举过头顶，大呼小叫起来，连连追问是何人遗落了账单。最后，还是见过世面、家里也开有当铺的薛姨妈仔仔细细地向她解释了一番，但看样子湘云还是有些不明就里。

倒是第二类女人，大多锱铢必较，毫厘分清，见到钱财银两和物质利益就如同饿虎扑食一般。这些女人就是府上、园子里那些主一些事情的嬷嬷、奶妈等上了年纪的女佣，如林之孝家的、周瑞家的、来升家的、王善保家的和宝玉的奶妈、迎春的奶妈等等，她们专爱弄权揽利、索贿、收礼、抢吃抢喝、偷主子的贵重东西，等等，兴风作浪，无事生非。贾宝玉有句十分精确的比喻，说女孩儿打小眼睛好比是水灵灵的珍珠，及至成人后，珍珠就成了暗淡无神采的死珠子，再到老了，就变成了白粒般的死鱼眼珠子了……

笔者虽然不赞成这位贾公子看待女人的"三段论"，但因为他是脱俗的"文妙真人"，自然也懒得去计较他。要是用世俗经济的观点来观照贾府的第一类女人，来考量红楼的女儿风，笔者也有一个"三段论"。首先，由于贾府实行的是供给制的大锅饭，不单是府中的姑娘、小姐，就连丫鬟、侍女也一个个远离经济实务，她们过惯了平均主义的生活，习惯于清风明月，不懂得交易买卖，没见过大钱，也未曾去当铺里当过东西，自然对金钱、理财和经营都有些懵懂麻木，不敏感。其二，她们不当家，便不知菜米今日贵明日贱，今日油醋这个价，明日菜米那般行情，若要走到柳妈、秦显家的或林之孝家的那一步，抑或日后有幸成为东府尤氏，贾政偏房赵姨娘那个层次的人妻人母，我想她们是一定要论斤论两，讨价还价，学会看戥，也会"关心粮食和蔬菜"的。然而，从小被送到贾府这等深宅大院做丫鬟、过着衣食无忧的生活的她们，的确没体会过生活的痛，也未曾尝过当家的酸。其三，没有人给她们肩膀上压担子，她们一时还没有养家糊口的责任和担当。如果像凤姐，负有掌管一府人丁衣食用度之责，如果有探春"暂代数月"当家做主的机会，则她们对经济账目的往来，用度的增减删削必然是用心非常的。

　　故而，凡女子只有成家立业，有家有累时，方能识大体，关心家计、理财和财经，懂得持家。其实，通常情况下，一个社会里寡妇、剩女、小女生太多，对经济的成长和发展都是不利的，这已是有许多事例和翔实数据加以证明了的。

虽然说《红楼梦》是一部"大旨谈情"的书，但书中人物的坎坷命运和感情激荡等众多情节里，有许多日常的凡俗生活的记载，好比历久弥新的珍珠，更堪比清初中国社会经济生活的"活化石"。

所有这些大大小小的经济案件或风化案件累加起来才能看得清贾府的衰落过程，也才能看得清贾府的经济面目（主奴之间、奴婢之间为衣食、日用等生计的争斗），进而看出清初社会的经济生态。这或许远比那个时代所有职业经济学家、统计学家的数据以及巡抚、道台们干巴巴的"奏折"还要真实可信，还要生动细微。

贾府为何家产刚被官府抄没，又遭"黑道"洗劫？其原因是多方面的，既有政治上时乖运蹇的因素，也有自身治理不当的因素，更有经济方面的因素——生活奢靡浮夸，行事过分高调，并且子孙行为不检，聚赌招嫖，引来不少鸡鸣狗盗等奸佞小人。

《红楼梦》十大经济事件辨析

法国"现代小说之父"巴尔扎克的不朽名著——《人间喜剧》，被称为"社会百科全书"。恩格斯称赞他"写出了贵族阶级的没落衰败和资产阶级的上升发展，提供了社会各个领域无比丰富的生动细节和形象化历史材料，甚至在经济的细节方面，如革命以后动产和不动产的重新分配，我学到的东西也要比从当时所有历史学家、经济学家和统计学家那里学到的全部东西还要多"。（摘自《恩格斯致玛·哈克奈斯》）

同样，成书于十八世纪中叶、由曹雪芹撰写的中国古典文学名著《红楼梦》所披露的经济细节，堪称清初——康（熙）、雍（正）、乾（隆）时期的社会经济生活的写真。

虽然说《红楼梦》是一部"大旨谈情"的书，但书中人物的坎坷命运和感情激荡等众多情节里，有许多日常的凡俗生活的记载，好比历久弥新的珍珠，更堪比清初中国社会经济生活的"活化石"。居住在贾府的人们，不论是主子还是奴才，人人都长着一双富贵眼，他们斤斤计较，见钱眼开，既讲体面，又凡俗无当；总体来说，贾府的上层建筑与经济基础是相脱节的；有限的家族资本无以支撑庞大的官绅体系，以致一步一步走向式微，最后轰然倒塌。细数《红楼梦》中的经济事件，我们可以大致厘清贾府兴起、盛极、衰败的过程，从而洞悉贾、史、王、薛四大家族"一损俱损、一荣俱荣"的兴衰密码，同时深刻地揭示了贾府经济的失败首先是人的失败、人的堕落这一主题；而从这一系列的经济事件里，我们还不难勾勒出清初经济社会的大致轮廓。

薛蟠案使我们既看到了贾、薛两门的依附和联手，又看到他们的冤谤和争斗。尤其是贾府为处理这些棘手的事，不但透支了政治资本，还要赔上一笔笔白花花的银两。最终，埋下了导致其家族被弹劾、又被查抄的祸根。

薛蟠是"富二代"的典型——薛蟠案在清初社会有相当的典型性。

薛蟠的人命官司案

薛蟠为争夺英莲打死了势单力孤的小户人家子弟冯渊，贾雨村又徇私枉法判案，仅判薛家支付冯渊家人"许多银子"了事。

此案呈现出薛家的胡作非为及有钱有势，带出其与贾府的利益关系，为后文薛姨妈、薛宝钗投奔贾府及迎娶夏金桂、香菱吟诗等诸多人物和情节留下了伏笔，设置了基调。

薛蟠是典型的坑家"富二代"。薛家自祖辈起，就承办宫里购置、采买物品的差事，幸运的是，到了薛蟠这一代，这个差事仍不曾丢失。可以说，薛家是"皇商"，众所周知，皇家的差事是极容易捞钱的，也大有藏掖，故薛家根本不缺钱财。正因为如此，薛蟠这个公子哥儿凡事有恃无恐，胆大妄为，什么人都敢惹，他杀人越货、鸡鸣狗盗、坑蒙拐骗，真可谓劣迹斑斑。

薛蟠打死冯渊后，随母亲逃到京城住进贾府，没多久又在一次酒后"失手"用酒碗砸了一个叫张三的店伙计的头，致其死亡。为此，薛家及贾府托知县，贿知府，求刀笔吏，拜衙狱，前前后后花了数以万计的银两，薛蟠才被免了死罪。薛蟠案，既是刑事诉讼案，又是权

钱交易案,官商勾结案。从此案中,我们既看到了贾、薛两门的依附和联手,又看到他们的冤谤和争斗。尤其是贾府为处理这些棘手的事,不但透支了政治资本,还要赔上一笔笔白花花的银两。最终,埋下了导致其家族被弹劾、又被查抄的祸根。

薛蟠所干的犯法之事多多,可以说,是他带坏了贾府的小辈奴才们,同样,也是府上的厮房们拥戴、成全、放大了他的积恶。"富二代"的典型——薛蟠,在清初社会有相当的典型性。

中国社会科学院历史研究所研究员、著名历史学家王春瑜在其著作《明清史事沉思录》中,清楚地记载了清初八旗士兵腐朽堕落的情况:

雍正五年(1727年),当时的抚远大将军、恂勤郡王、辅国公——康熙皇帝的第十四子胤禵曾痛心疾首地指出:满族八旗子弟兵酗酒、赌博、"往赴园馆,一次即费数金"、斗鸡、斗鹌鹑、斗蟋蟀、"讹诈、盗窃""雇人当差"、转卖口粮、"放印子钱""典当钱粮""科敛钱粮"等等,无所不为。更有甚者,有不少旗兵花天酒地,狂嫖滥赌,银钱花光了,干脆把盔甲器械送进当铺。以致雍正皇帝不得不重申禁令:"从前曾经禁止质当盔甲器械等物,今再严加禁约,交与八旗五城,于京城内外当铺中,所有盔甲器械,著以来年正月为限……朕派侍卫官员,乘其不意,将各当铺稽察,倘经察出,务将五城官员及开当铺人、质当之人并该管人、稽察人等,从重治罪。"

但是,收效甚微。数年后,在平定准噶尔的战役中,有一支旗兵居然在前线"贪饕饮食,肆意靡费,以致变卖衣服",连穿的战衣也不顾了!到了乾隆、嘉庆之际,八旗子弟更趋堕落。时人所谓:"日逐下流,不知自爱,屡犯王章,不知自改。"

《红楼梦》中负有多宗命案的薛蟠,虽然不是正宗的"八旗子弟",但却是清朝旗人的奴才,自然得益于"八旗子弟"为非作歹的肥沃土壤。而薛蟠身上所有的恶习，也都体现着八旗子弟日渐堕落的影子。不仅仅是薛蟠，贾、史、王、薛四大家族的后代身上都充满了八旗子弟的这些纨绔习气，可以说，他们都传承了清朝旗人的基因。薛门、贾府一帮不肖子孙行为上的污点，都呈现在清初社会的累累伤疤之上。这正是薛蟠案的殷鉴价值所在。

任何腐败的根由均缘自经济上的贪婪。作为贾府的内务总管，王熙凤正当的职责是处理好府中和大观园里的各种事务，但她却透支贾府的社会地位和官场关系，弄权铁槛寺，敛财三千两。

凤姐的这桩敛财案，因为是女儿家所为，在贾府经济案中算得上比较出格的一种，所以特别引人瞩目。

凤姐"弄权"敛财案

《红楼梦》第十五回，写到秦可卿丧殁，出殡铁槛寺，贾府及族中诸人皆在铁槛寺下榻，唯王熙凤嫌不方便，住到了离铁槛寺不远的水月庵。不成想，在水月庵（别名"馒头庵"。笔者注）中，她竟在为秦可卿举丧期间接受了水月庵内一个老尼姑的请托，弄权枉法，逼人退婚，害死人命，得昧心钱银三千两。

水月庵的这个老尼姑法名净虚，年轻时在长安县一庵内出家，入京城后仍与那边有联系。长安县有一张姓大财主的女儿金哥，原本已与长安守备的儿子订了婚，也已经收了守备家的聘礼，却又被长安府太爷的小舅子李衙内在烧香时看上了，那李衙内一心要娶金哥为妾，打发人到张家去求亲……金哥守婚诺，重情义，一心要嫁守备之子，张大财主却希望女儿嫁给有权有势的李衙内，结果，李衙内非要娶，守备家也不相让，不肯退婚，两方面打起了官司。

老尼净虚得知贾府与长安节度使云老爷"最契"，便来求王熙凤动用云老爷帮李衙内逼长安守备家退婚，以便成全李衙内与金哥的婚姻。于是，王熙凤小动裙裾和嘴唇，便得了三千两银子的"好处费"。

结果，由于凤姐的干预，张家退婚成功。可性情刚烈的金哥得知嫌贫爱富的父母不顾诚信、违背诺言，退了前夫的婚约，竟自缢而死，而守备之子闻得金哥自缢遂也投水殉情。因而，王熙凤为得三千两银子的"好处费"，害死了两条人命。

这是书中第十五回所述的情节，标题为"王凤姐弄权铁槛寺"，这"弄权"二字，颇值得玩味与斟酌。

首先，"弄权"是指王熙凤玩弄权术。作为贾府的内务总管，王熙凤正当的职责是处理好府中和大观园里的各种事务，但她却透支贾府的社会地位和官场关系，"假托贾琏所嘱，修书一封……"。两日工夫俱已办妥。王熙凤这"手"，也伸得太长了。

其次，即便是贾府的男人们，譬如有官职的贾政，也不能直接和外官串通办理民事诉讼案，大清律法规定，此类案件必须由地方官办理，且必须依垂直关系行事。清朝廷也只有大理寺之类的机构才可以过问和干预这类案子。王熙凤受请托"弄权"，不但超越了贾府职权，而且也触犯了大清戒律。最为紧要的是，这种僭越弄权的做派最后使贾府付出了巨大的政治代价。锦衣军最终上门抄家，有一款罪名就是"交通官府"。当然，这"交通官府"的罪名不一定就仅是指王熙凤庵堂弄权、逼死两条人命这一件事。但王熙凤的所作所为是难逃干系的。

诚然，贾府之中做这类包揽词讼之事的绝非王熙凤一人。贾琏就曾"交通"过平安州，得了不少好处。书中写贾琏偷娶尤二姐的那些日子，隔三差五就往平安州跑，他说是受"老爷"（贾赦）支派办一件"机密大事"，还得到贾赦的厚赏。书中第六十九回这样记载："那贾琏一日事毕回来……少不得来见贾赦

159

与邢夫人，将所完之事回明。贾赦十分喜欢，说他中用，赏了他一百两银子，又将房中一个十七岁的丫鬟名唤秋桐者，赏他为妾。"这"机密大事"究竟是什么样的事，竟被贾赦如此看重，舍得如此"放血"呢？根据锦衣军抄家所依据的那款"交通官府"罪名，可以推测，一定是行贿官府，弄权枉法，且"含金量"不低的见不得人的事情了。

除此而外，还有贾政为薛蟠杀人案不惜四处请托说情，行贿打点，最终使得背负几条命案的薛蟠一直逍遥法外的不法行为。

只不过，凤姐的这桩敛财案，因为是女儿家所为，在贾府经济案中算得上比较出格的一种，所以特别引人瞩目。

任何腐败的根由均缘自经济上的贪婪，这便是王熙凤"弄权"敛财案的殷鉴价值所在。

　　曹雪芹着意写大观园，不只是为了铺展故事情节，安排活动场所，也不只是刻意写几笔奢华的场面，其中所蕴含的经济批判意义十分厚重，同时，其影射康（熙）、雍（正）、乾（隆）三朝时期上流社会之奢靡时弊的意图十分明显。

　　《红楼梦》里刻意描摹的"大观园"，既是贾府的经济事件，也是清代园林、山场、土地"豪夺"风气的缩影，更是对江山社稷反复易手、"你方唱罢我登场"的戏谑和嘲弄。

大观园大兴土木案

　　贾政的长女——贾元春本来是个崇尚节俭的女子，具有悯人惜财之德。不成想因为被选进宫中后，受到皇帝宠爱，又得封为皇妃。不久，皇帝恩准其回府中探亲，而按皇家规矩，贾府须建一座省亲别院，于是，贾府上上下下紧张忙碌了一年有余，大兴土木，为元妃修建了省亲别院，即后来冠名为"大观园"的皇家园林。大观园占地数百亩，耗银至少一百七十万两。

　　此时贾府动用巨款修建大观园只是一时派上了用场，日后，奢华的大观园就成了宝玉和一班姑娘和丫头冶游撒欢的独立王国。一众公子哥儿和小姐日日宴饮玩乐，时时争风吃醋，败坏了贾府的门风，也为日后种种流弊开辟了滋生场所。园中之事，蝇营狗苟，牛鬼蛇神，不一而足。

　　曹雪芹着意写大观园，不只是为了铺展故事情节，安排活动场所，也不只是刻意写几笔奢华的场面，其中所蕴含的经济批判意义十分厚重（本书中有专文详述。笔者注），同时，其影射康

（熙）、雍（正）、乾（隆）三朝时期上流社会之奢靡时弊的意图十分明显。

查阅清初达官贵人的著名园林，真是数不胜数。清代的北京乃天子脚下，有众多私家园林，王府一般都还建有附园。一些王公贵族和官宦世家也积极地赶着圈地建园的时髦，如达园、澄怀园、蔚秀园、承泽园、朗润园、近春园、熙春园，等等。现在北京仍保存有百余处。

非独京城，江南名园也绝不在少数，如离书中贾宝玉的祖籍金陵不远的扬州，就有何园、个园、荷花池北南园、冶春花园、红园、醉观园、鸣玉园；五岭所障的蛮荒之地——广东东莞和佛山，也有张氏的可园、道生园、欣遇园、学圃、梁园，等等。难怪曹雪芹要想出一个"大观园"的名字来。天下名园真是多如牛毛，蔚为大观啊！

但建园不易，却易易手。清人陈继儒就有"豪易夺"一说。"豪"者，第一层意思是指园林构造精美豪华，二是指豪强之人。意思是说，精美的园子很容易被豪强之人掠夺侵占掉。

曹雪芹不会没看过京城和江南遍地的私家园林，也不会不知晓陈继儒沉痛的名言，他在《红楼梦》里刻意描摹的"大观园"，展现了贾府经济上的一时之"豪"，也写出了不知"豪"过贾府多少倍的那许许多多的强权势力。大观园大兴土木案，既是贾府的经济事件，也是清代园林、山场、土地"豪夺"风气的缩影，更是对江山社稷反复易手、"你方唱罢我登场"的戏谑和嘲弄。

遍观《红楼梦》，贾府的亲戚朋友之间所发生的大事小情，一般都是以钱财来衡量，以银子来了结的。

小小的"相思局"里有讹诈，有凌辱，一个豪门大院里有讹诈，有凌辱；朝廷和官衙里有讹诈，有凌辱。官衙讹诈民间，民众讹诈大户；你讹诈我，我再讹诈你，整个社会的人都活在被讹诈、欺瞒、坑蒙拐骗和被凌辱的"雾霾"之中。这就是《红楼梦》的经济批判意义，也是贾瑞被讹案值得放大的经济学价值。

贾瑞被"讹"案

《红楼梦》用第十一回、第十二回两个回目，写王熙凤毒设"相思局"害死了自己的堂小叔子贾瑞，而且致使其破财百两。

以前，《红楼梦》的赏析者大都从人物塑造的角度观照这一情节，认为这一情节有力地说明了王熙凤的阴险、歹毒和残忍，同时也展现了贾府的一帮不肖儿孙淫靡、荒诞和污秽的乱伦之恋。这些见解无疑都有一定的道理，但却少见了另外一层含义，即当时朝政的颓废，世道的险恶，欺强凌弱的世风已深深地腐蚀着类似于贾府这样的豪门大宅。贾府里的人们，以算计、盘剥和讹诈为寻常之事，以至于常常实施于自己本家同族的亲戚身上。遍观《红楼梦》，贾府的亲戚朋友之间所发生的大事小情，一般都是以钱财来衡量，以银子来了结的。

贾瑞是个二十来岁的年轻书生，与贾琏、宝玉同一个辈分。他父母早亡，由祖父贾代儒教养长大。平日祖父对他管束甚严，他也很少有在外面吃酒、赌钱、嫖妓之事，而且，他的功课抓得也很紧。怕是因正值青春旺盛之期，加上又一直暗恋着自己的堂嫂王熙凤，正好在贾敬寿辰那一天，他于园中巧遇自己朝思暮想的女人——凤姐，于是便向她作了赤诚的表白。但贾瑞表白得过于直白，即想和王熙凤发生性关系。但富于心机的王熙凤明明深知其意，却故意引而不发，反而嘱其等待机会，于是便有贾瑞第一次按约定苦等一夜无果，第二次被骗入黑乎乎的院房，陷进既不见王熙凤的身影又无路逃脱的黑"局"里。这一夜，贾瑞深遭惊吓和羞辱不说，还被泼了一头的粪尿；这还不算致命的，最致命的是，他在贾蓉、贾蔷反复威逼之下，无奈之际写下了两张各五十两银子的欠契（即欠条。笔者注），才得以脱身。

巧妙布置安排设此毒"局"的是王熙凤，她是总策划。但将贾瑞捉住，泼他一头粪尿还讹他一百两纹银的却不一定是王熙凤的意思。实施这种恶行的是执行者贾蓉、贾蔷，这两人都是贾瑞的侄子辈，他们一旦得手，便借题发挥，顺手牵羊，恶狠狠地敲诈了贾瑞一笔钱财。

要知道，贾瑞尚未自立，一百两银子对他来说绝非小事，他既无法张口问祖父要，也无人相借，该是多么为难和焦虑呵。在自己相思之苦未解，更兼与王熙凤"约会"两次扑空受辱，遭到巨大的惊吓和严重的冷冻，再加上讹诈自己一百两银子的贾蓉、贾蔷两人不时上门催"债"，于是贾瑞身心俱废，终于大病不起，一命呜呼。有道是：女怕输身，男怕输笔（字据）。夺了贾瑞之命的既是冥冥中的风流债，更是现实中的勒索债。可以说，正是这一百两银子才这么利利索索地夺走了一位弱冠书生的卿卿性命。

你或许要问，贾蓉、贾蔷之流那讹钱的花招是跟谁学的，难道他们是无师自通？可细看全书，府中几位长辈平日里不就这么干的嘛：贾赦嫁女儿迎春，不就勒索了姑爷孙绍祖五千两纹银吗；贾琏、王熙凤更是这方面的高手；和贾蓉、贾蔷平辈或晚辈中还不知有多少这样的案例哩。就是族中门人，"讹诈"的手段，其高明和残忍更令贾蓉、贾蔷等少年望尘莫及。不信请看贾雨村，为了取悦主子贾敬，四处搜罗古玩宝贝，偏偏有一个叫石呆子的人，家里穷得吃了上顿无下顿，却藏有十二把珍贵的古旧扇子。这东西是石呆子家祖传的？还是有其他什么不凡的来历？我们不得而知，但想必这十二把古扇一定有值得贾赦这样的世家大爷瞄上一眼，眼珠子便拔不出来的"妙处"吧。贾雨村不择手段，讹诈石呆子"拖欠官银，须变卖家产赔偿"，硬是把那十二把古扇查抄了来，以低价买下送给了贾赦。贾雨村得到十二把古扇的方式，不能说是巧取，而是豪夺。

贾府的主子们讹外人如此，自己族里的人被兄弟子侄等讹诈再也平常不过。

贾宝玉无意中丢掉了通灵宝玉，举府大惊失措，众人惶惶不可终日。贾母即命向府外人寻赏，赏格为：拾到归还者赏银一万两，得信来报的赏五千两。结果你看看，满世界的人都来贾府"讹"钱了。

据史料记载：清乾隆年间，太仆寺卿陈兆仑因居父母之丧，回到家乡杭州暂居。管理运河防治的河库道何某，仰慕陈兆仑的学识，想借这一段时间，聘请陈兆仑教授自己的儿子。由于情面难却，陈兆仑只得答应下来，等一切安排妥当，他就乘船前往何某的治所江苏淮安。

陈兆仑乘坐的船只行至丹阳的时候，在河上与数艘押解犯人的囚船相遇。囚船是从镇江出发的，要把上一年秋天审理判决的重犯押送到苏州的监狱关押。由于河道狭窄，船只交错时，陈兆仑乘坐的船与其中一艘囚船轻轻地触碰了一下，没成想，囚船上的差役顿时率领一整船的犯人跳到陈兆仑乘坐的船上，口中嚷着因船被撞坏了，必须赔偿。

一大群凶神恶煞的犯人也纷纷动手，大肆地抢夺陈兆仑所乘之船上的值钱物品，不一会，就把陈兆仑乘坐的那艘船抢劫一空。

清朝年间，押解犯人、护送饷银、催护粮船的差务兵，都是由各地的绿营兵卒担任的，属于各省经制管辖的地方部队。由于绿营兵卒担负的差务冗杂繁重，饷银又很微薄，在物价高涨的当时，兵卒仅靠饷银很难养家糊口。而在日渐月染之下，绿营兵卒也渐渐沾染上了地方衙门的油滑风气，不少人在当兵之余，都想尽了办法捞钱获利。于是一些押解犯人的差务兵，就想出了以"碰瓷"进行讹诈并抢劫的点子。限于篇幅，这里便不做太多论述。

小小的"相思局"里有讹诈，有凌辱，一个豪门大院里有讹诈，有凌辱；朝廷和官衙里有讹诈，有凌辱。官衙讹诈民间，民众讹诈大户；你讹诈我，我再讹诈你，整个社会的人都活在被讹诈、欺瞒、坑蒙拐骗和被凌辱的"雾霾"之中。这就是《红楼梦》的经济学批判意义，也是贾瑞被讹案值得放大的经济学价值所在。

贾琏偷娶尤二姐一案，点明了贾府公子少爷及族中子侄贪恋钱财的缘由，也集中暴露了贾府中男丁"不成器""不治家"的劣根本质。内中有许多经济考量。

一部《红楼梦》记述了贾府儿女众多的风流韵事。如果说，贾瑞的风流案之经济意义在一个"讹"字，那么，贾琏偷娶尤二姐一案的宏观要旨就是一个"连"字，它牵连了贾府一门之众。

贾琏偷娶尤二姐案

《红楼梦》中关于贾琏偷娶尤二姐那几大章回文字，不能只当"情色"和"风月"来看。

贾琏偷娶尤二姐一案，点明了贾府公子少爷及族中子侄贪恋钱财的缘由，也集中暴露了贾府中男丁"不成器""不治家"的劣根本质。内中有许多经济考量。

所谓"偷娶"，是由于贾琏身不由己、迫不得已，主要原因是其内人王熙凤太好"妒"。实际上，在那个时代，像贾府这样的门第中的公子少爷娶三妻四妾并不为过。譬如贾赦，"胡子都白了"（贾赦老婆邢夫人的话。笔者注），已经到了风烛残年之际，还花八百两银子买了个叫嫣红的姑娘做妾呢。这主要是因为贾赦的太太邢夫人"开明"，她不但不阻拦、干涉年迈的贾赦纳妾，甚至还帮忙撮合。不是吗？贾赦原先一心想娶贾母的贴身丫鬟鸳鸯过门做妾，邢夫人不但不嫉妒，还忙前忙后地托凤姐到贾母面前求情说项，甚至威逼利诱鸳鸯的哥嫂做说客。当然是因为鸳鸯的"不识相""不识抬举"，这桩"好事"最终没能玉成。

这里且不多说。

同其父贾赦的贪色好淫一样，贾琏也风流成性，不断地在府内府外拈花惹草，处处留情，以致他常常手头紧，钱总是不够花，贾琏的侍妾平儿最知道他的这派德行——"我们二爷那脾气，油锅里的钱还要找出来花呢！"贾琏为何这般贪财，不就是因为风流成性吗？做风流事，自然是要花钱的。不管大钱小钱，用得平常，用得成了习惯，日积月累，开支自然不菲。所以，贾琏就像其媳妇王熙凤一样，四处开辟生财的门路，交通州府，开当铺，放利子钱，偷偷将贾母的值钱物件拿出去典当，凡此种种，真是挖空了心思。

贾琏在贾府主管府内采制、工程发包之事，手中权力颇大，就为这，他的侄子辈如贾芸、贾蔷等纷纷上门求活计，他统统是要收好处费的，真可谓雁过拔毛。

近年来，许多贪官都因为"二奶""情妇"的开支太大，才大肆贪污。报载，江西省国土局局长被抓进牢房后感叹，只因为"新欢"消费太大，闹得"钱常常不够用"。他似乎和贾府的琏二爷有很多共同语言。

大明王朝的那位著名的清官海瑞，官声倒很是不赖，可就是穷困得很。然而，他的穷困可不是因为居官清廉，最主要的原因是他一生娶妾太频繁，往少里说也有三次。即便只有三次，也少不得要花掉三四百两银子。这对只领取有限的法定工资的海瑞大人来说，不能不说是一个非常沉重的负担，因此，多次娶妾与海瑞大人的生活贫困无疑有很大关系。要知道，在明朝，三四百两银子的娶妾费用差不多相当于一个七品县令十年的工资了。

贾府的这位琏二爷，到底因为不满足于逢场作戏、做露水夫妻这般小打小闹，最后还是下决心偷偷地在外面购置宅第娶了尤二姐为妾，过上了家外有家的"幸福"生活。

贾琏是在离贾府不到两里远的地方买了一所房子，又花钱雇了两个丫鬟，才娶尤二姐过门的。再加上尤二姐的母亲和妹妹尤三姐，娘仁一同住在那儿。每个月"出五两银子做天天的供给"，"又将自己积年所有的梯己（体己钱，即私房钱。笔者注），一并搬了与二姐收着"。可还是禁不住尤二姐的妹妹——性情刚烈、喜怒无常的尤三姐，天天"挑拣穿吃"，"打了银的，又要金的，有了珠子，又要宝石；吃了肥鹅，又宰肥鸭"。为此，贾琏花了许多冤枉钱，苦不堪言。

纸终归包不住火，"偷的锣儿敲不得"。这事最后还是叫猴精猴精的王熙凤发觉了，她将尤二姐"哄"进贾府，百般用计，最后致尤二姐吞金自尽。可惜这如花似玉、风流媚俏的女子，才过了几个月明媒正娶的日子就呜呼哀哉，命丧黄泉了。最让人心酸的是，尤二姐死后，贾琏只出了一副棺材板，就连像样的丧葬费都拿不出来了，最后还是他的侍妾平儿悄悄拿出自己的私房钱二百两碎银子给贾琏，让贾琏把尤二姐体体面面地下了葬了事……

这些经济情节的披露，决不能仅仅看做曹雪芹专注于记流水账。这些笔墨除了客观反映了贾琏之流偷情的"经济成本"之外，也深层次地揭示了贾府一步步走向没落的经济成因。

贾府中大多数男儿，皆属不务正业之类。他们热衷于吃喝玩乐，眠花宿柳，偷情偷娶，不走正道，以致家敷日炽，用度惊人，像这样一个又一个小家庭的细胞都中毒坏死了，贾府这个大家族岂能常青不败？

还要重重地记上一笔的是，贾琏偷娶尤二姐时，因为先要解决了尤姑娘订下的"娃娃亲"问题（尤二姐此前已经和一个叫张华的小户子弟有婚约，按清代律例，但凡毁约，是要赔付对方聘礼及其他经济损失的。笔者注）。为此，贾琏找到官府了结此事，花钱倒不多，只二十两银子就了事了。哪里知道王熙凤不满贾琏偷娶，便暗中使坏，找人从中颠簸挑唆，唆使这张华父子俩反反复复报官改口供，又赖又诈，"约共得了百金"。按清代金与银的利率换算，最终贾琏竟要赔付近千两银子。这桩本来按章赔付的事，只因小题大做，诉讼升级，赔了钱财不说，还放大了贾府一门的负面影响。此案历经数年后仍余波未尽，叫贾琏连同贾府一起久久地背着骂名。

一部《红楼梦》记述了贾府儿女众多的风流韵事。如果说，贾瑞的风流案之经济意义在一个"讹"字，那么，贾琏偷娶尤二姐一案的宏观要旨就是一个"连"字，它牵连了贾府一门之众。锦衣军抄家之前，朝廷就坐实了贾府的各种罪名，其中有一款就是逼良不从，致人丧命。在写到贾府获此罪名时，书中并未明确点出尤氏姐妹的名姓，但其实说的正是这桩令贾琏人财两空的风流命案。

正所谓：偷鸡不成反蚀米，滥情非独金银填。

抄检大观园案，实际上就是贾府内部穷争恶斗，借机自行抄家，亮疮疤，揭老底。这其实是曹雪芹为写日后锦衣军查抄贾府而早早布下的伏线。可是，一府的经济大树，叶枯了，根烂了，可到头来只能是头痛医头，脚痛医脚，治得了标，却治不了本。即使这样的"抄检"来多少次，也难治贾府的经济短缺和人们心头无尽的物质欲望和没完没了的纷争。

贾府如此，清代的国家治理也同样如此。

抄检大观园案

列位看官，万万不要把《红楼梦》中第七十四回的"抄检"大观园一案，和后文的锦衣军查抄贾府相混淆。此番抄检大观园，其实是贾府内主子和下人们之间长期以来鸡毛蒜皮、蝇营狗苟之事糅杂纠结在一起、剪不断理还乱的总爆发，也是东府和西府之间、东风和西风之间的一次公然叫板。

"惑奸谗抄检大观园"这回前前后后的文字，如果不是非常有耐力的读者可能是看不进去的，只因头绪繁缛不堪，人物关系错综复杂，事件联三挂四，你中有我，我中有他……那为什么要把"大观园"里里外外翻个底朝天，每个姑娘、丫鬟都不放过、人人都要过关呢？为何"抄检"时对每一个房间、每一个角落都要验证过目，就如同爬梳篦发一般呢？

导致这桩公案的直接原因，就是王夫人收到了贾母房内专做粗活的丫鬟傻大姐从园里捡到的一个类似"春宫画"的绣春囊玩意儿。这还了得，园子里平白无故"冒"出这样伤风败俗之物，不查查清楚，那还了得！而促成这次"抄检"的间接原因，是王夫人屋里接二连三地"短"了东西，更有几位给惜春、迎春、探春等喂过奶的奶妈聚赌又偷偷当物，加上这之前还发生过几桩"茯苓霜案""蔷薇硝案""累丝金凤案"，等等，终于到了非"抄检"不可的地步了。

可抄也罢，检也罢，毕竟未查出个所以然来。即使在具体的绣春囊一事上查出了个"潘又安"，那又能怎样？最多是气势汹汹地领人来查园子的王善保家的丢了面子，泄了气——潘又安是王善保家的外孙女司棋的表弟，本来是园外之人，平常不在府内、更不在园中走动的。按书中交代的文字看，这事以最终将司棋"逐出园子"了结。当然，司棋性情刚烈，在她妈面前"一头撞在墙上，把脑袋撞破，鲜血直流，竟死了"。其实，抄检的人们只在司棋那里抄出了潘又安写给她的情书，并没发现所谓的"绣春囊"。一些《红楼梦》的研究者早探究出"绣春囊"正是外表给人敦厚老实的薛宝钗不小心丢下的东西。也有人考证出应是薛蟠屋里的那个香菱。

单将这一案件列入"贾府十大经济事件"，爱较真的读者一定会说我选材不够严谨，小题大做。其实不然。曹雪芹如果不颇费笔墨抖搂出这些情节（前前后后共五六个章回。笔者注），则说不通贾府"大有大的难处"，也体现不出王熙凤、探春等治家理财的不容易，更凸显不出贾母、王夫人、王熙凤等女主人平日里内心深处隐隐的忧虑和恐惧。那么，《红楼梦》所描写的豪门大宅尔虞我诈的众生相就只能是一幅抽象画，顶多只是一个概念的存在罢了。

所有这些大大小小的经济案件或风化案件累加起来才能看得清贾府的衰落过程，也才能看得清贾府的经济面目（主奴之间、奴婢之间为衣食、日用等生计的争斗。笔者注），进而看出清初社会的经济生态。这或许远比那个时代所有职业经济学家、统计

172

学家的数据以及巡抚、道台们干巴巴的"奏折"还要真实可信，还要生动细微。在这里，不妨将书中有关文字直接引用几段，并与前清相关的几则数据、史料互为印证，以便各位看官从中得出恰当的结论，从而读懂前清世相、也读懂"家国"二字。

且看《红楼梦》第六十回《茉莉粉替去蔷薇硝　玫瑰露引来茯苓霜》中的两段：

赵姨娘直进园子，正是一头火，顶头正遇见藕官的干娘夏婆子走来。见赵姨娘气恨恨的走来……走上来便将粉照着芳官脸上撒来，指着芳官骂道："小淫妇！你是我银子钱买来学戏的，不过娼妇粉头之流！我家里下三等奴才也比你高贵些的，你都会看人下菜碟儿。宝玉要给东西，你拦在头里，莫不是要了你的了？拿这个哄他，你只当他不认得呢！好不好，他们是手足，都是一样的主子，哪里你小看他的！"

芳官哪里禁得住这话，一行哭，一行说："没了硝（指蔷薇硝。笔者注）我才把这个给他的。若说没了，又恐他不信，难道这不是好的？"赵姨娘气的便上来打了两个耳刮子。袭人等忙上来拉劝……芳官捱了两下打，哪里肯依，便抬头打滚，泼哭泼闹起来。口内便说："你打得起我么？你照照那模样儿再动手！我叫你打了去，我还活着！"便撞在怀里叫他打……

当下藕官、蕊官等正在一处作耍，湘云的大花面葵官，宝琴的豆官，两个闻了此信，慌忙找着他两个说："芳官被人欺侮，咱们也没趣，须得大家破着大闹一场，方争过气来。"

四人终是小孩子心性，只顾他们情分上的义愤，便不顾别的，一齐跑入怡红院中。豆官先便一头，几乎不曾将赵姨娘撞了一跌。那三个也便拥上来，放声大哭，手撕头撞，把个赵姨娘裹住……

茉莉粉、蔷薇硝、玫瑰露、茯苓霜……这些都是精细、雅致的物品，也是贾府中姑娘、小姐、媳妇和身份略高一些的丫鬟的日用之物，经常是你送我、我送你的，每每一件物品承载着亲情、友情或爱情而几经辗转易手，便风波频起；凤姐、薛姨妈、平儿，袭人、春燕、五儿、莺儿、芳官、藕官、葵官……府上主人和丫鬟的名号犬牙交织，难解疏密；此外，夏婆子、柳家的、周瑞家的、林之孝家的、王善保家的、秦显家的等等，这些有名无名的嬷嬷，再加上那些有名无名的众小厮，男的，女的，老的，少的，来园里有年头的，初来乍到府中的……一起拥挤在府上，往往为了一点蝇头小利，甚至芝麻粒大的小事吵嚷纷争，没完没了。这就是贾府的微观。真乃居大不易，入微亦难啊！各位看官，不妨再随笔者一同看看《红楼梦》第七十四回《惑奸谗抄检大观园　矢孤介杜绝宁国府》中的"抄检"场面：

那个王善保家的带了众人到丫鬟房中，也一一开箱倒笼抄检了一番……

又到探春院内，谁知早有人报与探春了。……凤姐笑道："因丢了一件东西，连日访察不出人来，恐怕旁人赖这些女孩子们，所以越性大家搜一搜，使人去疑，倒是洗净他们的好法子。"

…………

探春道："我的东西倒许你们搜阅，要想搜我的丫头，这却不能。我原比众人歹毒，凡丫头所有的东西我都知道，都在我这里间收着，一针一线他们也没的收藏，要搜所以只来搜我。你们不依，只管去回太太，只说我违背了太太，该怎么处治，我去自领。你们别忙，自然连你们抄的日子有呢！……可知这样大族人家，若从外头杀来，一时是杀不死的，这是古人曾说的'百足之虫，死而不僵'，必须先从家里自杀自灭起来，才能一败涂地！"……

清代是中国历史上人口最多的朝代，清史研究的学者认定，到了清代中后期，当时的人口已达到四亿多。人口的增加引起耕地严重不足。康熙《清圣祖实录》记载："地亩见有定数，而户口渐增，偶遇岁歉，艰食可虞。"

乾隆《清高宗实录》记载："生之（指土地。笔者注）者寡，食之（指土地。笔者注）者众，于闾阎生计，诚有关系"；"日食不继，益形拮据，朕甚忧之。"据现任南开大学中国社会史研究中心主任、中国社会史学会会长、著名明清史学家常建华的《清史十二讲》披露，清朝初期从定鼎中原到乾隆初年这上百年间……粮价呈现出明显增长的趋势。江南苏、松、常、镇四府的米价，受水、旱、虫灾的影响，涨落幅度很大。康熙年间每升只有七文，乾隆五十年后，每升米卖二十七八文至三十四五文为常价。因此，像贾府这样的"鼎食之家"，也每每为"一粥一饭"的生计吵嚷不已，公说公的理，婆说婆的理，乱成一锅粥……

各位且与笔者再一起看看《红楼梦》第六十一回《投鼠忌器宝玉瞒赃　判冤决狱平儿行权》中的一些文字：

柳家的听了，便将茯苓霜搁起，且按着房头分派菜馔。忽见迎春房里小丫头莲花儿走来说："司棋姐姐说了，要碗鸡蛋，炖的嫩嫩的。"

柳家的道："就是这样尊贵。不知怎的，今年这鸡蛋短的很，十个钱一个还找不出来。昨儿上头给亲戚家送粥米去，四五个买办出去，好容易才凑了二千个来。我那里找去？你说给他，改日吃罢。"

莲花儿道："前儿要吃豆腐，你弄了些馊的，叫他说了我一顿。今儿要鸡蛋又没有了。什么好东西，我就不信连鸡蛋都没有了，别叫我翻出来。"一面说，一面真个走来，揭起菜箱一看，只见里面果有十来个鸡蛋，说道："这不是？你就这么利害！吃的是主子的，我们的分例，你为什么心疼？又不是你下的蛋，怕人吃了。"

面对这样尖刻的话，柳家其实是有苦说不出。那么，柳家到底是怎么回莲儿的呢？

"通共留下这几个，预备菜上的浇头……预备接急的。你们吃了，倘或一声要起来，没有好的，连鸡蛋都没了。你们深宅大院，水来伸手，饭来张口，只知鸡蛋是平常物件，那里知道外头买卖的行市呢。别说这个，有一年连草根子还没了的日子还有呢。我劝他们，细米白饭，每日肥鸡大鸭子，将就些儿也罢了。吃腻了膈，天天又闹起故事来了。鸡蛋，豆腐，又是什么面筋，酱萝卜炸儿，敢自倒换口味，只是我又不是答应你们的，一处要一样，就是十来样。我倒别伺候头层主子，只预备你们二层主子了。"

莲花听了，便红了面，喊道："谁天天要你什么来？你说上这两车子话！叫你来，不是为便宜却为什么。前儿小燕来，说晴雯姐姐要吃芦蒿，你怎么忙的还问肉炒鸡炒？小燕说：'荤的因不好才另叫你炒个面筋的，少搁油才好。'你忙的倒说自己发昏，赶着洗手炒了，狗颠儿似的亲捧了去。今儿反倒拿我作筏子，说我给众人听。"

柳家的忙道："阿弥陀佛！这些人眼见的。别说前儿一次，就从旧年一立厨房以来，凡各房里偶然间不论姑娘姐儿们要添一样半样，谁不是先拿了钱来，另买另添。有的没的，名声好听，说我单管姑娘厨房省事，又有剩头儿，算起账来，惹人恶心：连姑娘带姐儿们四五十人，一日也只管要两只鸡，两只鸭子，十来斤肉，一吊钱的菜蔬。你们算算，够作什么的？连本项两顿饭还撑持不住，还搁的住这个点这样，那个点那样，买来的又不吃，又买别的去。"

　　仔细一听就明白了，原来柳家管饭堂的规矩是：临时加菜可以，但须先拿钱来。像莲花这样不先拿钱，却要厨房里给炖一碗鸡蛋，柳家怎么能答应？又怎么能不非常反感呢？于是便又引出下面这一大堆刻薄、挖苦的话来了：

　　"不如回了太太，多添些分例，也象大厨房里预备老太太的饭，把天下所有的菜蔬用水牌写了，天天转着吃，吃到一个月现算倒好。连前儿三姑娘和宝姑娘偶然商议了要吃个油盐炒枸杞芽儿来，现打发个姐儿拿着五百钱来给我，我倒笑起来了，说：'二位姑娘就是大肚子弥勒佛，也吃不了五百钱的去。这三二十个钱的事，还预备的起。'赶着我送回钱去，到底不收，说赏我打酒吃，又说：'如今厨房在里头，保不住屋里的人不去叨登，一盐一酱，那不是钱买的。你不给又不好，给了你又没的赔。你拿着这个钱，全当还了他们素日叨登的东西窝儿。'这就是明白体下的姑娘，我们心里只替他念佛。没的赵姨奶奶听了又气不忿，又说太便宜了我，隔不了十天，也打发个小丫头子来寻这样寻那样，我倒好笑起来。你们竟成了例，不是这个，就是那个，我那里有这些赔的。"……

　　由此可见，连贾府这样的富贵之家，主子和丫鬟之间也免不了为口腹之生计吵闹、计较，确实是"日食不继，益形拮据"啊。从计较衣食上的大事到计较胭脂水粉之类的小事，嫌隙和矛盾日积月累，于是，积怨到因一两个恶婆子的挑唆是非，终于弄出了抄检大观园的一场大风波。抄检大观园案，实际上就是贾府内部穷争恶斗，借机自行抄家，亮疮疤，揭老底。这其实是曹雪芹为写日后锦衣军查抄贾府而早早布下的伏线。还是探春一语道破天机："可知这样大族人家，若从外头杀来，一时是杀不死的，必须先从家里自杀自灭起来，才能一败涂地！"

那些蝇营狗苟、为私利而不断妒争、挑事生非的主子或仆从，就如同人身上的虱子、跳蚤，会惹得人心神不宁。而满身虱子、跳蚤的贾府，先是到处发痒，继而红肿发炎，流脓溃烂；一府的经济大树，叶枯了，根烂了，可到头来只能是头痛医头，脚痛医脚，治得了标，却治不了本。即使这样的"抄检"来多少次，也难治贾府的经济短缺和人们心头无尽的物质欲望和没完没了的纷争。

贾府如此，清代的国家治理也同样如此。

荣国府失窃案

　　这里说的失窃案，不是先前府里今天丢了一瓶玫瑰露、明天少了半瓶蔷薇硝，也不是当值的伙房里少了一枚鸡蛋、宝玉房内不见了几只碗盏那些一地鸡毛的小案子。这起失窃案是贾母过世后准备出殡的四更天，发生在荣国府的一起内外串通勾结劫府的杀人越货案。这件失窃案惊动了官府，官府来人查勘，确认系外盗所为，只是叫贾府报一份失窃清单，贾府却迟迟报不上来。想必失窃数目一定不小吧。

　　贾府之所以吞吞吐吐不能上报的原因有二：一是府上刚被锦衣军抄没，报多了怕坐实"贾府贪腐"之名；报少了吧，又怕便宜了强盗，贾府只能自己吃哑巴亏；据实上报损失吧，也不成，贾府这时候上上下下乱作一锅粥，歹人究竟偷了多少钱财，窃了多少物件，大家确实心中无底，根本就是一笔糊涂账，谁也说不清楚、具体。

　　之所以说这是一起内外勾结的盗窃案，是有根有据的。"内鬼"就是周瑞（周瑞的老婆——"周瑞家的"，曾是王夫人的陪

嫁丫头。笔者注）的干儿子何三。何三虽然不是贾府的仆人，却经常受周瑞及周瑞家的指派跑腿办事，因此常常在贾府中走动，对贾府的情况颇为熟悉。而行窃的是一伙江洋大盗，能飞檐走壁，有着"通天的本事"。这伙人在贾府行窃得手后还顺三挂四，又洗劫了贾府的家庙——栊翠庵，掳走了美貌的女尼妙玉，使得这位孤高傲世、绝顶聪慧、楚楚动人的"槛外人"身受凌辱不说，还活不见人死不见尸。

贾府为何家产刚被官府抄没，又遭"黑道"洗劫？原因是多方面的，既有政治上时乖运蹇的因素，也有自身治理不当的因素，更有经济上的因素——生活奢靡浮夸，行事过分高调，并且子孙行为不检，聚赌招嫖，引来不少鸡鸣狗盗等奸佞小人。

清代初期，由于社会上人口迅速增加，很多人没有土地、家宅，于是就成了没有固定职业的人，靠临时性工作为生，这些人就是游民。

当时，在四川地区，由于大量移民，造成了庞大的游民队伍，他们没有土地、房屋，靠打零工等谋生，衣不裹身，食不果腹，生计难以维持，于是，一些身强力壮的人便聚啸山林，劫掠为生，从而产生了一个特殊的社会群体——啯噜。啯噜在生活没有着落的情况下，最易滋事犯罪，由此产生了许多社会问题。常建华的《清史十二讲》也提到：据清史载，雍正十二年（1734年），四川巡抚鄂昌曾说，四川的"外来移民——啯噜导致命盗案件，十倍于昔"。

很多研究资料证实：清朝雍乾年间，啯噜成为四川最大的黑社会组织。

当然，不能肯定地说，盗窃荣国府的这帮劫匪就是"啯噜"，但他们是一帮无法无天、恣意妄为的"游民"却是可以认定的。游民中的一些不甘于清苦、困顿的人，由于生活所逼，最终成了强盗。《红楼梦》中第六十六回，写贾琏偷娶尤二姐不久，到平安州办事，路上巧遇薛蟠和柳湘莲，就听薛蟠说起路上遇到强盗的事：

薛蟠笑道："天下竟有这样奇事。我同伙计贩了货物，自春天起身，往回里走，一路平安。谁知前日到了平安州界，遇一伙强盗，已将东西劫去。不想柳二弟从那边来了，方把贼人赶散，夺回货物，还救了我们的性命。我谢他又不受，所以我们结拜了生死弟兄，如今一路进京……"

此外，当时的社会上普遍存在着"羡富""仇富"的心理，在这两种心理的驱使下，"吃大户"乃至所谓"杀富济贫"，不但不受社会谴责，往往还被视为"壮士"行为。

而贾府"富得冒油"，富可敌国。这是当时朝野的普遍认知。譬如，《红楼梦》一开篇就提到的"护官符"中，便有"贾不贾，白玉为堂金作马"的谚语，这就是贾府大富大贵的形象在民间的定格。而贾府的门人、清客们也四处传播，恣意张扬贾府的巨富厚财。这自然会招惹社会上那些鸡鸣狗盗不法之徒趁乱上门进行骗、谋、盗、抢。

我们且回看一下贾府遭深夜劫盗的过程：就是那个"周瑞家的"男人在外面听说"贾府里的银库几间，金库几间，使的家伙都是金子镶了玉石嵌了的"，"前儿贵妃娘娘省亲回家，我们亲眼见她带了几车金银回来，所以家里收拾摆设的水晶宫似的……"。

这些话说得有鼻子有眼，似乎确凿万分，周瑞那不务正业的干儿子何三吃过贾府财大势大、被贾琏训斥殴打的亏，一直寻机找补回来，这时自然是听在耳里，记在心上。所以，他口无遮拦地逢人便说"他们家（贾府）的金银不知有几百万，只藏着不用……老太太死后留下好多金银……"。

关于这方面的详情，《红楼梦》第一百一十一回《鸳鸯女殉

主登太虚　狗彘奴欺天招伙盗》里有生动的记载，不妨照录一段：

却说周瑞的干儿子何三，去年贾珍管事之时，因他和鲍二打架，被贾珍打了一顿，撵在外头，终日在赌场过日。近知贾母死了，必有些事情领办，岂知探了几天的信，一些也没有想头，便唉声叹气的回到赌场中，闷闷的坐下。那些人便说道："老三，你怎么样？不下来捞本了么？"何三道："倒想要捞一捞呢，就只没有钱么。"那些人道："你到你们周大太爷那里去了几日，府里的钱你也不知弄了多少来，又来和我们装穷儿了。"何三道："你们还说呢，他们的金银不知有几百万，只藏着不用。明儿留着不是火烧了就是贼偷了，他们才死心呢。"那些人道："你又撒谎，他家抄了家，还有多少金银？"何三道："你们还不知道呢，抄去的是撂不了的。如今老太太死还留了好些金银，他们一个也不使，都在老太太屋里搁着，等送了殡回来才分呢。"内中有一个人听在心里……便走出来拉了何三道："老三，我和你说句话。"何三跟他出来。那人道："你这样一个伶俐人，这样穷，为你不服这口气。"何三道："我命里穷，可有什么法儿呢。"那人道："你才说荣府的银子这么多，为什么不去拿些使唤使唤？"何三道："我的哥哥，他家的金银虽多，你我去白要一二钱他们给咱们吗！"那人笑道："他不给咱们，咱们就不会拿吗！"何三听了这话里有话，便问道："依你说怎么样拿呢？"那人道："我说你没有本事，若是我，早拿了来了。"何三道："你有什么本事？"那人便轻轻的说道："你若要发财，你就引个头儿。我有好些朋友都是通天的本事，不要说他们送殡去了，家里剩下几个女人，就让有多少男人也不怕。只怕你没这么大胆子罢咧。"何三道："什么敢不敢！"

且不说外界不明就里的测度，就连贾府的主人们自己平日里行事也过于"高调"，比如，元妃在某年端午节前，嘱托府上打平安醮祈福，于是，贾母带一众家人奴仆上清虚观祈福。你瞧瞧那阵势，前呼后拥，华车快马，"前头的全副执事摆开，早已到了清虚观了"，后面的队伍尚未出府门，"乌压压的占了一街的车"。而且这一行人哇哇呱呱，大呼小叫，派头十足，引得满街的人看热闹看傻了眼，真比皇帝出巡差不了哪里去。

还有秦可卿出殡送葬那个阵势，那个排场，也是市井小民平生见所未见、闻所未闻的。秦可卿还只是贾府重孙子辈的排行，而且是个妇道人家，丧仪居然如此大大逾越了规矩，竟惊动了北静王等王公大臣前来祭悼，而且连宫内大太监亦鸣锣张伞地参祭，这可叫世人怎么想象贾府之"富"和"贵"都不过分啊！

说到这里，又不得不再次提到那个"大观园"了。大观园透透迤迤，蔚为大观，冠压京城。元妃临幸时，又是銮仪凤彩、骅骝开道，太监官人进进出出，鞍前马后不说，还四散人群，肃静回避清场让道。抬进去的箱子盒子，那么多那么沉，不由得让人遐想，里面得有多少金银宝物啊！观热闹的看客里会有多少"滴血"的眼珠子在转动，在谋划呢？他们无疑大多心痒痒的，巴不得早一天伺机下手劫夺一些或分一杯羹，那才叫痛快啊！

还有，谁人不知贾府里有一个宝贝得不得了的贾宝玉——宝二爷。有一天，这位公子哥把自己一直戴在脖子上的命根子——"通灵宝玉"丢失了，结果，贾母急得直跺脚，下人们也一个个吓得丢了魂似的。可举府挖地三尺，就是寻不见，于是贾母放出话：拾到归还者赏银一万两，得信来报的赏银五千两。呵呵，你说，贾府是不是太有钱了，人们又是"羡"啊又是"恨"的，复杂的心情简直没法用语言形容、表达。

这种广而告之的悬赏举动，简直就是贾府"富可敌国"之身家的广泛传扬，也简直就是邀盗贼上门的信号嘛！

贾府"拔根汗毛也比我们的大腿粗"，刘姥姥这话说得透彻，说到了所有寒门小户、市井草民的心坎上。固然，有人说现在贾府被官家查抄了，府里的靠山元妃也不在了，势头已经败了……不过，谁能相信这个说法呢，人们只相信"破船还有三笤钉""瘦死的骆驼比马大"，所以，趁乱上门，不骗白不骗，不偷白不偷，不抢白不抢，此时不去夺更待何时？

也不光是街巷百姓，这"羡慕嫉妒恨"的邪风还一阵一阵地吹到了朝廷和庙堂之上，不光一些王公大臣落井下石，连皇帝老儿都起了疑心了，以致每每看到姓"贾"的名姓，心里就多几分警惕。有一回又看到官牍上有一个叫"贾化"的人犯了事，"皇帝"便疑心是不是死去的贾妃一门的亲戚，忙下旨叫贾政来对奏，吓得贾政双腿像米筛子般颤抖。跪下的贾政一定是语无伦次地辩白："此贾化，非我家祖宗也。吾皇万岁，微臣之父乃贾代化……且已经过世多年了……"这回是说清楚了，但难保就没有说不清楚的下一回。这"贾"字太刺眼了，就如同椽子太出头一定先烂掉一样，大富大贵的名声在外，又特爱三朝两夕地炫富的贾府都被皇家官府盯上了，草寇刁民自然也不会放过。于是乎，锦衣军刚刚抄没过后便是盗贼的再度光顾，真可谓祸不单行啊。

"树大招风"，从经济学上说，就是不要过度曝光，也可以说不要过度"上镜""包装"；

"低调、低调、再低调"，说的是在经济和财富的数字上宁可模糊一些，遮掩一些，闷头发家，对外装穷。

还有现在有识之士常说的"危机应急管理至关重要，不可小觑"，贾府一门似乎无人懂得其中三昧。

《红楼梦》的十大经济事件，还有"锦衣军抄家案""探春兴利除弊案""贾母散尽余资案"，因本书前面已经有专文详细讲述，故本篇不再赘述。

贾府落得个政息人亡、经济落败的悲剧，极具经济批判意义。

贾府的"经济当局"不懂得利用优质资产，不知道流动资金沉淀所造成"不良资产"的极其危害性。沉湎于"人口红利"——殊不知食口众多，冗员沉淀，正是压垮贾府经济巨轮的最后一根稻草。

贾府豪门的落败，是大清江山社稷落败的预演和序幕！

贾府落败的经济学批判

贾府的落败，首先是经济的落败；是经济的全面破产引发政治上的破产。

荣、宁二府被抄家治罪后，人心动荡，危机四伏，偌大的贾府呼啦啦大厦倾塌。贾母——史老太君临终前散尽余资，才勉强暂时支撑住危局，但各房子孙们的出路依然渺茫。书至"散余资贾母明大义"第一百零七回起，后面的众多情节都是记述贾府经济上的落败和政治上的失意。

首先说经济上的。为了给过门不久的孙媳妇薛宝钗过生日，贾母是"强颜欢笑"，自个儿掏腰包办酒席包戏场供大伙儿乐，但大伙儿一个个都是非情非愿，走过场似的，蔫蔫的打不起精神（第一百零八回）；曾经风光八面，不可一世的贾府财经大管家王熙凤咽气前已是无依无靠，只能将爱女巧姐托付给那位过去曾来过府上"攀亲"打秋风的乡野老妪刘姥姥。当斯时，王熙凤病入膏肓，卧在床上，她已拿不出半两银子，只"在手腕上褪下一

185

支金镯子来交给他"（见一百一十三回）；第一百一十三回《忏宿冤凤姐托村妪　释旧憾情婢感痴郎》，详细记载了贾府经济危机（本书前文有贾府发生经济危机的详细论述。笔者注）期间生活窘迫的诸多细节：王熙凤生命快要走到尽头，躺在床榻上，平儿当着贾琏、熙凤的面，拿一个木匣子（应是平时装钱票、细软之用。笔者注）撒气："……贾琏叫平儿来问道：'奶奶不吃药么？'平儿道：'不吃药。怎么样呢？'贾琏道：'我知道么！你拿柜子上的钥匙来罢。'平儿见贾琏有气，又不敢问，只得出来凤姐耳边说了一声。凤姐不言语，平儿便将一个匣子搁在贾琏那里就走。贾琏道：'有鬼叫你吗！你搁着叫谁拿呢？'平儿忍气打开，取了钥匙开了柜子，便问道：'拿什么？'贾琏道：'咱们有什么吗？'平儿气得哭道：'有话明白说，人死了也愿意！'贾琏道：'还要说么！头里的事是你们闹的。如今老太太的还短了四五千银子，老爷叫我拿公中的地账弄银子，你说有么？外头拉的账不开发使得么？谁叫我应这个名儿！只好把老太太给我的东西折变去罢了。你不依么？'平儿听了，一句不言语，将柜里东西搬出。"这表明贾琏、熙凤一房此时已经是零积蓄、零库存，一贫如洗了。那么贾府呢？更是活着的人赤贫潦倒，连死去的老太太——贾母的后事都"缺了五千两银子"。昔日大富大贵的贾府竟然沦落到了这步田地。随后，王熙凤死去，也是连个像样的丧礼也办不成，引得其兄长王子胜在灵堂现场和贾琏好一番吵闹（见一百一十四回）；王熙凤丧殁之际，贾政正在替母亲——史太君守孝。热孝在身，不便出门，整天在书房里。他和府上往来稠密的清客程日兴道出了肺腑之言。贾政说："家运不好，一连人口死了好些，大老爷和珍大爷又在外头，家计一天难似一天。外头东庄地亩也不知道怎么样，总不得了呀！"又说："……册子上的产业，若是实有还好，生怕有名无实了。"（均见一百一十四回）第一百一十六回，贾政准备启程扶贾母的灵柩回南边之际，他与侄儿贾琏有一番对话。贾琏道："如今的人情过于淡薄。老爷呢，又丁忧，我们老爷呢，又在外头，一时借是借不出来的了。只好拿房地文书出去押去。"贾政道："住的房子是官盖的，那里动得。"贾琏道："住房是不能动的。外头还有几所可以出脱的，等老爷起复后再赎也使得。将来我父亲回来了，倘能也再起用，也好赎的。只是老爷这么大年纪，辛苦这一场，侄儿们心里实不安。"贾政道："老太太的事，是应该的。只要你在家谨慎些，把持定了才好。"贾琏道："……老爷回南……路上短少些，必经过赖尚荣的地方，可也叫他出点力儿。"你看看，贾母灵柩运回故乡金陵时，连安葬费都短缺，不得不向曾是自己家奴的赖大的儿子赖尚荣借钱（此时赖尚荣已入仕宦，放外为官。笔者注）。贾政开口要借五百两，可最终赖尚荣只修书一封送过来，给了白银五十两。弄得贾政又羞又恼，欲哭无泪。

非独贾府一门，贾府的经济危机所产生的次第连带效应，叫"四大家族"中的史、王、薛家族亦如同多米诺骨牌一般刷刷倒下，可谓"六亲同运"。第一百一十四回，在王熙凤病危之际，薛府的宝钗姑娘对贾宝玉的一番倾诉道尽了凄凉：宝钗道："我们家的亲戚只有咱们这里和王家最近。王家没了什么正经人了。咱们家遭了老太太的大事……想起我哥哥（指薛蟠。笔者注）来不免悲伤。况且常打发人家里来要使用，多亏二哥哥（指薛蝌。笔者注）在外头账头儿上讨来应付他的。我听见说城里有几处房子已经典去，还剩了一所在那里，打算着搬去住。"宝玉道："为什么要搬？住在这里你来去也便宜些，若搬远了，你去就要一天了。"宝钗道："虽说是亲戚，倒底各自的稳便些。那里有个一辈子住在亲戚家的呢。"（见一百一十四回）先前是薛姨妈领着薛宝钗、薛蟠一双儿女从金陵地界投奔贾府，现如今贾府落败，只得又到外面求一处安身之所。真所谓"一荣俱荣，一损俱损"！

那么政治上呢？先是贾赦、贾珍世职被革去，标志着"家破"，随后便是连三接四的"人亡"了。林黛玉"潇湘闻鬼哭"、贾母"寿终归地府"、王熙凤"力诎失人心"、鸳鸯"殉主登太虚"、赵姨娘"赵妾赴冥曹"……府中人之死犹如秋风扫落叶一般。

落叶过后更有一场接一场的寒霜苦雨，先是荣国府被家族奴才招引外盗洗劫一空，后是家庙里的女尼妙玉被江洋大盗掳掠，又加上荣府四小姐惜春看破红尘，蓄意带发修行，最是那满府人望的贾宝玉在中了"乡魁"之后，不可思议地披一件猩红斗篷在大雪天里遁离府门，出家而去……

尽管《红楼梦》第一百零七回之后也记有"贾政复职""宝玉中乡魁"的情节，但那只是以"乐景衬哀"的有意手笔，是曹公雪芹有意激起人们对昔日"钟鸣鼎食之家，诗礼簪缨之族"贾府的深切悲悯、追忆和不舍。

贾府落得个政息人亡、树倒猢狲散的悲剧，极具经济批判意义，至少给我们如下警示：

其一，经济的滋生和消亡，自有其自身规律，违背经济规律，脱离经济运行轨道，是注定要付出惨痛代价的。前文里，笔者条分缕析过贾府的经济来源和日常用度，清楚地得出过"收支有限，消费无度"的结论。这种寅吃卯粮、坐吃山空的消费观，"居移气，养移体"的讲排场、竞奢华、比阔气，必将致贾府经济"空心化"。按当下流行语说，贾府的人们——至少贾母、熙凤、王夫人等"经济当局"还缺少早逝的秦可卿的宏观经济思维，缺少对贾府经济常态的认识、把握和掌控，没有能将贾府的生财、理财、消费纳入"常态化"的运行轨道，以致翻车失控，最终经济破败、人亡政息。

其二，贾府的"经济当局"不懂得利用优质资产，不知道流动资金沉淀所造成"不良资产"的极其危害性。

何谓贾府的优质资产？应该是土地，这土地里有私田和庄田（供佃户耕种，收取土租。笔者注）。私田不耕作，庄田不盘点，疏于管理，对租金多少也是一笔糊涂烂账，何以支撑"衣租食税"的偌大家族的主仆人众？当然，由于清初的土地制度限制以及商品经济的不发达，叫贾府王熙凤她们去搞多种经营、承包租赁，农林牧副渔多样并举，甚至去搞房地产开发……那是苛求，是不切实际的事。但至少秦可卿"托梦"中所说的"将祖茔附近多置田庄房舍地亩，以备祭祀供给之费皆出自此处，将家塾亦设于此。合同族中长幼，大家定了则例，日后按房掌管这一年的地亩、钱粮、祭祀、供给之事。如此周流，又无竞争，亦不有典卖诸弊。……"是应该可以做得到的！如此，何至于私田荒芜，坐吃山空？百年贾府又何至于"后手不济"？

所谓不良资产，就是那个最终荒芜凋敝的"大观园"。大观园的投资，严重透支了贾府的财力，掐断了贾府的现金流，重创了贾府的资本造血功能。这一案件用现在的话来说，叫十足的"面子工程"，教训十分惨痛！死要面子活受罪，风光一时痛一生。当下的国营和私营经济里，同样的教训还少吗？

据报载，在上世纪九十年代，在宁夏回族自治区当时有一个陶乐县。县政府债务中，有一笔拖欠的工程款，除办公写字楼等豪华建筑设计工程外，还有园林庄园别墅式建筑、马兰花、兵沟汉墓项目工程款，总金额逾3000万元。在那时，这也是一笔天文数字！在我国目前西部的很多贫困地区，最豪华的楼房往往是政府机关，而这些楼房大都是举债建筑，之所以这么做，就是因为官员们"好大喜功",追求奢华,盲目攀比。经济学家一针见血地指出:"政绩工程和形象工程如果再伴以官员寻租腐败,地方财政想不困难也难。"

这话是针对当下人们说的,说给贾政、贾赦这些热衷于"显摆","打肿脸充胖子"的贾府主子们听听,也振聋发聩。中国传统价值观里有"好大喜功"这个因子,至少我们从《红楼梦》里可以清楚地窥见,贾府不切实际地"迎合主子"的思想行为是传代的、一脉相传的。贾赦、贾政这辈举一府之财力建"大观园",以致家产败尽,其实,他们曾祖父、祖父那辈早早就干上这些事,他们因四次接驾,"别讲银子成了土泥,凭是世上所有的,没有不是堆山塞海的"(见《红楼梦》第十六回赵嬷嬷和凤姐闲吹牛的一番话。笔者注)。其实这是映射曹雪芹家世之事,其曾祖父曹玺是康熙皇帝的包衣奴才,后官至江宁织造。曹玺的儿子曹寅后承袭父职,曾在金陵地界四次接驾南巡的康熙皇帝。曹寅从康熙二十九年(1690年)开始任江宁织造,直到康熙五十一年(1712年)去世,这二十三年,在曹家固然是鼎盛时期,但却埋下了一个极大的祸根——亏空钱粮达数十万两银子之巨。据苏州织造李煦(李的堂妹嫁给曹寅,所以他是曹寅的内兄。笔者注)在曹寅故世之后给康熙的奏折上说,曹寅临终时告诉他,江陵织造衙门历年亏欠钱粮九万余两;又两淮商欠钱粮,曹寅也应完二十三万,两项加起来,达三十二万两之巨。李在另一份奏折中说曹寅亏欠有三十七万三千两。所以曹寅有"无资可赔,无产可变,身虽死目不瞑"的临终遗言。这么多的钱用到哪里去了,多半是用到皇帝身上。

后来,到雍正皇帝即位后,又追查曹、李两家的亏欠,曹頫(曹寅之子。笔者注)在雍正二年正月初还上奏折请求分三年补完亏欠,奏折中有"惟有感泣待罪,只知清补钱粮为重,其余家口孥，虽至饥寒迫切，奴才一切置之度外，在所不顾”等话。可见这时候曹家，为了赔补亏欠，境况已经十分凄惨的了。到雍正五年，雍正下令查封曹頫家产，经当时的江宁织造隋赫德仔细清查，曹家除房屋土地之外，“余则桌椅、床具旧衣零星等件及当票百余张”而已。一个康熙年间声势显赫的钟鸣鼎食之家，落得如此结果和下场，教训何其惨痛！

其三，贾府的“经济当局”沉湎于“人口红利”，殊不知食口众多，冗员沉淀，正是压垮贾府经济巨轮的最后一根稻草。

前文，笔者在论述贾府“经济困境”时，专门统计荣、宁二府的奴仆竟有五百人之多。以每人平均每月月例银一两五钱计，则每年需发放人员工资九千两，倘再加上年终赏钱等福利，则不下万两。一个年支出万两人员工资的家族，按现代成本经济学核算标准：工业企业的工资总额一般占成本总额的比例为5%～10%左右；占营业收入的比重，一般为15%～20%。年支出人员万两工资的贾府（当然贾府不是企业，不好绝对化类比），如果取上述比率的15%计，起码年收入应不少于六七万两。而贾府纯粹是个消费中心，即使有庄田的年租金收入二三十万两左右，除去发工资，贾府还有其他数不清的支出和消费，收支相抵，仍会有缺口。当然，贾府的额外收入也有不少，其中王熙凤的资本运作（放债收入）也不可小觑。但无论怎样，收入与支出的悬殊却是明摆着的事实。收支倒挂，年复一年，正是导致两府亏空难填、寅吃卯粮的主因。

财政赤字如果是明白账还好说，但贾府的“赤字”分明就是一笔糊涂账。贾政、贾赦他们是不明就里的，那贾母呢？王夫人呢？王熙凤呢？她们怕也只是知道个大略，只不过比贾政他们多了一些“入不敷出”的感性认知而已。就说王熙凤吧，尽管她当家主事，有经常挪三借四、拆东墙补西墙的苦痛，但每有难处时，总能拿府里的铜锡家伙、古玩玉器到典当行去典当以渡过难关，加上放债的收入时不时地补充，这便使得她对贾府财政"赤字"既有体会、感知，但又不会去正视面对。

前清的康乾盛世，人口增长极为迅速。康熙六十一年（1722年），全国人口突破了一亿，恢复到宋朝时的人口高峰值；其后五十年，人口总数竟然飙升到三亿。由于人口膨胀，导致耕地不足与粮价上涨等一系列经济、社会矛盾。查阅清史便知，康、雍、乾三朝的统治者并没有得到"人口红利"，相反，倒是吞咽下了流民饥馑、阶级矛盾加剧、社会动荡不居的苦果。

《透过钱眼看中国历史》一书作者波音先生在书中说："人口却是双刃剑，清朝虽然所辖地域广阔，但人口数量的增加总归比耕地面积的增加要快，到了康乾盛世的乾隆皇帝时期，耕地的增加已经十分有限了，而人口却还在不断增加。因为要精耕有限的农田，于是需要更多的劳动力；吃饭的人多了，平均到家庭中每个人头上的口粮变少了。自耕农的家庭经济陷入了恶性循环之中，越来越多的底层人口陷入了绝对贫困化。"

贾府以及类似于贾府的封建士大夫阶层、豪门大户人家，在康雍乾朝政下，恰恰成为吸纳、消化封建王朝的"人口包袱"一族。那些"陷入贫困化"的底层人口依附于这样的豪门大宅，也和其主子一样过上了不从事生产加工、耕作（制作）的纯消费的庄园生活。而且像贾府的不少奴仆那样，世代为奴，举家为奴，这样的国家经济、府宅经济是没有不落败的道理的。

贾府豪门的落败，是大清江山社稷落败的预演和序幕！

当今的治国理政者，当从中汲取深刻的教训！

恰好有一位安徽病友拿出自带的六安瓜片献上，没成想，这位大夫双眉紧蹙，大为不悦："怪不得你血糖一直未降，此茶含糖量高，不宜再饮了！"转而对我曰："你不是红楼迷吗？知道贾母她老人家坚决不冲饮六安瓜片的原因吗，就是因为她也是糖尿病患者。"

薛宝钗服用的"冷香丸"，炮制程序之繁杂，用料之精贵奇巧，令世人咋舌。但从《红楼梦》几个章回的情节来看，薛姑娘服食此药，只是治标而未能治本……原因何在？红学界历来众说纷纭，以至"冷香丸"的真实性和药用价值成为红学的一桩公案。某日，和一位主治大夫谈及这一话题，他一语道破"天机"："冷香丸"在储存上存在问题……

"引子"是中华文化的特色，于药用，于烹饪，于手工制造皆有殊多难以理喻的案例。其实，在中国的政治历史进程中也少不了"引子"的作用……贾府的富贵大厦倒塌、覆灭其实有好几味"臣"药，锦衣军抄家之前，贾府自己抄检一回大观园就是一味关键的药引子，就好比黛玉服用的那味药中不可缺少的死尸头面。

附录一：病中说"红楼"

就是这本书，一位魔鬼与天使的灵魂双重叠加之人写的书，让我自少年时就痴迷难戒；从十五岁到四十五岁，我细细地读过十五遍。近三年我又苦读了不下十遍，乐不可支，又苦不堪言。我爱书中那位善良、多情、没有等级观念的没落贵族少年，又恨那位被皇帝封为"文妙真人"却不谙世事的痴情顽童。我经常把曹雪芹当成贾宝玉来爱，又经常把贾宝玉当作曹雪芹来哭，幽幽暗暗地读进去了，就想走出那崎岖狭长的文字隧道；走出之后又有很多不甘和不舍，就有很多感慨与感悟。于是技痒了，不自量力地想写一本比这本书略薄一些的小册子。说干就干，为此我不惜辞去原有的一份酬劳颇丰的工作，埋头三个月，铺排出了十余万字。其间咯血三次，便血好多次，头晕跌倒于斗室三回，懵懵懂懂地撞到墙面、桌凳五六回。呕心沥血，这四个字我原本不懂；"文章僧命达"，我现在方知！只有几位要好的朋友知道我在干着这玩命的活，但终究能有一个什么样的结果？谁也不敢判定！有时，我躺在医院的病床上想，那未完的几万字怕是要把我余下的命都搭上吧？！

这不，2013年9月3日，我终于再也支撑不住了，被家人送进了深圳龙华一家医院住院。住院期间，我仍心系"红楼梦"，每至深夜，便趁医生护士不备，陆陆续续地在手机屏幕上写出以下这些或许为红学大家们所不屑的文字：

会抽烟的王熙凤

一般说来，病中的人往往最感孤独，也最觉无助，但思维却常常会很活跃，所思考的聚焦点也每每很集中。我爱"红楼"，病中自然也总是神经兮兮地想着"红楼"，如同祥林嫂见人就说儿子被狼叼去似的逢人就说"红楼梦"。因患糖尿病住院，于病床上自然极是无聊，故时时涂鸦，每日手机屏上一二十行三五百字，题曰："病中说红楼。"

首篇说的是：会抽烟的王熙凤。我是一位资深烟民，但自入院起，负责医治我的那位在治疗糖尿病方面很有权威的大夫就不断地斥责我：戒烟，戒烟！我不服，狡辩说，连王熙凤都抽烟哩！大夫不相信，对我说曹雪芹的大著《红楼梦》他也看了很多遍，从未见过有这一说。我随口报出第某某某回，谈及其中大致情节，叫他回去翻一翻书。他颇为不屑，鼻孔哼哼道：如翻找出来有这一说，就允许你抽烟！翌日早晨前来检查病房，这位大夫仁兄就冲我大喊："老张，你先出去抽口烟吧！"哈哈！

贾母是糖尿病患者

还是上文提到的那位严苛的主治大夫，他很喜欢邀请病友到其办公室旁边的小隔间饮茶，他说叫"病友会"，利于查验病人病情、心境；也利于病友间互相交流，互相启发，互相鼓励，共同与病魔作斗争。小隔间的破橱烂柜里什么样的茶都有，这天午间，他便拿出普洱、铁观音、老君眉、英德红茶、台湾高山茶等十余种，让大家选着泡饮。恰好有一位安徽病友拿出自带的六安瓜片献上，没成想，这位大夫双眉紧蹙，大为不悦："怪不得你血糖一直未降，此茶含糖量高，不宜再饮了！"转而对我曰："你不是红楼迷吗？知道贾母她老人家坚决不冲饮六安瓜片的原因吗，就是因为她也是糖尿病患者。"

此语一出，石破天惊。我遂与他大加辨析，不料，这位半生从医的主治大夫一直侃侃而谈，妙语迭出，并且有理有据，令我信之不谬。

聊得兴致陡起之际，这位文、史常识均堪称丰厚的大夫仁兄进而又抖出一令人震惊的高论来，他煞有介事云：长沙"马王堆汉墓女尸"的主人辛追夫人也是十足的甜食爱好者，就是因其某日睡前大量进食甜瓜，才导致糖尿病发作而死的！他还说自己有一次梦中亲手用测糖仪测得这具女尸的血糖含量仍在25以上。

我被他这种浑噩不堪、阴阳不分的混账话侃晕了，血糖"噌"的一下直线往上飙升。

195

储存失效的"冷香丸"

薛宝钗服用的"冷香丸",炮制程序之繁杂,用料之金贵奇巧,令世人咋舌。但从《红楼梦》几个章回的情节来看,薛姑娘服食此药,只是治标而未能治本,以至到后来和宝玉成亲时,身体也不能称得上健硕。原因何在?红学界历来众说纷纭,以至"冷香丸"的真实性和药用价值成为红学的一桩公案。某日,和那位主治大夫谈及这一话题,他一语道破"天机":"冷香丸"在储存上存在问题。斯时根本没有冰箱等冷藏设施,这么难以炮制的贵重药丸由金陵携带至京城,环境大有变化;另外,将此丸放置坛中,埋于梨香院的梨树下,时间一长,焉能不因走气而失效?笔者反驳不了他的论断,便哂之曰:"那么改雨水这日的天落水为霜降之日的霜,小寒之日的雪如何?"此君亦未直接回答,只用手不停地摩挲我所挂之吊瓶上的避光输液器,只见滴水管一如茶色,呈琥珀状,光线不能透也!我顿时明白,这位跨界大夫又在幽幽暗暗地抛出自己的答案了,他就是不明说!

王熙凤治不了当下的医院

我住院期间,这家医院召开一周大部室例会,邀我谈谈贾府的治理,我自然要说到王熙凤。护士长抱怨事多且繁;主任叹自己的职责与收入不对称;护士们纷纷对收入微薄大倒苦水……我既不教育他们要学白求恩,也不向他们推崇南丁格尔,只要他们学中国清代贾府的那位凤姐,每天忙得脚打后脑勺,甚至病倒躺在床上,依然细致周到地为府中的大事小情张罗、谋划。话音未落,便有几位医护人员站起来对我指手画脚了:"王熙凤的收入多高啊,我们每月才拿多少工资呢？"我说："你们错了。"于是我报出凤姐的月例银和年薪，再报出清代初叶的银子与现时人民币的比率，向他们力证凤姐的薪水其实很微薄。众人还是不服，说：王熙凤要交房租？生病要自己出银子？午餐要自己翻口袋叫外卖？我一时语塞，沉吟半晌才嗫嚅道："顺着这个思路，大家不妨想想，大观园里的那帮丫环、女佣，她们每月才一两半两的银子或几百钱，可日子却为何过得有声有色，有滋有味呢？"与会的医护人员正闷头冥思苦想之际，在一楼会议室门口，一位已经被糖尿病折磨得瘫痪了的老者——他堪称医院里有名的"焦大"，坐在轮椅上，又一次扯着嗓门骂开了："要是再不把俺医药费给报了，咱们白刀子进，红刀子出！"

宝玉不屑"牛鬼蛇神"

凡经历"文革"的人，都对"牛鬼蛇神"这个词不陌生。其实，这个词最早就出自贾宝玉之口。牛，是鬼，而蛇则为神。贾宝玉所说的"蛇"是影射"龙"的，"蛇"就是"龙"的替代物，而"龙"，自古以来都是最高统治者的化身。说起来，牛头、马面，这些与平常百姓相近、相伴、相亲、为人熟知的动物，都是"鬼"。所以，鬼人人都认得，而神总与人隔了一层，在高高的云端之上。贾宝玉所说的"牛鬼蛇神"，原意是故弄玄虚，装模作样。

贾府里总有牛鬼蛇神：开夜宴有，祭宗祠更不必说，即便日常起居，请安作揖，吊死问疾，请客吃饭，上香礼佛，抑或清谈逗趣都难免"牛鬼蛇神"，杯弓蛇影，故贾宝玉巴不得一步也不离开大观园。

秦可卿患的是性病

如果有人问，秦可卿患的什么病？一定会有人抢答：妇科病呗！我说，这样的回答太宽泛了。妇科病是个大概念，王熙凤是，甚至多浑虫的媳妇多姑娘得的也是这个病。众多研究者都从张友士给秦可卿开出的那剂药方里看出，秦可卿的妇科问题不小，但那张"益气养荣补脾和肝汤"药方所列名贵中草药凡十六种，如果拿给贾府任何一位妇女服用都不会误事的。因为此方乃通用药方。

由于缺乏针对性，张友士的药方并不对症。秦可卿所患的究竟是哪一类妇科病？我曾拿此方讨教了不下数十位中医、妇科资深大夫，他们都不能断出秦可卿的确切之症来。倒是此番住院期间，我与几位临床大夫共同切磋，一位年轻大夫的论断让我击节感叹。其曰："秦可卿所患乃性病，其病源是与其公爹贾珍长期私通所致。"此论断似乎很有道理，贾珍好色，并且经常到外面冶游，拈花惹草，将性病病毒传给儿媳妇，不是不可能。但我仍有所疑虑地问，为何不是秦可卿的丈夫贾蓉携带的病毒呢？这位年轻大夫很肯定地说：《红楼梦》一书中并未见有笔墨涉及贾蓉的滥情啊，而且贾蓉大抵是性技能不老到者，至少不如其父；另外，"秦可卿淫丧天香楼"这一回中，明显说的是秦可卿与她公公贾珍之间的丑事；焦大所骂的"爬灰"也是指这对男女。噫！斯时医疗条件倘有现时之一半，秦可卿何至于丧殁乎？！

令我感喟的是，一个年轻的医生竟然也对《红楼梦》如此熟稔，并且有自己如此独到的思考，可见此书影响之广、之巨。

王熙凤因求子而经漏血崩

如前文所说，王熙凤患的也是妇科病，那么，王熙凤患的又是哪一类妇科病呢？

经过与各位喜爱《红楼梦》的医护人员共同研究、探讨，我得出一个结论：相比于秦可卿，王熙凤患的倒确实是严格意义上的妇科病，即下红、经漏或血崩。王熙凤经漏之病因缘于小产，是小产后落下的病根。众人皆知，王熙凤和贾琏只生下一个女孩巧姐，乃"财不均，子不匀"的活见证，在"无后为大"的封建社会里，一个妇女不能为夫君生几个儿子，无论其多么善于持家理财，亦乃大不贤大不惠，实为罪过也！何况是在贾府这样的豪门大户。因此，王熙凤求子心切，每每于午间仍承受贾琏之求欢。贾琏求的是性满足，常常要变换姿势，耍出各种花样；而王熙凤一心只为结胎，求的是结果，对过程甚为敷衍。这样的做爱，女方承受的压力是很大的。此外，她还承受着巨大的治家和理财的压力。王熙凤经年累月承受着这方方面面的压力，身心俱疲。试想，在这样的心境之下，她怎么能怀上、怀稳孩子？因而，其频频小产便难以避免。或许她还因求子心切，如果怀的是女婴，又一定要堕掉。于是，小产再加上堕胎，以至经血滴滴答答没完没了，最终形成"血山崩"之症。很多妇产科医生都见过患此病的妇女，一般久病不愈后，做绝育手术便能好利索，或到了更年期则不医自愈。农村的接生婆也常常遇到此类妇女，多来自家境殷实的大户人家。但由于延续香火子嗣的压力，活一天便要拼力地生产下去，以致十有八九终于送命。

如果王熙凤不再非要生儿子，得以上环，结扎，或可不至于是"休"字上身，哭向金陵焉！

黛玉药方需用死尸头面

中医用药讲究"君臣佐使"。"君"药（起主要作用之药。笔者注）固然重要，但作为"佐使"药的"药引子"也不可小视。《红楼梦》有一回记述了贾母、王夫人、熙凤、宝玉几个晚饭后说起一味可治黛玉内症的药，竟然需要古墓里富贵人家女子装裹的头面（碾成粉末。笔者注）作药引子，想想就觉得恐怖、恶心，但其实这并不荒谬，应视为可信。

我幼小时因患痢疾，无钱医治，就曾多次按母亲要求喝过邻家大铁锅底下的黑铁垢（是将铁锅垢放入从本村山上采集的几种草药里煮熬）。现在我才知道，原来那铁垢是大有功效的"药引子"。大学期间，不经意在图书馆看到一本闲书上记载，某朝某代有一位御厨，做得一手好菜，皇帝老儿餐餐都离不了他，而这位御厨所做的一道滋味绝美的汤羹里竟一定不能少了他擤下的鼻涕。难怪他的厨艺别人学不到手，也仿冒不得了，原来这汤引子如此独家啊。"引子"是中华文化的特色，于药用，于烹饪，于手工制造皆有诸多难以理喻的案例。

贾府的富贵大厦倒塌、覆灭其实有好几味"君"药和"臣"药，但都离不开锦衣军抄家前贾府自己抄检一回大观园那一味关键的药引子，这就好比黛玉服用的那味药中不可缺少的死尸头面一样。

贾元春死于心血管疾病

贾元春是贾政与王夫人生的长女，是贾家的大小姐，也是贾宝玉同父同母的亲姐姐。她凭借"贤孝才德"被选入宫中，最初是被封为"女史"，不久，便晋升为"凤藻宫尚书"，加封"贤德妃"，成为贾府一门的显贵与荣耀。

但她却命贵而寿殇。入宫二十年间，在皇帝圣眷正隆时即一命呜呼。元妃究竟患的是什么病，书中未予点明。但从字里行间依稀可辨，元妃患的是心血管疾病。元妃体态丰腴，按现在的话来说，就是体重超标；加之又有支气管炎（贾府一门女儿家——元春的姑姑贾敏，甚至姑表妹黛玉、姨表妹宝钗等，都无一幸免地患有先天不足之内症。笔者注）；又久居深宫，不运动，养移体，所以，我认为她一定是心脏出了问题，冠心病的可能性最大。

《红楼梦》第九十五回中，记述元妃平日里即"身体发福""举动费力""每日起居劳乏"，"前日侍宴回宫，偶沾寒气，勾起旧疾"。而当病发时"痰气雍塞，四肢厥冷"，没一会儿工夫就断气了。上述文字，仁者见仁，智者见智。我的一位酷爱《红楼梦》的朋友，据此文字判断说，元妃患的是肺气肿和支气管炎并发症。我并不同意他的这一说法，我认为那只是表象和显征，元妃的病根子还在心血管疾病上。另外，猝死最符合冠心病的特征，也许，说元妃死于心肌梗死可能更为确切。

元妃生在立春之日，故名为"元春"，其死于四十二年后的"立春"。故曰早春胜于严冬，很多心血管疾病的人都知道防冬日或一日之午夜时分，竟不知防早春二月。因而，元妃之死的时令之疏忽和忌讳，须当记取焉！

顺带说一说《红楼梦》对贾元春的判词，这也与她的死有关。其判词曰：二十年来辨是非，榴花开处照宫闱。三春争及初春景，虎兔相逢大梦归。

对上述四句判词，限于篇幅，这里不作详解，只是那"虎兔"，我认为绝非某些红学家固执地坚持认定的"虎兕"二字，因为贾妃死于寅（虎）卯（兔）两年之交的立春时日，乃铁的事实。

贾敬与雍正死因相同

《红楼梦》的确是捡拾清朝初期康（熙）雍（正）乾（隆）三朝的政事、世事说故事的，按索隐考据派之说，当中许多情节或为三朝之实录，或为三朝实事的铺延和引申。在此，我也补充一说，即贾敬之死有雍正之死的影子，贾敬之癖好乃雍正之癖好的翻版，而贾敬与雍正的死因也是相同的。

先说前半句，贾敬之死有雍正之死的影子。《红楼梦》中，贾敬抛下所有家业、家事，一心痴迷于炼丹，祈求长生不老，最终死于过量服食丹药；现实中，据《雍正朝起居注》记载，雍正是在雍正十三年（1735年）八月归天的。雍正去世前几天，还在照常办公，这说明他的身体还不错。可是，到八月二十二日晚上，便突然得了重病，匆忙宣布传位给皇四子弘历。第二天，就在圆明园咽气了，年仅五十七岁。那么，雍正究竟是怎么死的？随着清宫档案被发现，越来越多的证据显示：雍正是吃丹药中毒致死的。

清朝的雍正，可以说是中国历史上最后一位迷恋丹药的皇帝。雍正喜欢炼丹，由来已久。早在做皇子时，他就对丹药产生了浓厚兴趣，曾赋诗一首："铅砂和药物，松柏绕云坛。炉运阴阳火，功兼内外丹。"登上大位后，雍正极力推崇金丹派南宗祖师张伯端，封他为"大慈圆通禅仙紫阳真人"，命他"发明金丹之要"。从雍正四年（1726年）开始，雍正便经常服用他炼制的一种叫做"既济丹"的丹药，还把它赏赐给鄂尔泰、田文镜等一些宠臣。雍正八年（1730年）春天，雍正生了一场大病。为了治病，他命令内外百官大规模地访求名医、术士。为此，他分别给田文镜、李卫、鄂尔泰等一大批封疆大吏发去一份"积极寻找会修养性命的道家术士"的上谕。随即，各地官员就展开了一场全国性的"大寻访"行动。这不，河南道士贾士芳应召入宫。贾士芳是如何进宫的？正是雍正面前的"大红人"、浙江总督李卫推荐的。这个贾士芳，本是北京白云观的道士，后来浪迹河南，远近闻名，素有"贾神仙"之称。他是雍正八年（1730年）七月进京，开始为皇上治病，竟然颇见疗效，所以雍正十分高兴，除大肆表扬李卫外，还称赞贾士芳这位"野道士"为"异人"。但颇具讽刺意味的是，这位"异人"却并非长寿之人，很快就死了。

贾士芳死后，雍正并没有对道士们失去信任，反而变本加厉，在皇宫里与道士们打得火热。据清宫档案记载，雍正在御花园建了几间房子，专门给道士娄近垣等人居住，以便随时请他们祈祷修炼。道士们尽心尽力为雍正修炼"仙丹"，好使其"长生不老"。可雍正皇帝最终还是没能"长寿"，只五十七岁便死于丹药中毒，一命呜呼。

回头再说贾敬这个人物，实在是《红楼梦》中可有可无的角色，他除了是宁国府一门的长房儿子，和荣国府贾赦、贾政同辈，须作必要交待的原因之外，实在看不出他有什么笔墨绕不开的道理，其人既无高言，亦无大德，与故事情节展开更无多大关碍。曹雪芹之所以写到这个人物，恐怕多少与讽喻雍正皇帝有关吧。而细细考量贾敬这个角色在书中的存在价值，就是其死因与雍正之死分外相像而已。

贾府被抄没，以致人丁风流云散，这是贾宝玉的家事，也是曹雪芹的家事。这在曹雪芹（即贾宝玉之原型。笔者注）心中烙下了多么深厚的仇恨印记呢，此其一；其二，雍正得皇位来路不正，在野史和坊间有很多传闻，铲之不尽，驱之不散，这对崇奉正统主流民意的文人来说，在文章中虚构一个人物对其加以讽喻是一种发泄，一种快慰，曹雪芹皓首穷经以求名达之皇皇巨著自然是不能不对有着诸多无德之行的雍正加以附会、演绎甚至嘲讽的。因此，便有了将贾府之贾敬这个人物形之于笔墨的曲意，"贾敬"之名乃"假意敬之"之意。

雍正故作崇高，不合群，厌俗套，一心礼佛炼丹，这些特点，都在贾敬这个人物身上体现出来了。尽管书中对贾敬的笔墨实在有限，但都无一例外地符合其上述性格特点，这正是曹雪芹的匠心。这里就不再逐条逐句详加分析。

再说说贾敬之癖好和病患，简直就和雍正一个模子所出。可以说，如没有雍正的存在，就绝没有贾敬之形显世。雍正任亲王时即痴迷于礼佛炼丹，乃至后来又转信奉道教，对道家玄学孜孜以求，尤其登上皇位后更是分外热衷于尝汞炼丹，求仙诣道，以致减寝废食，最终因尝食汞丹中毒而暴毙。这些都是如上文所提到的正史上记载的事实。

贾敬呢，竟与雍正毫无二致。《红楼梦》中第六十三回写贾敬暴亡："好好的并无疾病，怎么就没了？"进而交待"素知贾敬导气之术……更至参星礼斗，守庚中，服灵砂，过于劳神费力"。又述贾敬死状为："肚中坚硬似铁，而皮嘴唇烧的紫绛皱裂"，原因是"系玄教中吞金服砂，烧胀而殁"。曹雪芹于此曲笔更是用了不少揶揄嘲弄之词：什么"天天修炼，定是功德圆满，升仙去了"，什么"总属荒诞""妄作虚为"，更通过书中众道士之口评判："也曾劝说，功行未到，且服不得，不承望老爷子（即贾敬。笔者注）于今夜守庚申时悄悄的服了下去，便升仙了。"

贾敬暴死的这些原因、症状，以及众人对这种死法的评价，可以说，与雍正之死的传闻毫无二致，你能说曹雪芹不是以贾敬影射雍正吗？也难怪后世和珅之流见到《石头记》（《红楼梦》最初的书名。笔者注）一书中诸多笔墨仿佛自己的亲身经历，就认定《石头记》所记载的简直是清朝的反动文人查嗣庭、曾静等人的余毒、幽灵不散，所以，他们不对《石头记》恶狠狠地加以删改、砍削，甚至禁止刊印，那才怪哩！这大略也就是今天的《红楼梦》一书残缺不全、留有无数不解之谜的原因之一了！

　　说到炼丹养生，猛然想到当下，养生修炼之风日甚，无论达官贵人还是平民百姓，都热衷于"补"和"进"，生吞活剥，不计后果，由此生发出多少荒唐古怪之事来。在此，奉劝那些痴男信女，平日里不妨多看看《红楼梦》，可千万别学贾敬那糊涂老头误服丹药而丧了身家性命。

《红楼梦》是一部伟大的现实主义力作，对豪门府邸凡俗生活的描写细腻生动，让人深切感受到人间烟火的浓酽和稠密。书中多次写到饮食，写到吃的场面，使人如临其境，如沐春风。

《红楼梦》描写的饮食，都与人物的身份、性格以及文化素养有很大关系。

《红楼梦》描写的饮食，以群宴、众乐为主，独食的往往简笔记之，大都语焉不详，反映出贾府主仆关系的融洽。贾府主人重视群膳，分享，重视餐叙和沟通，以贾母最为代表。这种府第饮食文化，在中国封建社会的大家族里非常具有典型性。它是中国儒家文化在饮食起居里的渗透和反映，具有重要的借鉴意义。

附录二：贾府食谱

　　《红楼梦》是一部伟大的现实主义力作，对豪门府邸凡俗生活的描写细腻生动，让人深切感受到人间烟火的浓酽和稠密。书中多次写到饮食，写到吃的场面，使人如临其境，如沐春风。真难以想象，曹雪芹先生在经历人生最灰暗的阶段——曹家落败后，飘零京郊，"举家食粥"之际，守着孤灯，于辘辘饥肠中，呕心沥血地撰写那一部《红楼梦》，追忆青少年时期在"钟鸣鼎食"的大家族里，过着"食不厌精，脍不厌细"的锦衣玉食的生活时光，对那些佳肴、果馔，那些过生日、开宴席的食肆活动，那么精深而博大的饮食文化进行不厌其烦地记述和描写，究竟想表达他内衷怎样的感受，传导他怎样的追求和寄托？

　　《红楼梦》描写的饮食，都与人物的身份、性格以及文化素养有很大关系。如王熙凤，就是摆布、摆阔，给人的是一副颐指气使的做派。如第六回写刘姥姥初到贾府，见到王熙凤用膳的场景：又见两三个妇人，都捧着大漆捧盒，进这边来等候。听得那边说了声"摆饭"，渐渐的人才散出，只有伺候端菜的几个人。半日鸦雀不闻之后，忽见二人抬了一张炕桌来，放在这边炕上，桌上碗盘森列，仍是满满的鱼肉在内，不过略动了几样。……王熙凤是贾府东、西两院的大管家，瞧她这用膳的阔绰和做派简直就和皇帝老儿、贵妃娘娘没什么两样。

贾母她老人家喜欢吃甜的、软的、化的、酥的东西，而且量要少还要特别精细，贾母讲究的是雅致，符合她一贯秉持的"居移气，养移体"的养生主张。如第四十三回就写她因疲惫劳顿偶尔消化不良时，想吃野鸡崽肉块，而且要切成小块用油煎炸后食用，这"咸浸浸的"嫩肉块配喝稀饭用，很对贾母她老人家的胃口。

《红楼梦》描写的饮食，以群宴、众乐为主，独食的往往简笔记之，大都语焉不详，反映出贾府主仆关系的融洽。贾府主人重视群膳，分享；重视餐叙和沟通，以贾母最为代表。这种府第饮食文化，在中国封建社会的大家族里非常具有典型性。它是中国儒家文化在饮食起居里的渗透和反映，具有重要的借鉴意义。

此外，《红楼梦》的"饮食文化"真正做到了"饮食"和"文化"的统一，书中每每记述的饮食聚餐都配有联句、和诗、猜谜、射覆游戏等文体活动。这除了从美学上让人赏心悦目之外，从养生学的角度看，这样的饮食习惯确实利于人们餐聚时能最大限度地情感投入，利于充分享受美食，也利于消化吸收。

可以说，《红楼梦》是中国饮食文化的集大成者，那些有名符、有确切称谓的菜名、食谱，有确切时令、场景的聚餐活动令人赏心悦目；而那些笼统的、含糊的，有意语焉不详的佳肴和雅集同样令人追根求源，遐想万千。此外，尽管贾府是位列王公侯

门的富裕门第，但书中的人们，不论主子和下人对"食物"都非常吝惜，绝非初读此书的人们所留下的暴殄天物的印象……

所有这些，都值得当下的人们好好研究和借鉴。

笔者细读《红楼梦》，深深为书中贾府人们日常饮食起居的诸多细节所吸引，尤其是对他们所"饮"所"食"的东西特别感兴趣，特挖掘、整理出《贾府食谱》，希望对当今的人们，尤其是餐饮服务业有所帮助。

一、饮料、茶及汤羹

【群芳髓】茶之香料，用诸名山胜境初生异卉之精，合各种宝林珠树之油所制。此群芳髓，虽为曹雪芹杜撰，但仙凡之间本就相通无隔，坊间、酒肆、餐饮公司等尽可以试制研发。

【千红一窟】茶名。曹雪芹杜撰之茶，出自放春山遣香洞，以仙花灵叶上所带的宿露烹制而成。

以上均见第五回。

【酸梅汤、木樨清露、玫瑰清露】都是宝玉被贾政毒打之后，卧床养伤时所饮之物。盖因宝玉被茶挞于仲夏时节，加之皮肉灼痛之苦后饮之为宜吧。见第三十四回。

【莲叶羹】同是宝玉被贾政毒打之后所食之汤羹，炮制很繁杂，最能体现贾府精细雅致的饮食文化。见第三十五回。

【火腿鲜笋汤】见第五十八回。

【虾丸鸡皮汤】见第六十二回。

【枫露茶】宝玉爱喝的一种茶。有一天其奶妈李嬷嬷未经同意喝了此茶，令宝玉大为光火，气得摔茶碗以发泄心中的不满。见第九回。

【杏仁茶】贾府自家配制，系药茶，有润肺、消食、散气之功效。贾母最爱喝。见第五十四回。

【老君眉】贾母嗜饮的一种茶，产于南方。见第四十一回。

【六安瓜片】产自安徽六安大别山一带，明始称"六安瓜片"。妙玉庵堂里待客的一种茶。见第四十一回。

【妙玉"体己茶"】妙玉自制茶。第四十一回里，记述妙玉用此茶招待宝玉、黛玉、宝钗他们几个。

【女儿茶】第六十三回，宝玉过生日那晚，查上夜的林之孝家的吩咐袭人给宝玉泡的一种普洱茶，系普洱茶里的珍品。贾府主人们常饮用。

【燕窝汤】林黛玉秋天犯哮喘，用燕窝加结粉梅片雪花洋糖煮成汁状服之。见第四十五回。

【惠泉酒】贾琏、熙凤夫妇喜欢饮的一种产于姑苏一带的酒，是花雕、加饭酒抑或米酒、白酒，无从查考。见第十六回。

二、菜肴、点心及主食

【尤鹅掌】因贾珍老婆尤氏擅做此菜，故笔者取名为"尤鹅掌"或"珍鹅掌"，系卤制抑或红焖，书中记载不详。见第八回。

【海棠螃蟹】因海棠社诸位食用，故笔者取名"海棠螃蟹"。见第三十八回。

宴请刘姥姥食谱（计二菜四点心）

【茄鲞】贾母宴请乡野村姑刘姥姥席上的一道名菜，制作繁杂，烹制讲究，此菜最能说明贾府菜肴秉持"炮制虽繁必不敢省人工，品味虽贵必不敢减物力"的古训。

【姥姥鸽蛋】刘姥姥误认是小巧的鸡蛋，其实是大一点的鸽蛋。据王熙凤说"要一两银子一个呢"。

【藕粉桂糖糕】点心。

【松穰鹅油卷】点心。

【小饺子（一寸大小）】点心。

【奶油炸面果】点心。

以上均见第四十回。

贾母常用食谱（四样）

【面筋豆腐】

【椒油纯齑酱】

【鸡髓笋】

【红稻米饭】

以上均见第七十五回。

【王夫人斋饭】王夫人系吃斋念佛之人，故爱吃斋饭，此饭当为素食。见第二十八回。

【贾宝玉口述之"八宝粥"】米、豆、红枣、栗子、花生、菱角、香芋。但宝玉所述食材少了一种，今人可随自己口味和乡俗，任意添加一样即可。见第十九回。

【五香大头菜】病怏怏的黛玉爱吃稀饭，总要配以"五香大头菜"。此菜系南方产，做法为腌制，拌以麻油、醋之类调料。见第八十七回。

【翡翠羽衣】这是作家李国文在其《曹雪芹写吃》一文中给命的名，实际上就是一道溜黄瓜的菜。不过这黄瓜须特别嫩的，而且刀工了得。第六十回，宝玉派芳官向厨房中的柳家媳妇说："柳婶子，宝二爷说了，晚饭的素菜，要一样凉凉的酸酸的东西，只不要搁上香油弄腻了。"

【火腿肘子】见第十六回。

【油炸骨头】见第八十二回。这道菜的特点是脆香酥甜，是薛蟠之妻金桂的爱吃之物。

【面筋】见第六十一回。

【酱萝卜炸儿】见第六十一回。

【银丝挂面】见第六十二回。

【酒酿蒸鸭】见第六十二回。

【贾府自制酸汤】见第六十二回。系史湘云酒醉后所服用，具有醒酒作用。

【野鸡崽子汤】见第四十三回。贾母陪同刘姥姥逛大观园，偶感风寒，加上劳累，身子不适。后经看御医，调养两日就好些了，嘴馋，想吃野鸡崽子炖的汤。

【煎炸野鸡崽子块】同上。

【红菱鸡头果】见第三十七回。

【栗粉糕】见第三十七回。此糕须配以桂花糖蒸制。

【绿豆面子】见第三十八回。须配以桂花蕊熏制。

薛蟠生日菜谱（计有食材四种）

【粗长鲜藕】以此藕炖香薰的暹猪肉。

【灵柏香薰的暹猪】配以粗长鲜藕红烧焖制。

【清蒸鲟鱼】以新鲜的鲟鱼为主料。

【西瓜清汤】以新鲜的西瓜瓤壁为主料。

以上均见第二十六回。

【糖蒸酥酪】贾妃游幸大观园回宫后，赐给贾府一道食物，袭人最爱此食物。见第十九回。

冬日雅集宴"三绝"（三样）

【牛乳蒸羊羔】

【影鸡爪蕭】

【新鲜鹿肉】

此三道菜系贾府爱诗的少男少女在冬日雅集上的食材，最为雅绝。均见第六十二回。

【酒酿清蒸鸭】

【胭脂鹅脯】

【奶油松瓤卷酥】

以上均见第六十二回。

【酸笋鸡皮汤】薛姨妈做给贾宝玉的酒后汤羹，见第八回。

【碧梗粥】薛姨妈做给贾宝玉的酒后开胃粥，见第八回。

【卤鸭信】宝玉在薛姨妈处便饭所用。鸭信，即鸭舌，煮熟，用香糟卤汁浸泡，入味后，便是一道美味冷盘。见第八回。

【菱粉糕】见第三十九回。贾府为奶奶姑娘们做的日常食物。

【鸡油卷儿】见第三十九回。贾府给奶奶姑娘们做的日常食物。

红尘中的追"梦"人（代跋）

张秀枫

张麒经常使人猝不及防，带来惊诧或者惊喜。

张麒供职于深圳一家财经媒体时，担纲编辑部主任，与我是同事。在繁忙的编辑事务之余，他每月总有几篇文章在刊物面世。独特的视角，新鲜的话题，严谨的结构和行云流水的语言表达，使其拥有众多的读者，编辑部的同仁们在评刊会上也不断地点赞。

有一天我浏览一张大报，在《文化星空》栏目里突然读到张麒的一篇古诗鉴赏随笔《等待的温暖》，文章从红尘万丈、浮躁轻佻的现实切入，为读者展现了"有约不来过夜半，闲敲棋子落灯花"遥远而迷人的意境，安详、平和、宁静、超然与孤独感弥漫在字里行间。传统文化中浓得化不开的友谊和无边的恬淡令人神往，引人遐思。我体会到了温暖的重量。

类似的文章隔三岔五地见诸报刊，不但惟陈言之务去，而且总能翻出新意，静止着的凝重和流动着的灵秀兼具，而且收官于当下，适合疲惫的灵魂栖息并且得到传统文化的滋养。张麒的文笔渐次精进。

我有时感慨张麒的人生选择，在权力和金钱狂欢的社会里，人们都急红了眼，争抢着奔向那块叫作"成功"的骨头，而他却

213

醉心于古典诗词，文雅得有点"另类"。这个世界喧嚣而躁动，张麒却不为所动。我尊重这样的"另类"。

张麒是安徽人，"文革"后的大学生，早些年在当地的一家报社任职，后来"抛家舍业"做了时代的弄潮儿，来到深圳经济特区却仍做传媒的老本行。他敬业爱岗，工作努力，单位的领导常常引用柯岩的一句诗"夜晚的灯光连着黎明的曙光"来形容他的勤奋。"下笔千言，倚马可待"或许只是传说，我相信成功的花朵都是辛勤的汗水浇灌的。这样的汗水折射着太阳的七彩之光。

张麒人缘好，这是真诚和善良的回报。单位聘任了几位年轻的记者，由于一时没有办好就餐卡，每到中午张麒就领着她们去机关食堂并且为她们埋单。热情的关照和友善，使女孩子们尝到了初涉社会的温暖。她们虽然还保持着应有的矜持，但却甜美而干净地称呼张麒为张哥。这时，我发现，张麒那张国字形脸庞绽放出了喜悦的笑容。

张麒工作认真负责，开会时也是一副严肃而郑重的表情，使我这种随随便便的人每每也严肃郑重起来。这或是一种职场的姿态，也是一种人生的姿态。

有一次单位到东莞的一家度假村与企业联欢，饭后自然是唱卡拉ok。我以为这是年轻人的天下，我等喝茶聊天凑个热闹好了。后来年轻人把张麒推到了前面，他虽在盛年但也早已告别了青葱岁月，然而当他仍然严肃而郑重地拿起话筒，引吭高歌了一曲"滚滚长江东逝水"。浑厚的旋律，金属般的嗓音，使闹哄哄的大厅肃静下来，张麒收获了热烈而由衷的掌声。我再次惊诧了，不知他还藏有多少"绝活"。

张麒善饮，为人也有亲和力。我当时是与安静为邻与寂寞为伍，在漫长的异乡生活的光阴里总得找些高兴事儿借以驱寒，于是与张麒来往稠密。

我们常去一家叫作"陇上坊"的小店，因为它装饰有木格子窗户，桌椅也都是仿古样式，坐在二楼的窗前，俯瞰马路上的红男绿女，不知今夕是何夕，张麒总是喜上眉梢地说：恍惚置身于《水浒》之中啊。张麒是一个讲究格调而且享受格调的人。

后来得知就在他从内陆来深圳的这几年一直在潜心研读中国四大古典文学名著，尤其是《红楼梦》，据说"正读第十遍"，而且萌发要写一本阐释《红楼梦》经济意义的书。

在单位里诸事纷披，又处于眉眼高低之下，总要有所释怀。香烟袅袅，率性而饮，或臧否古今，或撒豆成兵，或物我两忘，或笑傲江湖，有时开心得一塌糊涂像个二百五，有时又被汹涌而来的感伤弄得毫无厘头。斟酌处，便是一生。于是幸福感便迤逦而来。没有任何功利目的纯粹的喝酒，才是一种享受。

张麒酒风甚好，颇有大将风度。记得是一个盛夏，下班后我和张麒并同事赵君，买了两瓶北大仓直奔陇上坊。二楼窗前坐定，小菜三两盘，自备花生米若干，一直喝到灯火阑珊，小店除我们一桌外均已人去楼空，可是我等却酒兴正酣，不好意思再在此处淹滞，于是"打的"至八卦岭，那里的大排档才是不夜城。"腰缠十万贯，骑鹤下扬州"啊！

"白"改"啤"远比国家的经济转型来得容易，黄色的泡沫在玻璃杯中芬芳四溢，真是挡不住的魅惑，于是舌粲莲花，意兴遄飞，不知不觉之中我与张麒俱已坠入"无差别境界"。好在赵君理性，想是极其困难地劝住了我俩，又极其困难地将我俩拉出

了大排档。此时已是子夜时分，我们跟跟跄跄地站在空空荡荡的红荔路上，只觉万马奔腾，却又混沌迷茫、不知所以。但即便处于这样的懵懂状态，张麒仍不忘唠叨起他迷恋的《红楼梦》来，而且嚷嚷这一顿饭又花了多少银子（记忆中好像很少听他说过"多少钱"这个词）。

后来张麒到另一家公司高就，偶尔也能相聚，但再也不是陇上坊了。比较隆重的一次是，他的老师从安徽来，他请了两桌朋友在一家徽菜馆为其接风。张麒热情有加，彬彬有礼，极尽弟子和"地主"之谊。当然，举座为之喝彩的还是他席间演绎的《红楼梦》。

比交友和喝酒更令张麒着迷并持之以恒的是读书和写作。早些年他曾创作过诗歌和散文，与皖籍作家群也相当熟稔。近些年在深圳打拼，写诗已变成了一种奢侈，但他的心灵和生活却不乏诗意。他酷爱中国古典文学，特别是《红楼梦》，他已陆陆续续反复阅读了几十遍，有一种近乎宗教般的执著。2014年春天一个阳光和煦的上午，当他将厚厚的一大摞打印好的《红楼梦经济学》书稿送给我时，我已不是惊诧而是惊喜了。

《红楼梦》是中国古典文学的巅峰之作，也是人类文明史上的无价瑰宝，毛泽东称其为"中国封建社会的百科全书"，当是极具概括意义的中肯之论。进入新时期之后，中国的经济快速发展，民富国强成了人们的共同诉求。在崭新的时间节点上，从经济的角度来解读这样一部伟大的文学名著，无疑是很有意思也是很有价值的。书稿不但对"红学"和中国古典文学的研究增添了新的视角，其现实的启示意义更不容忽视。张麒对博大精深的《红楼梦》浸润多年，吃得透，想得深，文字里蕴藏着古典的魅力和现实的智慧。书稿架构清晰，行文饱满流畅，是一部厚重好读之作。然而，人无完人，事无万全。对经济学肌理的深入阐述，对人物性格和经济的逻辑关联等方面，书稿或有提升之空间。

我的人生糊涂而业余，不明不白地就混到了一大把年纪，却也从不矫情地慨叹什么"时间都到哪儿去了"，可谓没心没肺，毫无"文艺"可言。但我希望张麒在未来的时日里，百尺竿头，更上层楼。不被世俗的欲望所裹挟和绑架，面对自己真实的内心，对美持有永久的饥饿感，对文学葆有热爱之情，对生命怀有敬重和悲悯。千古文章未尽才，创造之路无穷期。文学不易，人生亦不易，且行且珍惜。

（作者为中国作家协会会员、时代文艺出版社原总编辑）

后 记

《红楼梦》里大有经济

"（红楼梦）单是命意，就因读者的眼光而有种种：经学家看见《易》，道学家看见淫，才子看见缠绵，革命家看见排满，流言家看见宫闱秘事。"这是鲁迅先生论述《红楼梦》的一段名言，被广泛引用，流传甚广。但一部《红楼梦》就仅仅看到以上这些？就不会看到别的什么？我就分明看到了经济，通篇的经济数字，满纸的经济情节。因为我缺少"红学家""经济学家"这些响当当的名头，所以，一当我发现《红楼梦》里大有经济，进而提出"红楼梦是一部经济大书"的观点时，身边的人的第一反应是十分的不屑，说我在故弄玄虚；一些所谓研究"红学"的人士几乎众口一词，他们瞪圆眼睛，说我在胡闹和搅局。我不想争辩什么，因为社会上的人们对"红楼梦究竟是什么"成见太深，红学家们约定俗成，对《红楼梦》除了已经说过了的，不能再说二样。其实《红楼梦》演绎了什么，描写了什么，批判了什么，表达了作者什么样的诉求，寄托了作者何种向往，等等，这些都可以见仁见智。但《红楼梦》记载了经济，关注过民生，摊开了贾府的账簿，表达了居家不易、收支难以平衡的焦虑和纠结，却是不争的事实。如果读者读到敝著中的《贾府的经济来源和日常运转》《贾府的"难处"》等章节，读到"海棠社"缺少资金，"大观园"投资失败，王熙凤千难万难从事资本运作，贾探春尝试大观园土地承包……这些情节，自然就不会一个劲地将眼睛只盯在"宝黛之恋""贾琏偷娶""贾赦买妾""秦钟偷情"这些儿女私情的事情上了。毛泽东同志早就说过："《金瓶梅》是反映当时经济情况的，是《红楼梦》的老祖宗。"足以说明他认为《红楼梦》的实质其实是反映那个时候的社会经济状况的。

近年来，不少学人都对《红楼梦》越来越被妖魔化，被一些研究者过度考据和假设说"不"，如学者柯岚就指出："《红楼梦》是一部自然主义杰作。那班猜谜的红学大家不晓得《红楼梦》的真价值正在这平淡无奇的自然主义的上面，所以他们偏要绞尽心血去猜那想入非非的笨谜，偏要用尽心思去替《红楼梦》加上一些极不自然的解释。"（见柯岚《下凡的〈红楼梦〉与不下凡的启蒙》一文）的确，《红楼梦》平实得很，好懂得很，作者曹雪芹只老老实实地、"自然主义"地描写了一个大家府第的日常生活现状，写出了家族各成员的经济、社会交往和生存的挣扎，写出了贾府由盛到衰的全过程。《红楼梦》没那么玄虚，没那么"牛鬼蛇神"。但为何这部书自刊行以来却有那么多说道，那么多争执，被掺杂了那么多噱头，衍生出那么多凭空的假设呢？原因就在于很多人不正视文本，不注重阅读著作本身，即便阅读了也是先入为主，并非是"独立地阅读"。

我是从少年的时候就开始阅读《红楼梦》的，那还是初中二年级下学期，我从别的同学的手里读到大概只有十几页、几十页纸页发黄发脆的书卷，也不知是什么版本，甚至不知道叫《红楼梦》这个书名。但我看到了贾宝玉和林黛玉这几个人名。我承认，看到了宝玉和袭人"偷试"的情节叙述，还和几位男同学悄悄议论过。殊不知，就为这，我平生第一次受到"记大过"（差点被开除）处分，在全年级做了深刻检查，对自己偷看"黄色书"忏悔不已。但做过一次"贼"后只要没被打死，就总是贼心不改，后来我又偷偷看了几次《红楼梦》，而且比第一次看到的章回要全，书页也厚得多，记得是在高中快毕业那年的春节期间，因而就对贾母听完戏后命人撒钱，秦钟得到两个状元及第"小金锞子"，贾珍主持分年货这些情节特别留意，感兴趣，对宝玉有那么多亲戚女眷产生羡慕，对贾府那么多人口、有那么多钱花，感到不可理解。及至大学求学、参加工作后，我仍然离不开《红楼梦》，且因为生活阅历的增多，生活领域的拓展，我审美的趣味更在经济这一层面：我总是把"寡妇失业"的李纨当作我那位表嫂来尊敬和同情，总把"居移气、养移体"的贾母当作我逝去多年的外婆看；我更怕看到抄家的场面，因为我在省城里的一房骤然发家的亲戚家就是在一个深夜里被毫无征兆地"抄没"，那是在二十世纪九十年代中期，"罪名"是"违例"炒股。我还在书中看到我自己少年时的影子，我就是那贾芸，一个寒冷的冬天，冰天雪地，我衔母亲之命到一位远房的亲戚家借学费钱未果；还想起中年来深圳后一段时间因患严重腰椎病歇岗呆在家，躺在床上写《红楼梦经济学》时，抽屉里只有几张百元钞票外加几张十元、五元和几个硬币。所以顿顿只吃面条，不敢到街上去，不敢接朋友的电话，不敢赴安徽老乡的饭局。所以，我觉得我特别能理解曹雪芹写这本书的真实用意，绝非只那么"小资"，大抵谈谈情感，而是把"生活不易""大有大的难处"，每个人有每个人的难处、每一家有每一家的辛酸藏在文字的深处，藏得严严实实的。

曹雪芹也像我一样挨过饿，揭不开锅，但他比我勇敢，比我冷静，比我庄严。你瞧瞧他写了那么多的吃场，那么多的美味佳肴，写了那么多热闹浮华的场面，要知道那时他已流落在京城的郊外，正处在落魄的时候，在饥肠辘辘的时分啊！他为什么有如此的定力？有如此的胸襟？他著述这本书又想演示什么，想告诉我们什么样的生活道理呢？我至今仍然吃不透，我还在研究，但这就不仅仅是经济学一门学科的事了。好在深圳是一个创新的地方，它鼓励创意，推动开拓，给学术和各行各业提供"创新"的空间，而且把陈陈相因和抱残守缺的通道堵得死死的，这便为《红楼梦》的研究搭起了更为宽广的平台。近年来，我在深圳、广东省的不少新闻界、学术界的朋友，还有不少"草根"研究者也纷纷加入了"红楼梦经济研究"的行列，用他们的话来说：任何经典和理论如果脱离时代，脱离实际，脱离当下火热的现实生活，脱离凡俗的人群，不为大众释疑解惑，提供借鉴、帮助和启发，那都是无甚价值的。《红楼梦》中的经济现象、经济成分、经济事件、经济治理的得失，为什么不在当下"经济新常态"的大背景下加以观照、审视和借鉴批判呢？创新，对于学术而言，从来都不是无中生有，歪理邪说，它是把原本就有的、客观存在的东西挖掘出来，提炼出来，彰显开来，在于拨开迷雾去发现，推去陈言而新解，摒弃谬误而接近真相，靠近真理！历史的经验告诉我们，任何一个王朝的兴衰与更替，实质都是经济出了问题。但历来教科书上的历史叙述，却仅热衷于描述"农民起义"一类的社会事件。旅美学者黄仁宇先生一直耿耿于怀的一件事，就是我们的历史研究较少关注"数目字"对社会演进具有的决定性意义。对《红楼梦》的研究、阐释过去如此，现在还是如此，这真是一种不幸和悲哀！

一如蜗牛，我在《红楼梦》里爬行

　　我居住的小区，只怕有几百户、上千户。平日里打一份工都是固定的时候醒来上班，也大致是固定的暮色时分下班回来，很少留意小区的路径、小区的人们以及他们中的大多数日复一日的繁缛而酸楚的生活。而当我辞工在家著述本书的那大半年里，我却看到我平日里怎么也看不到、听不到的"景象"。好像一位姓甄的阿婆总是在抱怨猪肉在不停地涨价，她最爱吃排骨，据说是两个月没有买了。她的声音很大，也是从乡下来的，身边总不乏上了年纪的婆婆的围拢，她多像那位刘姥姥啊！还有那位患病的大爷，他总是骂骂咧咧，骂某地的一家矿山国企，竟然三年没给他报医药费了。他喝酒后骂，没喝酒也骂，就住我阳台对面的那栋。我真担心这家国企的"凤姐"听到，带人来把他捆了，塞他满嘴的马粪。小区的最旮旯，有一窝翠竹，那里常常有逃学的孩子，他们嘴里叨咕的不是课文，而是一些谣谚和小调。有一回我偷偷地混进他们中间，他们一脸的恐惧，如临大敌。我发现这里面有"秦钟""贾蔷""金荣"，甚至有"宝玉"，但他们日后是万不会成为"禄蠹"的，或许成为有用的经济之人也未可知。

　　我居住的小区多像个大观园。我经常在写作不畅的时候或写得很累的时候到园内各处走走，于是便有了很多新发现：我发现多愁多病的"黛玉"姑娘十分爱哼玲花的歌儿；也注意到"薛姨妈"家的宝钗其实很不端庄；还有几位住在邻近别墅里的贾政那样的"官老爷"有段时间其实很郁闷，听街坊邻居们议论，一个前几天被罢了官；有位开大公司的老板的内人因交通官府，吃了官司，连累了一大批人，那几天在家里寻死寻活地要自杀；还有一个贾雨村式的人物，又要起复上任了，不过是被安排到邻市去，正张罗着搬家……我还在一个凌晨，当把某一章的最后一行字写完后，就忙着出去买早点，在平日里下楼去的过道上，发现了一个缓缓爬行的蜗牛，我差点踩到了它！蜗牛就是这样缓缓地爬行，它才能走过这园子里的每一个角落，才能发现它平日里忽略和容易视而不见的东西。我就如同这只蜗牛，在《红楼梦》的园地里每一章每一节、每一张每一页地爬行，爬行了数十年，才刚刚发现一些经济的东西，但愿别冒出一个什么人物来，不小心把我给踩死了。

我奉读、著述所依据的版本

《红楼梦》的版本问题已经是一门高深莫测的学问。像我等这类业余人士，也难免接触到各种版本，但阅读归阅读，研究《红楼梦》还是选择一个固定的版本为好。我比较喜欢天津古籍出版社《脂砚斋重评石头记》（上、下卷，2006年10月第一版）这个版本。本书中引用原著的文字也一律采用它且用正楷体加以区别，只一处例外，即在《治家理财：贾府四女杰》一文的开头引用的曹雪芹感叹"堂堂须眉诚不若彼裙钗哉，实愧则有余，悔又无益之大无可如何之日也"一段，该版本上没有，我是从其他版本上引用过来的。此外，曹雪芹原著中的"他""她""它"，"分"和"份"，还有"？""！""；""。"等等是不区分的，我引用时也尊重版本文字和标点，不作更改。

有趣的是，天津古籍出版社这个版本里将所谓"后四十回"作为"附录"刊出，算给了我们一个"全貌"。其实，曹雪芹写这部大部头文字，被很多人做过手脚，掺和了他们各自的私衷的。非独对内容的理解，主旨的把握上烽烟四起，唾沫遄飞，就连文字、标点、标题乃至版本，无处不见揉捻、荼毒。但我以为，曹公是写完了一百二十回全书的。只是在修订、批删、传抄、流转等过程中，有文稿缝缀时本应"连二"却"接三"；有统筹全书那些日子里因为心绪、因为偶然、因为油然间临时改主意而作调整、修订等等因素以致稿页翻飞，前后错秩，甚至"鸠"字占了"鹊"符，李戴张冠；更或许有某一两个章回、一两处篇什一时不满意而临时抽下，或将自认为最要精心铺陈的情节文字暂待草拟而一时留白空页……当然还会有某个友人或看客抑不住一己的喜好，自作主张地调三挪四，随手涂点加墨，而曹公和那位"脂砚斋"人又未能细察，未及还原；也确实不能排除和珅之流出于"显能""显摆"（当然也有出于"政治需要"的目的）而随意增删乃至篡改，等等，等等，弄得如今一部《红楼梦》十个版本十一种腔调。这个问题，水太深了，也浑浊得离谱，也与我的《红楼梦》经济研究关涉不大。就此打住吧！

不能不说的"感谢"

假如一定是走红地毯上的人才有资格说感谢这、感谢那的话，我等书生就只能三缄其口了。但"一棵青草顶着九个露水珠儿"，芊芊草芥不能不对给它普照和滋润的"生态"道一声谢忱。

我要感谢《深圳特区报》副刊编辑刘桂瑶女士，是她在百忙之中，为我的书稿逐字逐句地爬梳、核对、增删、补阙。书稿中许多章节的文字，她都亲手补出背景材料，校订引文出处……记得她多次就《红楼梦》某一回、某一处的情节、细节、字眼跟我在电话里讨论，给我指点，帮我去讹，给我辨析，因而减少了书稿中的纰漏。我当然不会忘记《深圳特区报》《深圳晚报》，他们不吝版面选发我的书稿，尤其是将"《红楼梦》是一部经济大书"的观点浓墨重彩、原汁原味地刊登出来，着实给了我很大的支持。同时，"经济大书红楼梦""经济红楼"观点被许多有影响的门户网站大张旗鼓地推出，引得天南地北许多网友热议和讨论，令我惶恐又深受鼓舞！

写作的过程既是痛苦的涅槃，也充满着温馨快乐。我每写完一章、一节，总有我的一帮小兄弟、小姐妹帮我打印、排版、校对，同时还帮我搜罗一些资料，我知道他们很忙，难得的休息时间竟被我占了去。为写这本书，我于2013年9月间大病一场，住进了医院。许多朋友闻讯后给我电话，给我发短信、微信，除了慰问疾患，他们无一例外都对我的写作给予鼓励、给我打气。像吴静静、王元涛、刘正柏、夏东方、彭军、刘继湘、佘后生、高俊荣……都是我此生不能忘怀的温馨的名字。尤其是我的同乡好友、深圳市金诚盛电子材料有限公司董事长黄锐先生，是一个自始至终给我著述予以帮助和鼓励的人。他使我觉得乡谊的可贵，友情的纯真，知音的难得！

感谢我的恩师、著名诗人、国学大师流沙河先生欣然为敝著题签。感谢著名编辑、《对抗语文》等畅销书作家、"莫言研究第一人"叶开先生慨然为拙著作序。感谢知名作家、时代文艺出版社原总编辑张秀枫先生不惜放下自己的创作为我的书稿作跋。感谢资深投融资专家江风扬博士在百忙中为敝著撰写书评，现作为序二收录。感谢深圳海天出版社编辑杨五三先生，深圳市《特区理论与实践》总编祝林浩先生，中国中小企业研究院院长肖强先生，广东省国际关系南亚研究院主任、教授宋海啸先生，安徽凯萨汽车贸易有限公司董事长高俊明先生，杭州金尊房地产营销策划有限公司董事长闫亮先生，广东热龙温泉度假村董事长卢和丰先生，深圳市韶关商会执行会长、韶商（集团）股份有限公司CEO曾庆光先生，智伟龙集团董事局主席温家珑先生，普世财富（深圳）集团董事长胡涛先生，亚太（印尼国际）资源发展投资有限公司副总经理宋志泰先生，华东政法大学经济系宋小艺女士，英德市我和你食品有限公司，唐人街文化艺术品（深圳）有限公司，深圳善莫大耶瓷艺有限公司，深圳市鼎食餐饮管理服务有限公司。

　　还有很多要记下的，就不在这里过多饶舌了。记在心里吧，人对美好事物的记忆是不会泯灭的，也绝不能泯灭！

二〇一五年五月十五日于深圳